人间深河

倪湛舸 著

上海三联书店

智能所受的耻辱
从每个人的脸上透露，
而怜悯底海洋已歇，
在每只眼里锁住和冻结。

跟去吧，诗人，跟在后面，
直到黑夜之深渊，
用你无拘束的声音
仍旧劝我们要欢欣；

靠耕耘一片诗田
把诅咒变为葡萄园，
在苦难的欢腾中
歌唱着人的不成功；

从心灵的一片沙漠
让治疗的泉水喷射，
在他的岁月的监狱里
教给自由人如何赞誉。

　　　　——W. H. 奥登《悼念叶芝》（查良铮译）

　　彼圣人者，天下之利器也，非所以明天下也。故绝圣弃知，大盗乃止；掷玉毁珠，小盗不起；焚符破玺，而民朴鄙；掊斗折衡，而民不争；殚残天下之圣法，而民始可与论议；擢乱六律，铄绝竽瑟，塞师旷之耳，而天下始人含其聪矣。灭文章，散五采，胶离朱之目，而天始人含其明矣。毁绝钩绳而弃规矩，攦工倕之指，而天下始人含其巧矣。故曰：大巧若拙。削曾、史之行，钳杨、墨之口，攘弃仁义，而天下之德始玄同矣。彼人含其明，则天下不铄矣；人含其聪，则天下不累矣；人含其知，则天下不惑矣；人含其德，则天下不僻矣。彼曾、史、杨、墨、师旷、工倕、离朱，皆外立其德而爚乱天下者也，法之所无用也。

　　　　——《庄子·外篇·胠箧第十》

目　　录

第一部分　电影:洞中幻影(Phantoms in the Cave)

第二部分 诗歌:美的受难
(Beauty is a Form of Suffering)

第三部分 小说:她人之脸(Face of the Other)

附录:原创(My Grand Drag Ball)

第一部分

电影:洞中幻影
（Phantoms in the Cave）

拳击手的眼泪

维斯康蒂 1961 年的电影《洛克和他的兄弟们》（*Rocco ei suoi Fratelli*）真好，好得让人想起陀斯妥耶夫斯基的小说。电影里，为求生计，乡下大妈带着五个儿子在米兰艰难度日。从田园入城市，这像是一场失乐园；而善良懦弱的主人公洛克更是有几分"白痴"梅什金的意味。米兰这座城市成了"人间"的象征，洛克和他的兄弟们挣扎于这人世间，各有各的辛苦和沉沦。扮演老三洛克的是年轻的阿兰·德隆（Alan Delon），而片中的老二西蒙由意大利明星雷纳多·萨尔瓦托里（Renato Salvatori）出演——这就是所谓的偶像剧阵容吧。

西蒙是被宠坏的小孩，有点好逸恶劳，有点小奸小坏，但到底还是个可怜的苦孩子。他去做拳击手，起初还挣点钱，可是吃不了苦，终于荒废了。教练又气又急，转而栽培勤恳老实的洛克。洛克不想学拳击，可为了生计，只好硬着头皮坚持。西蒙做拳击手时爱上了妓女（Annie Giradot），还偷东西讨好她。妓女也是老实人，不仅不收偷来的东西，而且从此疏远了西蒙。两年后，洛克参军归来，顶替哥哥西蒙做拳击手，还和原先的妓女相爱了。西蒙妒火中烧，聚众殴打洛克，还当着洛克的面强奸那女人。为了哥哥和家人，洛克不得不离开心爱的女人，继续埋头苦练拳击。被洛克抛弃的女人又回到西蒙身边，两人过着彼此仇恨又依赖的颓丧生活。就在洛克终于当上拳击冠军时，绝望的西蒙捅死了女人回到家中，欢庆的酒宴霎那间变成家人痛骂哭嚎的地狱。洛克抱着西蒙嚎啕大哭，而老四齐洛（Max Cartier）——家中最清醒（或许该说，最被城市/人世的规则所腐蚀）的孩子——不顾妈妈的耳光和叱责，冲出门去，向警察告发。

　　这个故事里，西蒙叫人心疼，洛克让人怜惜，就连戏份不多的齐洛都个性鲜明。片子结尾，齐洛向最小的弟弟提起两个哥哥，说："洛克向往的田园家乡，我们再也回不去了，他像圣徒一样善待西蒙，却只是毁了他。"齐洛是这些孩子里最聪明的一个吧。西蒙和洛克尽管命运不同，却都活得混沌，不像齐洛，跟在哥哥们身后冷眼旁观，看着看着，就什么都看透了。而我看着这个电影，看着看着，觉得自己有点像齐洛。不过，齐洛还是聪明得太世故。洛克第一次赢了比赛时，出人意料地坐在赛场外的台阶上哭，齐洛跟在他身边，大惑不解。洛克边哭边解释："我心里积了好多恨，却哪里都不能发泄，只好拼命打拳——这多丑恶！这多丑恶！"我一听，哗啦一下就跟着哭起来了。

　　我心里也积着好多事，因为想要守住一些准则，只能尽量地承受，尽量地忍让；说穿了，也许只是因为这个人世太丑恶，而我不想陷入这丑恶，所以只能转过身去，像洛克打拳那样找件事情拼命地做。像洛克打拳那样，我拼命地读书，拼命地写作。可是，假设有一天，我终于像洛克一样胜出，那时唯一所能做的，好像也不过是坐在场外的台阶上痛哭：这多丑恶！这多丑恶！为了逃避这个世界的丑恶，我只能寻找一项所谓的事业去"正大光明"地闭上眼睛。洛克最终当上冠军的时候，西蒙杀死了被他抛弃的女人，也毁了自己——这就是"正大光明"的胜利的背面！这就是拳击手的眼泪所映出的、那无法摆脱的命运！

　　小时候的我，是几乎从不掉眼泪的小孩，被人用"吃痛"的说法所形容，这真是形象，把痛硬生生吃下去，当然就没什么好哭的。"吃痛"的特征，也许这辈子都不会变了。可是，小时候其实没什么痛可吃；但现在，慢慢地吃到了痛，吃多了痛，忍住眼泪就不再是件轻易的事。当负担、承受和忍耐终于成为本性，唯一不能忍受的竟是在人前为自己落泪。于是，像洛克打拳那样，我找到了书，我为书中别人的疼痛大哭，这也许是同情，也许是自怜，也许，自怜才是同情的本质。不过，亚里士多德在谈悲剧时说，当我们体验着他人的受难时，同情能带我们跳出一己之私——这就是评论人和拳击手的不同吧。拳击手不得不击倒他人，而评论人，为那些倒下的人哭。然而，谁又能说这样的哭，不是另一种意义上的"击倒"，如果所谓的"哭"，不过是一场知识和智力的角斗，不过是一种妄图逃避丑恶的丑恶？

修 罗 雪 姬

　　我读武侠小说长大，也曾喜欢《浪客剑心》之类的武士漫画，所以，对塔伦迪诺《杀死比尔》那样血淋淋的电影不乏好感。听说《杀死比尔》向很多武侠名作致敬，藤田敏八1973年自小池一夫和上村一夫的漫画改编而来的《修罗雪姬》就是其中之一。我特意去看《修罗雪姬》，结果吃了一惊。两部片子都是美女报仇一路杀到底的故事，要说血腥和漂亮，《杀死比尔》倒也不差；但万万没想到的是——《修罗雪姬》竟是部很有革命觉悟的电影。我本来打算看完热闹，洗洗睡觉，谁知女主角雪子在剧终（也是她本人临死）时一头栽倒在雪地里，先是沉默了一会（柔美的歌声响起），然后，歌声消逝，脸埋在雪里的雪子发出一声被压抑的哀嚎。哀嚎声中，"剧终"的字样终于出现——害得我一个冷战，那晚都没睡好。

　　雪子的那声哀嚎，分明就是被侮辱、被践踏、被牺牲的老百姓的惨叫。

　　《杀死比尔》里的血腥是招贴画式的，被剧组收拾得分外光鲜漂亮，一方面是为了挣钱，另一方面，可不就是为了遮蔽现实中的暴力？塔伦迪诺的故事虽然编得周全，用苏州话说，却到底是"悬空八只脚"的东西，空空落落，不知所云。娱乐倒是娱乐的，可在我这种喜欢自讨苦吃的读书人看来，实在是没什么味道。

　　《修罗雪姬》就不一样，女主角虽然报的也是家仇，可她的仇人背后竟然有警察（国家机构）甚至和政府过从甚密的跨国军火走私集团（所谓的"窃钩者诛，窃国者诸侯"），而她所属的那个阶层，却只有犯人、妓女、窃贼和落魄武士。有趣的是，爱上雪子并帮助她实施复仇计划的那个男人是一名记者，他一个人张罗着一份叫作《平民新报》的报纸。而这个男人竟是雪子仇人之一的儿子,他为追求自由而脱离了富豪/走私犯家庭,甚至为了雪子以及她所代表的"平民"而背叛自己的父亲。这样的情节设定,其实暗示着漫画作者以及电影导演对"文人"(也就是他们自己)所做的社会定位:正如罗兰·巴特所指出的,文化不得不承认自己依附于特权阶级(记者与窃国者的父子关系);然而,文化宁可持一种叛离态度(记者离家出走,爱上寻仇的女杀手),并且充分意识到并运用自己的话语权力(记者在《平民新报》上连载"雪子复仇"的小说,为雪子引出仍然潜伏的仇人)。正如片中的记者懂得话语实践的威力,藤田敏八又何尝放过话语实践的机会。当雪子在盛大的化妆舞会上终于诛杀最后一个仇人(记者的父亲)时,那人掉下包厢时,顺手扯下了包厢外悬挂的日本国旗,而镜头中,和日本国旗巍然并列的,是一面美国国旗。士兵牺牲后,国旗裹身是莫大荣誉,而残害雪子家人的仇人,竟然也得到了国旗裹身的"嘉奖"。听说藤田敏八有韩国移民背景,我便怀疑,莫非"国旗裹贼"的场景是对国家利益的谴责? 而美国国旗的出场,则把这谴责指向了贼后之贼?

我们常说"一将功成万骨枯",那么,一个个庞大帝国的兴起,更不知到底踩着多少本土乃至海外的枯骨。复仇者雪子被叫作"修罗雪姬"、"阴间使者",这固然在夸耀她的惊人武功和残忍,更是暗合着她的身份——她不就是那些被国家利益和特权阶层榨干血肉的枯骨吗?! 看片时,我先是嘲笑主演那扑克牌似的愤怒表情,随后,渐渐理解甚至分享了她的愤怒,那不是一个人、一家人的愤怒,而是一代人,甚至世世代代人的愤怒和无奈啊。

藤田敏八拍这样一部政治性强烈的片子,其实还是不乏危险——危险就在于,"雪子复仇记"一旦把握不好,很可能沦落为另一种意义上的意淫和逃避现实。《杀死比尔》只玩暴力美学,不谈国事家事;《修罗雪姬》气势汹汹地为天下枯骨出头,却差点成了一口不切实际的恶气。好在藤田敏八为雪子安排了足够悲惨的结局,她先是在诛杀仇人时被手枪击中(武功敌不过火器! 传统挡不住现代!),又被向她寻仇的仇人之女刺了一刀(雪子杀死的第一个仇人早已沦落成穷苦的酒鬼,靠女儿卖身度日。所以,复仇的牺牲者不仅是强权者,也有和雪子一样挣扎于底层的穷苦人。而且,暴力终究会种下新的仇恨),终于一头栽倒在雪地里。如果说雪子的武功和残杀是穷苦"枯骨"的意淫,那么,不切实际的幻想最终还是回到了现实:雪子在雪地里默默地流血而死,她(也是我们)唯一力所能及的抗争,也许就只是那声撕心裂肺的哀嚎了吧!

缺　席　者

　　每次想到 1941 年 11 月 7 日的红场阅兵，我都要难受一下——或者，说得高调一点——激动一下。今天看完车凯泽的《士兵之父》，忽然，鬼使神差地翻到 bonus features，发现 RUSCICO（Russian Cinema Council Collection）竟然附了红场阅兵的纪录片（难怪它们的 DVD 被评为五星级），于是，我就蜷在沙发上看步兵开过去，工兵师开过去，骑兵开过去，火炮开过去，坦克开过去——顶着暴风雪，直接上战场。解说词说因为天气不好，三百架飞机不能起飞，所以空中少了点豪迈气象。不过，飞机虽然不在，但暴风雪在——俄国人跟德国人拼飞机想必没有太大优势，但风雪和严寒却实在是老天给前者祭起的、最厉害的一样法宝。然而，我始终都这样想，无论天时如何、战略如何、甚至道义如何，仗始终都是人打的。最凶恶的是人，最脆弱的也是人；最卑劣的是人，最良善的也是人；更有甚者，这些看似水火不容的两极，其实哪有那么清楚的界线。所以，我想，我不成态度的态度应该是：一边破罐子破摔地绝望到底，一边却又从这个底线重新开始，坚持微不足道的一点善良和期待，并且，为此付出不仅仅是"愚蠢"的代价，而是"受难"的代价。也许，就像是那些为某个"虚妄"（这种说法在我看来，多少是有点可耻的）的祖国而战、从某场仪式直接开赴生死边界，并且一去不复返的士兵。那么多张脸，留在镜头里、闪烁在屏幕上的那些脸，它们是如此轻易地被抹杀，却又永远拒绝被摧毁。在获芥川奖的短篇小说《硫磺岛》里，我读到了为忏悔战争而自杀的士兵的哭喊：你每杀死一个人，就是杀死了他/她身上的全人类啊！

　　当然，参与杀戮的，仍然是全人类。

据说 RUSCICO 打算发行 120 部 DVD,大多都是苏联的经典影片,让我很是向往。在"战争"这个类别里,除了《士兵之父》,还有《雁南飞》、《士兵之歌》、《这里的黎明静悄悄》等等老片。《士兵之父》讲了一个老人的故事,他为寻找受伤的儿子而混上战场,最后,儿子在他面前牺牲,老人跟着部队开赴柏林。罗斯陀茨基《这里的黎明静悄悄》的主角是一群女人,最后一个都没留下。当然,还有孩子,塔可夫斯基的《伊万的童年》里,家破人亡的小孩出于仇恨而做了侦察兵,结果被德国人抓住,绞死了。老人、女人、孩子——这些脸,甚至不会在悲壮的大阅兵中出现吧。

塔可夫斯基也许是最深刻的反思者,他的伊万被仇恨扭曲了心灵,连保家卫国的觉悟都没有,倒是把危险的侦察工作当作地狱中的自暴自弃。演伊凡的布尔亚耶夫是塔可夫斯基的"御用"艺人之一,后者早早地就看中他,甚至为了等他长大而推迟《伊》的拍摄。《安德列·鲁博廖夫》中,布尔亚耶夫扮演那位坚毅而隐隐有些暴戾的铸钟少年,据说是影射着彼得大帝乃至俄罗斯的运命。再后来,他又出现在 1983 年的《战地浪漫曲》里,而这部片子,恰好有关二战老兵颇有些凄凉的景况。把这三部电影里的布尔亚耶夫放在一起,倒是可以显出些微妙的秩序,有受难的个体,有国家的隐喻,最后,又回到平民百姓的日常生活。而我对这三部电影的接触是个倒叙的顺序,从中年的布尔亚耶夫回到少年,又回到童年;从日常生活的平淡和酸楚退到宏大叙事,再由宏大叙事退到一个孩子的无辜和无奈。日子是人过的,但人并不总能——甚至是很少能够——把握自己的命运;打仗可以有种种理由,但再怎样,流血的、断气的,总是一个个实实在在的人。

《这里的黎明静悄悄》也是足够悲观的电影,而且纤弱。相比之下,《士兵之父》要主旋律得多,一切都简单、正确,不乏适度的煽情,却也有文人电影所缺乏的淳朴之气。主演查卡里亚泽是 1965 年莫斯科电影节的最佳男主角,看到他风度翩翩地领奖的录像,才意识到那个大胡子罗圈腿的乡下老汉是演出来的!虽然这个形象太正面,而他的遭遇也过于美好,但老农民的狡猾、懵懂、忠厚实在是被查卡里亚泽把握得丝丝入扣。看他罗圈着腿在火车站一边嘟囔着没有文件,一边经不起小战士的怂恿而毅然地、笨拙地蹦上火车去前线,我笑。看他在德国人轰炸时脱下棉袄心痛不已地叫人救火、抢救粮食,我笑——到底是没见过打仗的,心疼麦子胜过人命——而他的义举果然间接导致了小战士的牺牲,我苦笑。不仅老汉本人如此鲜活而不乏童话般的完美,他的战友们也都如此。新年那夜,师里派来文工团慰问战壕里的战士,他们却都睡得东倒西歪,只有指导员硬撑着爬起来,请音乐家们为大家的梦境伴奏,他还看了从格鲁吉亚来的老汉一眼,加上一句:先来首格鲁吉亚的曲子吧!

——直说吧,我很感动。也许,只是因为我愿意被感动,渴望被感动。

我是 hermeneutics of suspicion 的施行者,所以,并不忽视主旋律后面那些被掩饰了的丑恶暗流。然而,在对人、对世界彻底绝望的同时,我选择坚信善;在顽固地守着某种信念的同时,我也不放弃清醒,不回避绝望。

这是我的自相矛盾,我的无可奈何,我的空头支票。

因为崇敬阅兵式上的英雄,我对阅兵的缺席者——比如,士兵的父母、妻子和孩子——也充满了崇敬和同情;最后,容我来个跳跃,来说一下和平年代的缺席者。

我以前读书的中学前些日子又在搞校庆,妈妈说在电视上看到报道,还说三十年代的校友都冒了出来,却唯独不见老三届。

老三届混得惨啊,以前下放,现在下岗,哪敢回学校?——这是妈妈的解释。

再说了,谁请他们啊,连校友录都是按照捐钱多少排名的——我补充。

唉,把一辈子献给什么主义的是我们,最后被一脚踢开的还是我们!——妈妈感慨。

谁叫你们自己不好好把握命运啊?

你要知道,在某些环境里,能够把握自己的命运,这已经是最大的好命了!

如果我做校长,就一定要请那些缺席的人回来——我如梦初醒地发誓。

你以为这样人家就会好过吗?你以为你的感动能改变什么?你这

难道不是只为自己赢得一点道德上的崇高感?——妈妈大致是这个意思。

　　她是对的。我无言以对,仅此而已。更何况,校长这样的殊荣,我也只能意淫而已。这篇"缺席者",写到这里,还不如回头全都抹掉,无言而已。

否 定 神 学

科斯塔—加甫拉斯（Costa-Gavras）是在法国发展的希腊导演,曾经想去美国,但因为家里有左派背景,被拒。他喜欢拍政治体裁的惊险片,2002 年的《阿门》(*Amen*)尤其惊险,看得我端来小板凳坐在电视机前,眼睛都不敢眨,生怕错过任何细节。

故事大致是这样的:纳粹军官格厄施坦（Kurt Gerstein, Ulrich Tukur 扮演）是除虫剂专家,他却发现,自己发明的毒剂被用于屠杀犹太人。格厄施坦受到良心谴责,决心不惜以"叛国"为代价而向全世界公布这一丑闻。身为基督徒的他找到了天主教会,希望教皇能够出面说话。然而,顾及自身利益,梵蒂冈对他的"小报告"置若罔闻,只有年轻神父里卡多（Riccardo, Mathieu Kassovitz 扮演）和他站到一起,他们以微薄的个人力量在纳粹和教会两大势力间周旋。经历了一次次的失望,绝望的里卡多在教皇面前戴上犹太人的"大卫之星"标志,毅然"叛教",并和犹太人一同登上去集中营的闷罐列车。格厄施坦铤而走险,伪造希姆莱的信件,想救走里卡多,却被同僚科尔玛博士（Robert Kolmaar, Ulrich Mühe 扮演）看穿,以失败告终。最后,里卡多死在集中营里;而格厄施坦在狱中自杀未遂;集中营事件,仍要等到战后才得以公布于众。

格厄施坦是历史人物,他的指证在战后揭露了纳粹的种族灭绝罪行（因为纳粹的严密封锁,集中营外的欧洲,对集中营几乎一无所知）。然而,格厄施坦不是英雄。我们甚至可以这样说,他的英雄行为,其实源于他的道德崇高感——这只是一种傲慢而已。目睹毒气室里的惨状后,格厄施坦这样说:"我们可以歧视犹太人,但无权残杀生命。"他还说:"在那座地狱里,我就是上帝之眼。"然而,他的崇高和傲慢到底源自他对德国的忠诚,虽然做出了秘密前往梵蒂冈的"叛国"之举,他仍然再三强调,自己不会离开祖国。格厄施坦是忠诚的,但祖国所需要的无条件、无道德的忠诚,有悖于这种忠诚所引发的道德崇高感。于是,格厄施坦陷入了左右为难的苦境。格厄施坦身边有两个重要人物,一边是善的化身,神父里卡多,另一边是恶的代表,纳粹博士科尔玛。某种意义上,格厄施坦就是里卡多和科尔玛的合体:正如里卡多毅然叛教,格厄施坦也背叛了自己的国家,也在为犹太人奔走;然而,他不可能像神父那样与犹太人一同赴死,因为,他也是科尔玛,他从不曾离开自己的纳粹岗位。科尔玛代表着纯粹的恶,他毫无道德意识,奉焚尸的烈焰为帝国之光。但格厄施坦到底不是科尔玛,因为他身上有里卡多的影子,所以,他注定要和里卡多一同被扼杀。

里卡多是虚构人物,也就是所谓的善良化身。也许因为太善良,太完美,他只可能是虚构的。这样说,一来是因为和格厄施坦的尴尬和复杂比,里卡多的形象多少有些苍白;二来,也是因为天主教会和犹太人向来是对头,考虑到这样的历史现实,冲破偏见的里卡多就更显得完美而虚幻。当里卡多跪在教皇面前请其为犹太人祈祷时,已经有闹剧的苗头;而当天主教神父和犹太人一起出现在集中营时,纳粹的诧异表情简直就是黑色幽默了。其实,最早期的毒气室被用来"清洗"德国本土的弱智儿童和其他老弱病残,当时,德国教会本着"人权",气势汹汹地出面指责,使得纳粹不得不停手。然而,当毒气室里被灭绝的是教会的对头犹太人时,他们沉默了。里卡多在梵蒂冈频繁奔走,却只见主教们和美国大使坐成一圈吃螃蟹大餐。里卡多大声疾呼:"你们就大吃大喝吧,每天都有几千犹太人死去!"美国人先是说:"几千?太吓人了,还是几百比较现实吧!"后来又反击:"我儿子正在为自由而战,你凭什么对我指手画脚?"——科斯塔—加甫拉斯看美国果然不太顺眼——而教会高层的反应更是让人绝倒:"希特勒不好惹啊,万一闹僵了,我们梵蒂冈就什么都保不住了!"

不过,教会的智慧还是值得钦佩的,什么都保不住的,其实是挡车的那两条螳臂——里卡多和格厄施坦。电影的真正结局其实不是两位主角的一败涂地,而是教会和纳粹的双重胜利。电影最后向我们展现了风和日丽、鸟语花香的梵蒂冈一角,某主教和科尔玛博士正满脸微笑地谈论着送后者去南美避风头的事宜。如果说整部片子都忙于谴责教会的"沉默"，那么，最后的镜头告诉我们：教会还是"做事"的，而且，做的是谁都想不到的事——这样的真相，真像是在含恨死去的主角身上再狠狠踩上一脚。

前些天刚看了阿尔莫多瓦（Pedro Almodovar）的《不良教育》（*La Mala Educasión*），看到他拿天主教会的性丑闻开涮，高兴得不得了。片子里的神父色迷迷、泪汪汪地盯着小男生的样子实在好笑。不过，阿尔莫多瓦的猛料和科斯塔—加甫拉斯比起来，简直是挠痒痒。"恶毒攻击"教会只是科斯塔—加甫拉斯的爱好之一，他更大的爱好，是叫人迷惑于黑白不明的道德灰域。《阿门》其实和《辛德勒名单》也有点相似，不过，就像它能够抢走《不良教育》的风头一样，《辛德勒名单》也被它挤得无地自容。斯皮尔博格固然有他的聪明，却直来直去一根筋，善恶和爱憎分明得很——这其实不是头脑简单，就像美国大使那句"为自由而战"一样。要知道，意识形态的特征之一是：简单就是力量！

所以，《阿门》绝对是无力的，它的绝望，就是格厄施坦的绝望。里卡多与犹太人共同受难的死还有些英雄气概，格厄施坦的自杀（还有未遂）却实在是一片漆黑，与片末的明媚春光互相一衬托，更是让人毛骨悚然。

诗　人　何　为

　　《时时刻刻》是太热门的电影,而且又是文艺题材,所以,很有"大众文艺"之嫌。在某种意义上,我是极端主义者,要不就甩膀子大众到底,要不索性削尖脑袋文艺,所以,情绪上最疏远的,倒正是所谓的"大众文艺"。就是怀着这样的抵触心,我去看《时时刻刻》,谁知,看得心潮澎湃——倒不是因为片子好,众人纷纷议论的女性话题虽然也是我一直关心的,但打动我的,却是片中那个得了奖却跳了楼的诗人。看他的所作所为,有种被人偷拍做成录像带,然后买回来自己看自己的感觉,多少有点心惊胆战。被揭穿心事还在其次,更不爽的是:揭穿心事的,竟是这样一部"大众文艺"作品。于是,虚荣心顿时极度受挫,仿佛小钉子当头挨了一锤,一下子被砸进"文艺青年"那块铁板,再无超生。

　　我觉得做诗人是件很没面子的事。不是因为我不喜欢诗,而是因为太喜欢,所以受不了那些写得烂却霸占诗人名号的人,而现在这样的人太多,以至诗人的名号已经被侮辱殆尽。所以,我一边忍不住地写诗,一边恶狠狠地鄙视所谓的诗人(也包括自己,虽然我从来不以诗人自命)。《时时刻刻》里头梅丽尔·斯特里普的角色对诗人(在我看来,其实是诗人这一名号)却很崇拜,自己也特意地放纵(假装?)出一派神经质的言行,把我烦得不行。好多人都说斯特里普演得过火,我却觉得好,她演出了那个烦人劲,说明她对角色的理解和我是一致的——那个克拉丽莎是个没啥天赋、所以只能拼命折腾的外围文艺青年,就是这种人,才特把文艺当回事。如果斯特里普把克拉丽莎演成从里到外地敏感而含蓄,倒是无趣了。

　　相比之下，朱丽安·摩尔演的劳拉够敏感，够含蓄，简直有无中生有的恍惚气质，但她不文艺，她只是个家庭主妇。这个家庭主妇受不了日常生活的深渊，只能抓着伍尔芙的小说读，但文艺给她雪上加霜，搞得她先是想自杀，结果未遂，后来只好离家出走。在我看来，这个角色也够讽刺的：搞文艺的没天赋；有天赋的又没机会文艺，空有一身本事却无用武之地，害得这本事除了发挥毒害作用之外，没能贡献出任何有意义的副产品，比如，像《达洛薇夫人》这样可以去害别人的小说。所以，大家都挺可怜。

　　伍尔芙应该是最幸运的一个，可谓好钢都放在了刀刃上。但《时时刻刻》里最失败、也最好笑的处理，正是尼科尔·基德曼的伍尔芙。如果说斯特里普的表演看似做作，其实另有含义，基德曼的塑造就是看似深刻，其实做作。她的伍尔芙，几乎完全符合"文艺大众"对文艺天才的一般幻想：偏执、自私、甚至有点凶险。这样说吧，斯特里普对克拉丽莎基本上是俯视的，这姿态未必是嘲弄，却肯定有同情。基德曼比较惨，她只能仰望伍尔芙，望得脖子都要断了，还是画虎不成。摩尔比较舒服，她跟劳拉几乎没什么距离——当然，这里不排除摩尔作为演员的厉害。

　　《时时刻刻》里，我看外围文艺青年克拉丽莎觉得可怜，看有文艺气质却不吃这碗饭的劳拉觉得可惜，看被搞成了脸谱的伍尔芙觉得可笑。看到克拉丽莎的前夫、劳拉的儿子、伍尔芙文艺事业的后人——艾德·哈里斯所扮演的诗人理查德，吓了一跳。这个艾滋病患者躲在不见光的公寓里，成天等着克拉丽莎来做饲养工作，终于，他的诗得了个不知名的大奖，他觉得心满意足，于是，在庆功会前从窗口跳了出去。有苦痛，有崇拜者，有承认，有最后的飞升和解脱——这是我一直以来偷偷梦想的人生，因为太意淫，所以，不敢多想，而且一想到，就要痛骂自己。现在看到电影里竟演了出来，一边很不爽，觉得自己不够特立独行，一边却也暗地高兴，因为，傻子总是喜欢有人陪的。

　　其实，《时时刻刻》的主题是时间，每个人物都以自己的方式挣扎在时间中，戏外的我们也不例外。我回避电影的深沉所在（虽然这深沉实现得差强人意）而一味调侃，其实也是对抗时间的一种方式吧。艾略特在《四个四重奏》里写：Human kind cannot bear very much reality，我深以为然，还因此而做出避退 very much reality 的架势。这不是出于懦弱，只是因为我想要承担的太多，所以，只能以退为进。而看不上《时时刻刻》，其实有点因为它太直接、深入，气势汹汹地想要逼近生存的核心问题，却只抓了满手的大众文艺。

伊 凡 雷 帝

以前常去的某个图书馆，一半英文一半俄文。我的活动范围被局限在外面一半；俄文的地盘，碰也不敢碰，碰了也白碰。好在有一天，终于傍到了个俄文系的同学，她在里面翻来翻去，最后抱出一大叠画册，问我知道谁，我说我只知道列宾，因为马雅可夫斯基去他家骗吃骗喝过，虽然只喝了红菜汤。于是她给我看列宾，翻到的第一幅东西，就是《伊凡雷帝杖杀太子》。猩红的。瞠目的。狂躁的。静的纸张上竟然有如此的血气和动荡。

那是好几年前了。

不久以前，忽然想起来去看爱森斯坦的《伊凡雷帝》。拷贝太老，只能咬牙切齿地放，中途断了三次，但一点都不着急，反而满足了点虚荣心。那种感觉，估计跟别人读残缺不全的旧书差不多，但到底只看了第二部。普洛柯菲耶夫的配乐震耳欲聋，皇家宴会更是从黑白片突然化作梦魇般的猩红，歌狂舞骤，猩红，还是猩红——然后，就是潮水般涌现的黑衣僧侣。匕首。谋杀。

疯狂的场面见得多了。但总是越放肆，越小心翼翼。个体的、纤弱的，神经质的，映射却不挑战这个碎片的世界。喧嚣是适度的，无聊也是适度的，拈根绣花针，挑破几个血泡，然后说：我深刻，所以我无力。阿多诺骂文化产业，说艺术就是愚民，我一度很郁闷——那所谓伟大的艺术呢？

其实，也不过是愚民罢了。

一头是刺激感官的娱乐，另一头是鞭策灵魂的艺术，看起来泾渭分明,其实又何尝不是社会化大生产的分工合作？你织布,我钉扣子,做一件天衣无缝,或者,天网恢恢。到底疏而不漏。

不过,爱森斯坦那会还信奉艺术建设社会主义。彼时彼地,分裂和孤立不是问题,可怕的是总体。当然,美的,也是这个总体,血脉喷张的,横扫一切的,呼吸维艰的。爱森斯坦受命于斯大林拍《伊凡雷帝》第一部,于是得斯大林奖章,然后拍第二部,据说有那么点影射斯大林,于是被禁,害得计划中的第三部胎死腹中。说实话,《伊凡雷帝》搞得确实阴鸷,政治上我不关心,但就单纯的艺术性而言,也确实过于肆无忌惮了——不过,我迷恋。黑白片中乍现毛骨悚然的红,压迫性的配乐,无数特写,特写,还是特写:就要突破眼眶的眼珠。皱纹间挣扎着裂开的唇。这里要说一句,那个山羊胡鹰钩鼻的伊凡选得实在太经典。只可惜爱森斯坦终究没拍成第三部,也许剧本里会有伊凡雷帝杖杀太子的场面吧。

爱森斯坦是个牛人,随便拿首普希金的诗,能一行行看出分镜头剧本来。不过我更关心他的八卦,比如,他拿了辛克莱尔(Upton Sinclair)的钱去墨西哥拍电影,却成天乱搞,搞得辛克莱尔发飙,把他一脚踢回莫斯科。不过,爱森斯坦倒是够拽,不论男女,一旦想要接近他,建立不仅限于肉体的长久关系,他马上就跟人翻脸。倒也有点雷帝的强势。

冬 天 的 心

　　黑米下了《冬天的心》，一本正经地看，一本正经地写东西，写那个斯蒂凡。我们设计一个似乎有点复杂的人物，商量定位的时候，我满脑子哈姆雷特，黑米却忽然说：斯蒂凡。我心目中的那个人是斯蒂凡。

　　　　把世俗的生存和精神性的生存截然划在两个世界。他尽可能地在世俗生存中按照某些既定的规则运转，而因此守护自己精神上的自由。如果他发现有人能和他发生精神上的共鸣，为了避免现实钝化自己的感觉，他宁可在现实中拒绝和那个人靠得太近。

　　黑米绞尽脑汁地找来这些句子，算是总结。

　　我却想起：那个拒绝艾曼纽·贝阿（卡蜜）的丹尼尔·奥丢（斯蒂凡），原来曾经在《曼侬》里演过苦苦追求贝阿的丑大叔，好像还把一块布头缝在自己胸上，血淋淋地，龇牙咧嘴地。宿舍里的女生很是生动形象地把他叫作癞蛤蟆。而天鹅，自然是贝阿（曼侬）。可转眼到了《冬天的心》里，天鹅成了飞蛾，癞蛤蟆摇身变作哲学家般的斯蒂凡，有点沉默，眼神有点游离，静静地坐在咖啡店里，有点出离人世的漠然——然而，却搞笑。

　　不是他们的问题，是我的问题。我脑筋有问题。

　　有一种图，排满不同角度的螺旋，一眼看上去，满纸的轮子骨碌碌转，好像风车铺。其实，这不过是视觉残留的把戏。更有趣的例子是什么光圈里的基督。原来，基督也不过是个错觉，是我们的眼睛来不及抹掉的以前的痕迹。

仔细想想,好像还真有些道理。

哲学家齐泽克(Zizek)说基督是 excess,他体现的是人的附加部分,那个所谓的神。齐泽克还说,人就是忍不住要追求那个 excess,那个不能不满足,却不可能被满足的东西,还举了个例子。说坏蛋科学家拿小老鼠做实验,让它喜欢上异性老鼠,再把那只爱鼠关在小老鼠看得见摸不着的地方,小老鼠觉得很 sucks,只能把注意力转移到坏蛋科学家准备好的食物和玩具上(很实际的解决方案)。但坏蛋科学家不善罢甘休,他们把小老鼠的脑子搞坏,结果——结果小老鼠变得一根筋,死心塌地地撞那块透明玻璃,想要和爱鼠团聚。坏蛋科学家终于发现:原来脑子坏掉的小老鼠变成了人!最可怜的、自作自受的人!

安德烈耶夫不就写过一篇关于拼命撞墙的人的小说吗?把很多人感动得一把鼻涕一把泪的,也包括我。回头一想——哦,原来不过是脑子坏掉的老鼠。

老鼠也拼命,人也拼命。这个"拼命"很有趣,为了不可实现,不可得到的东西而拼命,弗洛伊德搞了个概念来形容,叫作死的冲动。虽然得不到,但故事总需要结局,那就——死了好了,一了百了。这样一来,大家又开始追求什么美就是毁灭,爱就是死。这是百步,偶尔有跑八十步的,就是《冬天的心》里羽化成斯蒂凡的丑大叔,颇为痛苦地自我感觉良好着,说:我的心底,有种无生命的东西。

他知道爱鼠在别处,所以不去求。但他不是没有满足,这位懂得意淫胜过实淫,隔着玻璃,看佳人嫣然而去,看似离别,其实却不乏得意。得意于他精神性的自由,得意于哲学家般的绝尘风雅,当然,也得意于与欲念和孤独抗争的隐痛。

——真是忍不住要笑。只怪我反应太慢,没法抗拒视觉残留,进化那么漫长,我却还是一眼看到老鼠,再一眼,还是老鼠。

25th Hour

去年，买了一个学期的通票在学校里看电影，那时电影院正好在回家路上，看书看到快脑浆迸裂就往回跑，如果还剩点气力就爬进电影院苟延残喘。看的大部分是垃圾，唯一有印象的是 *25th Hour*，斯派克·李(Spike Lee)的片子，他买了 Benioff 的小说，剧本写完正赶上"9·11"，李赶紧加了很多 Ground Zero 的镜头，所以整个片子看起来像是对"9·11"后美国身份的反思，在我一个外人看来，竟有些肆无忌惮的滑稽和悲哀。

故事很简单，就是毒贩子(Edward Norton)要被抓去坐七年牢，他只剩最后 24 小时的自由生活，于是这孩子牵着条狗四处游荡，担心自己在牢里被人操死；而他的朋友们在一起喝酒说话，窗外就是推土机开来开去的世贸废墟，朋友指着楼下说：完蛋了，这小子就此完蛋了。人家都说高楼是阴茎，于是我忍不住这样解读斯派克·李：美国的鸡巴叫人割了，它从此要担心自己的屁眼。不知李到底有没有这样狠，但片子里确实有很多让人如坐针毡的情节。比如，毒贩子的老爹竟然曾经是纽约消防队员("9·11"事件中的英雄人物，哭笑不得)。而片尾老爹开车送儿子去坐牢时，李插入了一段幻想：老爹开啊开，把车开到了美丽荒凉的西部，儿子在那里躲了起来，等来了媳妇，生了一窝孩子，老态龙钟时叫来子孙满堂，说起当年的传奇——俨然是浪漫无邪的又一次西进运动，但镜头一转，老爹还在纽约城里开车(那段路我竟然还常走)，还在去监狱报到的路上，然后片子就完了，完蛋了。我特别喜欢这个结局，先是给点甜头，然后一棒打死，欲擒故纵，很有章法。

爱德华·诺顿是我特别喜欢的一个演员,看了 *25th Hour*,不得不说我更喜欢他了,就为了他对着厕所里的镜子说的那长达数分钟的 f＊＊ k,他差不多把纽约城里的各色(低级)人等都操了一遍,印度人韩国人波多黎各人,开杂货铺的水果铺的计程车的。当时我有些糊涂,为什么这孩子如此懦弱,只敢骂自己的阶级兄弟,后来才恍然大悟,原来这是一群抢食的野狗的惺惺相惜,越是彼此仇恨,越是血脉相连,越是难舍难分,越是恨不得一砖敲开谁的脑壳。结尾时,诺顿的角色叫朋友把自己打了个血肉模糊(为了破相,减少被人操死的可能性)。他歪着血淋淋的脑袋坐在老爹的车上,窗外飘过那些曾经出现在镜子里的画面,就是那些开杂货铺的水果铺的计程车的印度人韩国人波多黎各人——我开始哭。

然后,一辆公共汽车上,一个小男孩隔着玻璃对他微笑,还在雾气上写自己的名字,于是,血流满面的诺顿也在玻璃上写下自己的名字,动作笨拙而执着,比孩子更孩子。那一瞬间,我觉得美,却再也哭不出了。

罗 生 门

看《罗生门》而大哭，好像只有我。更奇怪的是，竟为那个一脸猥琐的和尚。看到他听完种种版本的故事，哆嗦着嘀咕"我不相信"，我就觉得有个冷冷的东西从身子里往外爬，等到和尚抱起被遗弃的孩子时，我的抵抗力已经被消耗殆尽，只能让那个冷东西撑着身子往外跳。第一次，真的是第一次，我企求光明的尾巴，好在黑泽明终于恩赐了一点可怜的温暖，让那个偷匕首的樵夫抱走了弃婴，和尚先是惊恐而怀疑，最后还是相信了——他到底不能"不相信"——一脸猥琐的守灵人抱着这个世界，终于把它交给了罪人，这就是所谓的救赎吧。黑泽明真是好人，他扔给两手空空的守财奴一个铜板，让他慢慢地摸，闭着眼睛摸。

又翻了一下芥川龙之介的那两篇小说，发现《竹林中》原来比黑泽明的《罗生门》要绝望得多。芥川龙之介的东西几乎有点反叙述的力量，它不整合经验，只呈现无始无终的破碎；而黑泽明的改编却诉诸所谓的人性，倒是更文学了，也更富有所谓的人道主义精神。说白了，更伤人，也更煽情，却少了一点从骨子里与人对着干的决绝。当然，这只是我的一己之见，没人在意。更何况，我并不想说黑泽明的不好，他的抽丝剥茧、图穷匕现真是有他的好处，比如最后那个樵夫的偷窥版，拍出了武士和强盗自私懦弱的丑态，再加上女人歇斯底里的痛骂，精彩得让人瞠目结舌——但还是不够，我很不满意女人讲述的版本，如果事态真如樵夫所见，那女人就没有必要编那个被爱人痛恨的故事。坦坦荡荡地鄙视那两个男人，实在是比自欺欺人的悲情故事更能满足女人的意淫——可见黑泽明们还以为女人宁可活在被爱（以及被爱的另一面：被抛弃）的幻想里，也不愿满心通透地站远了冷笑,干干净净的,像面居高临下的镜子——虽然后者还是意淫。

　　黑泽明到底放逐了女人,不仅不让她们独立自主地意淫——而是越俎代庖地意淫她们的意淫——更是索性把她们的所谓"母性"都阉割了。剧末,罗生门忽然出现婴儿(黑泽明似乎学来了"原罪"的含义):小偷偷它身上的东西,和尚抱着它直到雨停,而樵夫最后从和尚手中接过婴儿,准备养它了。这一段好像不太好,说教的意味重了些,虽然把我给搞哭了——由此可见我的冷漠,胸上被捅了一刀,还能木知木觉地说刀法好不好,甚至还要批评一下刀的做工。但更不好的是:堕落过了,要宽恕,要救赎,竟又是一群男人在那儿继续越俎代庖。这让人不由得怀疑黑泽明的叙述(或许该说,意淫?),他不敢搬芥川龙之介的石头,是因为知道自己注定会被砸脚吗?

索 拉 里 思

邻居过来吃饭，抱来一箱啤酒，竟然没喝完，于是第二天一个人坐在沙发上，一口一口地灌，一边看 DVD，俄国人拍的《索拉里思》(*Solaris*)，一阵阵地不能呼吸，当镜头推向照片上的女人，她灰暗而逼视的眼睛，悲伤像钉入骨髓的铁，怎么也不能消融，甚至，像是扎了根，悄无声息地四下蔓延，从身体的最深处往外撒网。我是惯于嘲弄眼泪的人，但那时，我只能嘲弄自己，嘲弄那些承载着不能承载的重量的水和盐，它们洗刷，它们把溺水者推上岸，哀悼并抹煞挣扎，以及生命本身，它们强大，甚至可以悲悯，像死亡。

我应该也足够强大，我懂得克制，遵循戒条，极其偶然地饮酒，并且收好瓶子，等待回收。然后，回来坐下，把电影看完。索拉里思是一个被巨大海洋覆盖的星球的名字，人们在它的上空建立了空间站，主角是心理学家，来调查空间站成员的异常举动，却发现十年前自杀的妻子出现在那里。原来，索拉里思是个能够把记忆和悔痛物质化的神秘所在。然而，曾经发生过的一切不会改变，无论我们如何竭力挽回，或者补偿，或者仅仅是咬着牙一次次经历，或者——甚至有这样一种可能，我们甚至能够偶尔地勇敢，偶尔地不顾一切，偶尔地接受神的审判而承担起比什么都更为沉重的良心。然而，曾经发生过的一切不会改变，而那终将发生的，仍然终将发生。但矛盾和考验总有终结，最终，妻子的"亡灵"选择了消亡，主角与过去和解了，他离开空间站回到地球，镜头拉远，地球竟只是索拉里思海中的一座孤岛。

没读过斯坦尼斯罗·莱穆的原著，但听说他对塔可夫斯基的版本不甚满意,所以叫斯迪文·索德波又拍了一遍,新版里还有乔治·克鲁尼,我的邻居看过,很是斩钉截铁地说主角最后没有离开空间站。我和他争,说叫作"索拉里思"的星球是神,而空间站象征着某种直面神并审视人的纯粹处境。因为无力负担"纯粹"的压力,主角最后只能离开空间站回到地球(我们的日常生活),但他无法摆脱被神考验、承担自己良心的处境,虽然他可以拒绝面对这种非现实的真实,以"离开"的形式。

物理意义上的距离是我们存活的方式,也许,是唯一的方式。所以,人和神之间必须有不可逾越的鸿沟,这不是罪与缺失的问题,只是为了存活。然而,《索拉里思》竟是一个关于良心和审判的故事,它无视于那条鸿沟,这让我惊惧而不能呼吸:那个死了十年的女人,她被索拉里思逆着时间、逆着物质的法则强行重塑,只能负担,只能承受,只能忍耐,只能赤裸裸地用肉去撞那扇隔绝人和人的门,只能借助零下196度的严寒来暂时对抗那不断复生的肉,为了扼杀那些负担、那些承受、那些忍耐。黑暗过去,她总是默默出现在椅子上,穿着枯叶或者泥土一般颜色的长裙,解下披肩,看着我,简洁而宁静得像一张照片,像事件退潮后的一张染着痕迹的纸,她看着我从沙发的这一头退到那一头,退到房间的角落,退到无处可退而闭上眼睛。我没有能力面对她,因为,我没有强大到可以面对自己的良心,虽然,我已经足够强大,像那尊盛满液氧的容器,但她打破我,喝下我们应该可以赖以生存的氧气,冻结她自己,然后,抽搐着重生,再次负担、再次承受、再次忍耐——对创造她和我们的索拉里思,或者神,我想我只能怨恨。这样的审判,谁也无权强加于任何人,虽然,我们勉力为之的生,原本就是这样一场审判,无论我们是否拒绝,是否离开。

塔可夫斯基不喜欢库布里克的《太空漫游》,认为那没有人性,我却只能说,他因此而选择的莱穆的故事,却是撒在伤口上的一把盐,从某种意义上说,更没有人性,或者,最为人性。请原谅我不能完整地叙述故事,更不能讲清楚任何道理。看完电影后,我整理沙发上的毯子,把酒瓶整齐地放在垃圾桶边,然后,刷牙、洗脸,睡觉。尽量地,竭力地,我什么都不说。伤口已经撕开,盐已经撒了,除了负担、承受和忍耐,我还能做什么?

两　部　电　影

　　有朋友问我怎么最近总写电影,我说累啊,回家只能瘫在沙发上看电影,看到好的,忍不住要表扬,看到不好的,这里敲敲那里打打,还是忍不住。说穿了,还是做作,好比死人总也不断气,心里也不知牵挂着什么,虽然明知道活着死了的,都是一个无牵无挂。

　　现在坐到电脑前,又想唠叨点什么。上周头昏脑胀地看了《幼儿园》和《广岛之恋》,居然都让人失望。叶甫图申科没太多可说的,我一直觉得他很值得同情,虽然没必要同情他,人家混得不比任何人差。这个人,不客气地说,就是个庸才,但好歹是个才。诗是这样,电影更是如此。《幼儿园》我看了三次,堪称奇迹的是,一次比一次更受感动,却以一次比一次更无法容忍电影本身的低劣为前提。当然,某些场景的诗意,比如,西伯利亚的婚礼、老妇人猎熊、还有那个火一般狂舞的红衣男孩,就其本身而言确实让人吃惊,却没有惧,惧是要留着献给天才的,比如塔可夫斯基,只有那些人才能打破叶甫图申科之流所依赖的煽情俗套(那个暴躁而不幸的小偷)和政治正确(乡村教师教育孩子:祖国不是斯大林,而是你们的家人)而一脚踹到我们总在躲避着忍耐着的痛,逼我们叫出声来。然而,我还是有点不明白为什么《幼儿园》还是能打动我,甚至更能打动我。但转念一想,也许这也是自我防卫的一种方式吧:把眼泪在无关痛痒的地方先流光,这样才更能铁石心肠地面对大苦难和大天才的逼视。然而,这种方式也不乏危险,如果"铁石心肠的面对"只剩下了"铁石心肠"。

　　《广岛之恋》是雷内和杜拉斯的大师之作,我看了,却还是失望,甚至连感动都没有。杜拉斯有叶甫图申科所根本缺乏的敏感,甚至敏感到洞穿个体体验中的人类浩劫,却惊得我想跳起来骂人,不是因为惧怕她的天才,而是为 trauma experience 之 personalization 和 eroticisation 担忧,这里面有最大的自私,因为最大,所以看不大出,反而赢得一堆"深刻"或"锐利"的声名。且不说这些说不清的,《广岛之恋》实在是文学味太重的电影,这一点《幼儿园》也类似:杜拉斯写的剧本当然有精妙的内心独白,而叶甫图申科更是按捺不住地安排了一段又一段的诗朗诵,却都有点喧宾夺主或是越俎代庖,虽然前者的摄影和配乐也不弱,开场时镜头在性交的躯体和核爆受难者之间切换,那种冲击力一下子砸到存在的深处。但后来杜拉斯(杜拉斯的文字悄悄地取代着雷内的电影)却表现得太沉湎又太健谈,霸占了观众太多的注意力,让我对不甘做蝼蚁的爱人们心生厌恶。陆象山的"我心即宇宙"是我喜欢的说法,沉静而浩大;杜拉斯的"我心即宇宙"却让我不安,这是一种向心的、攫取的力——恐怕只有薇依的"舍我"才能与之抗衡。我做不到薇依的强大,只能生出反感,藉此自卫。因为,毕竟杜拉斯也是天才。

印 斑 度 斓

师兄师姐没事就鄙视我不懂梵文，更鄙视我以为龙树是棵树而莲花戒是种暗器，气得我不行；当然，他们更是气得不行。但他们人好，仍然苦口婆心地劝我学习古典语言，给我大正藏的光盘，还领着我读经，虽然我读得脑子里浆糊越积越多，看到他们拿着纸 conjugate 某个词的变格就想哭。

这是我疏远于印度的原因之一。究其二，可能要怪罪宝莱坞。我以前住过 Little Italy，也在 Indian Town 呆过。意大利人喜欢撑着阳伞在街边卖牡蛎，还拿大喇叭放歌，我一路走过去，感觉既小资又舒坦。印度人也热闹，我却有点受不了满街的宝莱坞海报和大屏幕里肉团团的女人，虽然美，却透不过气来。后来试图读 Rig Veda 和 Upanishad 之类的东西，发现更晕，那些事跟陀螺似的转个不停，让我觉得像是掉进了一株遮天蔽日的食人草，只好狼狈地挣扎出来，逃为上策。

可这两天竟鬼使神差地连看两部和印度有关的电影，甫里茨·朗（Fritz Lang）的《爱之墓》（*The Tomb of Love*）和鲍威尔与普莱斯博格（Powell & Pressburger）的《黑水仙》（*Black Narcissus*）。因为是德国人和英国人拍的印度，所以还算可以接受，虽然我知道那个毕竟不是印度。两个片子都老，一个 1959 年一个 1947 年，却争先恐后地瑰丽斑斓，还勾魂摄魄，视觉效果很不错（听说《黑水仙》里的喜马拉雅山居然是画出来的，赞），摄像机也不呆，几乎是个无处不在的演员。故事更好，不是故事本身好，而是因为这些故事都和宗教有关，让我嗅到了研究对象的气味。

《爱之墓》的故事很简单，无非是白人抢土人的女人。这是女性主义和后殖民最沉迷的话题，我却更愿意把主角看作那个被白人抢走爱人的国王香德拉，而整个故事倒不如说是香德拉历经尘世磨难最终心归沉寂的灵魂史。他爱，他嫉妒，他愤怒，他残暴，他孤注一掷，他众叛亲离，直到只剩下被叛军鞭笞时的坚挺和沉默，继而，放弃爱情，放弃王位，放弃骄傲，去圣人身边做汲水的童子。仅仅就形象而言，很少看到如此立体的人物，像枚每个侧面都熠熠生辉的钻石，森冷而迷人——虽然女性主义和后殖民肯定还是能找到茬骂他。能与之抗衡的，一下子只想起来黑泽明《七武士》里的三船敏郎。相比之下，赢了爱情的那个白人倒是俗套得很，而且，似乎是甫里茨·朗特意设下的浪漫俗套，他特地突出了这样一个细节：当国王深爱的舞女和白人一起逃亡时，舞女向湿婆祷告求救，于是有蜘蛛织网隐匿他们藏身的洞穴，而白人马上就高兴地大叫"我们多幸运"，还一屁股坐下吃供果——结果，他们很快就被抓了，虽然他们最终还是幸福地离开了印度。白人终究还是与彩虹的存在无关的瞎子，我很是怀疑他和舞女今后的命运。而最终的胜利者，似乎还是那个不遗余力地攫取、又彻彻底底地绝弃的国王。国王像是又一个浮士德，而且，比他走得更远。

鲍威尔和普莱斯博格比甫里茨·朗待白人要好些，他们把一群修女而非"瞎子"送上了喜马拉雅山。于是，宗教与世俗的对抗成了宗教与宗教的对抗，虽然我很可以把《黑水仙》的剧情简化成所谓的"修女在神秘叵测的异域发春"。其实我很不喜欢这种类型化的设定：基督教是灵，印度是肉；但我倒不讨厌最终的结局：修道院里开满妖艳的花束，修女们顶着瓢泼大雨弃院而逃。片中坠崖而死的露丝修女让我颇有些惊艳——因为我总是身不由己地迷恋神经质的女人，更何况她还一身红衣地在翠绿的竹林里狂奔，脸色惨白，眼眶乌黑——但这些太过个人偏好，不宜多说。

《黑水仙》是英国二战后的出品，据说还很热映，除了新教的失败，似乎还有点不列颠帝国挽歌的意味在里面。鲍威尔和普莱斯博格是两个妙人，他们在自己的片子前面都要放一段飞镖射靶的录像，射靶的成绩用来显示他们对自己作品的评价。《黑水仙》片头的飞镖直取靶心，看得出他们的得意。我能体会这种感觉：去年师兄和一个印度孩子谈《大乘起信论》的时候，我竟然脱口而出马鸣菩萨的梵文名字，当时受了表扬，得意得不得了，可现在回想起来，竟然只记得那得意，却再也想不起马鸣的原名了。

烈火烹油、鲜花着锦

我以前不喜欢宝莱坞,觉得他们的片子浮华、热闹得过火,看几眼就要发晕。奇怪的是,现在竟然能从头看到尾,而且,从头高兴到尾,却不是寻常的那种高兴。看宝莱坞的高兴,大致就是看好莱坞的高兴,不涉及任何智力上的满足或是精神升华,那种感觉,倒像是被一壶暖热的甜水醍醐灌顶。好莱坞和宝莱坞都讲究场面,但前者太科技,还是后者的艳丽歌舞更让人放松。听说维特根斯坦在苦思哲学问题之余,最大的爱好之一就是去电影院看好莱坞大俗片。于是,我为自己渐渐迷恋于宝莱坞找了个冠冕堂皇的理由——东施效颦。

哪怕不去效维特根斯坦的颦,我还是有理由。身边的某位老师曾在吃饭时不无感慨地说:年轻时,无论如何也要把自己搞得深刻而痛苦,可现在年纪大了,终于知道黑暗不是用来追求的,而是我们拼了命也要逃开的。所以,现在倒是愿意而且喜欢看温情哪怕煽情的电影。听到这番话,我当时就傻了。倒不是为自己"为赋新词强说愁"的状态而汗颜,而是由衷地害怕那种体验——那里头的认命,不明白的人可以说是妥协,明白的人,有点想掉眼泪,却明白掉也无益。

其实,宝莱坞虽然甜美,故事却不乏悲剧。要说十全十美,还得数中国的才子佳人戏,差不多都要大团圆收场的。以前的先进思想代表人都要骂一骂大团圆,说那是全民意淫,或者麻醉剂乃至精神鸦片什么的。我倒是觉得大团圆好,和宝莱坞的华丽场面一样,都好,都能给人一点安慰,都能让人隐隐觉得——这点安慰就像孤岛,孤岛的外头,是无边无际的黑暗。这种感觉,是好莱坞绝对做不到的,甚至,就连欧洲的那些电影大师都做不到。中国和印度到底是文明古国,早把人情的通透和绝望尝遍了。

中国现在出了不少看似很深刻很痛苦的电影,印度那边的宝莱坞,好像还是那副"烈火烹油、鲜花着锦"的热闹架势。我找来了前两年的戛纳参赛片《拉胡》(Rahul),高高兴兴地看完了。唉,这片可真是俗,不过是讲父母因为贫富差异离婚了,小孩子拉胡深受其苦,于是又哭又闹又寻死的,最后终于把父母又撮合在一起了。要说有什么特色的话,恐怕就是从头到尾的唱歌跳舞了,不过,在宝莱坞,这可算不上什么特色。可是,不知为什么,单就电影而言,我竟真不觉得中国就比印度强。这些年中国的一些据说很不错的电影,我也去找来看,但是总觉得隔靴搔痒。知道它们有些道理要讲,有些体验要传达,却总是差了那么一点点。如果不是差了那么一点点,也许能有所谓心灵的震撼,但现在,却只是让人哭笑不得,或是恨得心痒。心想你与其故作深沉,还不如为人民服务到底。不过,后者倒是真正难做到的,放下身架不难,但要降到最低,其实非得先明白到最高处才行;而且,从最低里看出最高,好像也不是所有人民群众都能做到的。说喜剧比悲剧更悲的,到头来,还是几个小文人而已。

精 魅 梦 魇

我的朋友黑米很好玩,他的话大多是有趣而无聊的脑筋急转弯,偶尔倒也冒些让人回味的警句。当然,回味完了,发现还是废话——这不是我的牢骚,是黑米的自我反省,他终究是比较低调的。

低调的黑米曾经说过这样的警句:一个人极力排斥的东西,反而有可能最贴切于他自己。我当然早已回味出这是句故作聪明的废话,但还是不能否认里头的一点小聪明。对我自己来说(我不可能代表黑米,所以不知道也不去管他是什么意思),这种小聪明像是火柴的微芒,可以匆匆照见某个自厌自弃的黑窟窿。而所谓的窟窿也并不是什么曲折幽深的所在,太阳一出来,仍然是光明普照各个犄角旮旯。所以,被抹杀的不是黑,而是藏着黑的窟窿本身。

我喜欢的 Radiohead 在歌里这样唱:走路时要小心道上的坑!这听起来像是在恶形恶状地咒人,其实却很有些獐头鼠目的惶恐。所谓的"坑",差不多就是我理解中的"窟窿",身强力壮的人一步就迈过去了,而小动物却战战兢兢地不知所措。我对前者因为心存敬畏而疏远,对后者却总是心有戚戚,也许是自己进化得不够完备吧。约翰·贝里曼也是让我(自作多情地?)同病相怜的家伙,他写诗前言不搭后语,我以为这是吓破了胆的症状,为此,还曾跟别人小小地争执——我就是拒绝从碎句中读出整意,这跟把炸碎的人肉粘成人形没太大区别。当然,这只是我的一己之见。但我知道一闭上眼睛就从周身涌出重重无可名状的形体和脸是什么感觉,我也常遭遇寂静中此起彼伏甚至彼此吞噬的声音潮水,所以才以己度人地去揣测贝里曼和更多的人,并且自私地以为,我是真的同情他们的惊惧和疲惫，因为，自怨自艾造不了假。

就自怨自艾地再啰嗦几句吧：我不敢入睡也不敢醒来。入睡时，必须经过某个不存在的长廊，被某些不可捉摸的感知一路缠绕，于是忐忑不安。而醒来是种坠落，从没有时间和重力的梦境落到实处，结果摔得很疼。梦境本身也很少令人得到慰藉。如果说白天的日子垃圾场般龌龊而平淡，那我的梦就该被形容成恐怖片荟萃，里头挤满错位的意象和无迹可循的紧张和疼痛。

身为这样的"梦师"，我自然会对费里尼的电影一见如故，却缺乏那种"贴切的排斥"。昨天终于看完了费里尼推老婆马西娜上阵主演的"精魅朱丽叶"（Giulietta Degli Spiriti），目睹浓烈得"前言不搭后语"的幻境，不禁会心暗笑，却怪它多了些精力过剩——马西娜的眼睛太过甜蜜忧伤，费里尼的构图太过"浓油赤酱"——毕竟少了点惊惧和疲惫。不过，因为没有被扣住死穴，倒是因此可以由衷地欣赏作品；比如，费里尼巧用镜子和电视机从平面中制造纵深的本事，虽说并不新鲜，却实在是优雅娴熟。

我所向往的画面，似乎是荒凉乃至机械的。电梯和缆车是常见道具，有时连它们都被简化成光秃秃的金属管道；人物没有表情，甚至没有嘴，哭起来就像一张怎么也撕不破的橡皮膏。这样的场面在贝克特的舞台剧里能看到，电影里却不多见，也许因为电影毕竟比舞台剧更为全面、艺术吧，反而狠不下心去搞极简主义。塔可夫斯基拍梦太流畅，就像是雕花瓷缸里泻出的清流，虽然因此有虚实莫辨的美；伯格曼太直白，在情绪上有穿透力，却因此而少了莫名的压抑；至于费里尼，他到底是南方人，艳异张扬得很，而肆意感性的东西之于我，总是少点感染力，怕是因为阉人虽然向往欲念，残缺的身子却拼凑不出承受的架势吧。

这样说来，我最排斥的东西，好像正是有心无力的阉人或诚惶诚恐的小动物呢，难怪我这种标榜同情心的人倒是会按捺不住地对着生活中的下降者暴跳如雷。也许，所谓的欺软，只是为了暂且驱逐或者只是压制自己的软弱吧。如此貌似深刻的话，我一定要讲给黑米听，也算礼尚往来。

第二部分

诗歌：美的受难
（Beauty is a Form of Suffering）

孤独之火,她独坐

克里斯蒂娜·罗赛蒂

　　原先不喜欢克里斯蒂娜·罗赛蒂(Christina Rossetti)的诗,觉得太过平整,漂亮得像是明信片。后来,为了完成任务而硬着头皮粗粗翻完她的全部诗作,却恍恍惚惚地心生异样——当然,不排除我"镜中自揽"的可能性——罗赛蒂的诗在规矩和陈腐中竟隐隐透出一股疏离之气。别人写诗,仿佛洪水决堤,一定要图个张扬痛快;而罗赛蒂却习惯于把自己藏起来,藏在亦步亦趋的韵脚里,躲在千篇一律的紫罗兰和小鸟后面,甚至连所谓的"诗意"都是立竿而见影的——比如死者长逝、尘世速朽、圣恩永恒。然而——如果不是我过于敏感——罗赛蒂的诗在我眼中,与其说是围出安逸甜美之境的一圈栅栏,倒更像是一张面具,戴上它,她可以平静地进入并消失于人世,而消失,是为了保存她的刻骨疼痛。人世和她就像是一对平行线,彼此面对甚至同进共退,却永不相交。而平行线之间的咫尺天涯,正是她那些看似庸常的美丽诗章。所以,在某种意义上,罗赛蒂拥有可怕的控制力,这种控制力甚至为她挑选(或嘲弄)着读者:喜爱明信片式罗赛蒂的人,绝大多数都根本无法理解她;自以为是的聪明读者却十有八九被她表面的清浅与循规蹈矩赶走——这样一来,读者不懂,懂者不读,身为作者的罗赛蒂竟然做到了疏离于读者,侥幸想到这种可能性的我只能暗自佩服,佩服这种面具后的孤独,用罗赛蒂自己的诗句来形容,就是所谓的:

She hath no comforter:
In solitude of fire she sits alone.

     ("Standing afar off for the fear of her torment.")

这枚"孤独之火",就是我们窥视罗赛蒂隐秘世界的小小窗口了。

为了勉力言说这个世界的离弃和惘失,我随手选了两首诗——"可怜的鬼"("The Poor Ghost")和"关在门外"("Shut Out")。

罗赛蒂对死亡有近乎病态的迷恋,她笔下的死亡却大多呈现着托体同山阿的自然、清新。在她众多的鬼魂诗中,"可怜的鬼"也许是异类。可怜的鬼虽然与自然浑然一体,却不能被他活着的爱人所接受。他振振有辞地拒绝她"在死中厮守"的邀请:

Indeed I loved you, my chosen friend,
I loved you for life, but life has an end;
Thro' sickness I was ready to tend:
But death mars all, which we cannot mend."

"Indeed I loved you; I love you yet
If you will stay where your bed is set,
Where I have planted a violet
Which the wind waves, which the dew makes wet."

"Life is gone, then love too is gone,
It was a reed that I leant upon:
Never doubt I will leave you alone
And not wake you rattling bone with bone.

     ("The Poor Ghost")

爱人说:是啊,我是爱你的,所以怀念的泪才会打湿你的坟茔、唤醒你无梦的长眠。可是,生命总有终结,爱又怎能逾越? 你有你的眠床,我的生命却也并不比芦苇更坚强。守着生与死的距离吧，多给我一年，不，哪怕只是一天，让我孤单地活，就像你孤单地睡在死里。别过来，别过来，你带来的不是爱情，而是白骨敲打白骨的孤独。

拒绝接受她的不仅仅是小写的他（人），更还有那大写的他（神）。"关在门外"中的"她"似乎正是被逐出乐园的夏娃（这夏娃也是罗赛蒂自己，因为，"Shut Out"的原题是"What Happened to Me"），她从门上的铁栅间张望园中花鸟，想要一些花蕾或嫩枝作为留念，而守卫天使却只是无情地筑起高墙，把最初的家园永远地隔绝在她的视线之外。她伤心地四下张望，看见了紫罗兰和云雀：

> A violet bed is budding near,
> Wherein a lark has made her nest：
> And good they are，but not the best；
> and dear they are，but not so dear.

（"Shut Out"）

如果没有这一段，我们几乎要把罗赛蒂笔下的美好自然当作她的衷心寄托，或是误以为那些静谧的死是从生到永生的优雅津渡。自然虽好，却不是最好；所谓的亲切，只是权宜；所以，罗赛蒂的诗篇，看似餍足而恬美，却藏着无望的渴望，因为残缺太过深重，所以反而能抱起一点自欺欺人的安慰，并从此默不作声——看似和解，却只是彻底决裂，这就是所谓的两相平行吧。

罗赛蒂另有一首鬼魂诗，是叫作"After Death"的十四行，平心静气地写"他"在"我"的尸身旁满怀同情地徘徊，最后笔锋一转，让已死去的"我"按捺不住地感慨：

> . . . and very sweet it is
> To know he still is warm though I am cold.

（"After Death"）

第一次读到这里,禁不住心头一颤,为文字间被深深抑制、却仍蠢蠢欲动的热切和无奈。读完"可怜的鬼"和"关在门外"后回来,却只觉得这样的句子让人周身寒彻:多么简单的一冷一热、一生一死,然而,这两条平行线间的距离,谁能承受?

如果不曾向往爱人的厮守和天堂的归返,又怎会疏离?如果不狠心疏离(她无人安慰,她独坐于孤独之火),又怎能坚守向往?——这对悖论就是罗赛蒂的力量所在吧,不过,如此坚忍的力量,到底是孤独之火淬炼出来的。我身为外人,还没来得及为美而惊叹,就已经忍不住要因痛而掉泪了——这样的美,倒是有崇高(sublimity)的气息,让人敬畏,乃至不知所措。

隐　匿

莎乐特·缪

　　缪（Charlotte Mew）留下的诗少而精，在质在量都适合细读。我一直回避她，也许是出于对疯女人的偏见（太喜欢的东西太容易厌倦，就我而言），当然，她虽然出生在疯癫和早夭之家，却还是比较幸运的，不但没疯，而且死得也不算太早，撑到59岁才服毒自杀（1869—1928）。

　　不谈八卦，也不发感慨，让我很无趣地来说一下她的诗作。列几条好处，分以下两类：声韵、意象。再加个字词，这些就是庞德总结的抒情诗三要素了，当然，W. R. Johnson觉得不够，说诗人或者抒情主人公也是不可忽视的（ *The Idea of Lyric*，Berkeley：University of California Press，1982）。想着Johnson的告诫，我打算把缪叫作"隐匿诗人"，这一点，下面会慢慢展开。

　　声：

　　缪有异样天赋，斟酌起声音来，不是给衣服缝花边，也不是画龙点睛，而是拿丝线密密麻麻地绣工笔，山水或人物都是丝线（声音）一丁一点活生生地攒起来的。要是想计较她的针脚有多细密，看下面的引文：

Not for that city of the level sun,

Its golden streets and glittering gates ablaze—

人 间 深 河

The shadeless, sleepless city of white days,
White nights, or nights and days that are as one—
...
It is for some remote and quite stair
Which winds to silence and a space of sleep
Too sound for waking and for dreams too deep. ("Not for
That City")

　　我引的是"不是为了那座城市"的首和尾,短短几句诗里有大约 20 个
【s】,【ts】,【z】(更不用说全诗了)。数量倒是不太要紧,要知道一团乱麻
也并不疏松;要紧的是绣工心里头对丝线的色泽和搭配有数——比方说
【ts】和【s】,它俩就像是朱和紫,看着都高远而堂皇,朱却是喧嚣的,而紫
幽深:

　　"Its golden streets and glittering gates ablaze"这句就是朱红的,三
个【ts】被一个【z】压住阵脚,还有三个【g】纠结着,齿擦音配喉音,想不气
势汹汹都难。而最后那三行就不一样,【s】占了绝对优势,轻轻吐气就可
以发音,让人越读越静,几乎可以去睡觉,沉入那泓隐秘沉静的紫。我很
喜欢因陀罗网的说法,即所谓的"一切网中现一切珠,一切珠里现一切
网"。如果这个【ts】和【s】的对应是珠,那珠里所现的"一切网"就是"Not
for That City"的主旨,或者说,缪的主旨:神之隐匿而非绚扬。【ts】来自
于【s】,紫是朱加了暗调出来的颜色,正如神的显现(revelation)后面,还
有我们无法想象更不可言说的大神秘。

　　如果继续把缪比作绣工的话,我要说她是位喜欢绣重影的绣工。比如:

I shall miss the sycamore more,
...
How green the screen is across the panes ("From a Window")

as safe as they from the beat, beat
Of hooves that tread dropped roses in the street

44

…

But call，call，and though Christ stands……（"Absence"）

缪常常让完全相同的音节甚至单词前脚跟后脚地重复,这差不多也是她的怪僻之一了。除了制造吟咏的效果之外,据我的妄想,也算是一种"影子技法"。有伴星的星星也许不多,但万物却都有影子,连光芒四射的天堂之城都有沉睡之乡做它的倒影（"不是为了那座城市"）。缪迷恋影子胜过光,别人忽略的东西,她捡起来当作宝贝呵护。由于"一切网中现一切珠",这种珍爱也在她的言语间体现了出来,于是,时不时地,她就要忍不住在已吐出的声音后面加根一模一样的小尾巴,或者,说得更明白点,画条小影子。而从这条小影子里,我们又可以揣摩到她往暗处、往深里、往世界的反面摸索的心态吧。

形:

不完全地归纳一下缪的意象,大致有家居和自然两类。有家居的窗、床、楼梯、炉火等等,也有自然界的雨、雪、绿树、雏菊。我观察下来,觉得有这几点要谈:

1. 这些意象有令人惊异的生动。形容绿荫,缪用"whispering screen":

Up here，with June，the sycamore throws

Across the window a whispering screen；（"From a Window"）

风过树梢,叶影婆娑,这份颤动着的轻柔和清新,被一个"whispering"给描摹了个剔透,还更多了些亲切的人情味。而一个【w】和一对【s】和【ing】的音效,我想就不必赘言了。缪写梦更绝,说它们长着无数"little eyes",这些小眼睛一同睁开的时候,其灿烂不输给日出:

. . . And what sunrise

When these are shut shall open their little eyes?（"Do Dreams Lie Deeper"）

梦是不可名状之物,缪却把它们画成小精灵的模样,还进一步想象它们活蹦乱跳、满眼璀璨的场面——这里的梦之眼和太阳恐怕又是一对重影,而缪显然偏爱那难以捉摸的小东西,她甚至为此质疑复活:不错,灵和肉都是要复活的,在末日审判的那一天,但梦呢? 那些不属于坟墓、大地和海洋的东西,它们去了哪里?

2. 缪是这样一位深邃的诗人,却一点也不缺乏亲近。她的深邃是切身的、贴心的。她不但喜欢用家居的意象,更时不时地写到"头发"。如果说家居并非普通的家居而是象征着一种隐秘的个人空间——缪笔下的床是每朵玫瑰的心沉睡的地方("疏离")——那么对头发的执着则体现着这种内心世界里人和人的亲密无间;因为,那头发是亲人的、朋友的、爱人的,她嗅着那香而沉醉:

> It is a wind from that far sea
> That blows the fragrance of your hair to me. ("Absence")

还满心欢喜地把那青丝抛:

> You will have smiled, I shall have tossed your hair. ("A Quoi Bon Dire")

更值得一提的是:这头发也是可以被天使的呼唤所充盈的!

> And felt a breath stirring our hair,
> A flame within us: Something swift and tall
> Swept in and out and that was all. ("The Call")

而且,就连这呼唤着的天使都是隐匿的! 缪的天使不分光明黑暗,更无论善恶,甚至无形无迹,但它的力量不可抗拒,人驯服不了它,只能被它往外拉,从苟且偷生的小家居里被拉进黑暗寒冷的旷野,去面对那些神秘、敌意和疑惑!

> . . . The world is cold without
> And dark and hedged about
> With mystery and enmity and doubt, ("The Call")

这样说吧，缪的家居不是逃避，而是准备；亲朋爱人不单偎依取暖，更是一同一头闯进那未知的旷野。盘旋的楼梯通向隐秘的梦，而隐秘的梦向着一个更黑更冷却更真实的世界敞开，那个世界里，我们和隐匿的神面对面相遇。

3. 家居过后说自然。缪笔下的自然意象当然是优美可喜的，比如，她写墓中死者如何用雏菊的眼睛看天、听鸟，真是人与天地化身一体：

His dust looks up to the changing sky
Through daisies' eyes;
And when a swallow flies
Only to high
He hears her going by
As daisies do.（"Do Dreams Lie Deeper"）

她更是能在风花雪月中写出热辣勇猛的生气。比如，她的雨不是杏花春雨，而是把眼睛弄瞎的狂野之雨：

. . . Turn never again
On these eyes blind with a wild rain
Your eyes . . .（"Absence"）

有了这勇猛这狂野，她才敢于一把扯下那温情脉脉的面纱，叫我们看见美好自然的倒影，那片黑暗寒冷的旷野。缪是迷恋重影的，所以连说话都喜欢成双；她更迷恋的却是重影里那躲藏起来的、不美、不驯服乃至凶悍的影子妹妹。这样多好，追求姐姐的人太多了，湖边挤满了华滋华斯和柯勒律治；而愿意沿着楼梯去未知的深处找妹妹的人，有缪这样的几个，已经足够。这里还是忍不住要八卦：缪不仅终身未嫁，更是一直和女人纠缠不清。所谓的同性恋情，也可以说是"异性常规"投在暗地里的影子吧。

丧 失 的 艺 术

伊丽莎白·毕晓普

The art of losing isn't hard to master;
so many things seem filled with the intent
to be lost that their loss is no disaster. ("One Ar")

是的，丧失的艺术并不难掌握：首先，你不得不承受丧失，从房门钥匙、手套、信用卡到整座城市、亲人，和所谓的生活；而后，你不得不天赋那么一点点异秉，就像是夜空中的烟花、绚烂、遥远、倏忽即逝、毫无温度，却美，锥心刺骨地美，美得只能远离自己，冷冽成一只漂浮的眼，凝望着，审视着，看见骨头和磷火，臭鼬和岩石，它们没有任何掩饰，在这个没有神话的年代，连叹息都是光秃秃的——所以，丧失并不是一场灾难。我们本就两手空空，又何必担心失去什么？

内森·斯格特（Nathan Scott）写伊丽莎白·毕晓普（Elizabeth Bishop）时，把她叫作"没有神话"的诗人（*Visions of Presence in Modern American Poetry*，Johns Hopkins University Press，1993）。斯格特从洛克的经验主义说起，把毕晓普归入这个以经验对抗形而上的传统，说她是这个时代最为世俗化的诗人。然而，本着从蒂利希那里继承来的"存在就是终极关怀"的原则，斯格特竟又把这位最为世俗化的诗人封为最后一位玄学派。因为没有神话，毕晓普对事物的细节表现出异样的关注，这种穿透性的明晰在斯格特看来，不仅与玄学派诗人的冥想法不谋而合，更是在"没有神话"的凡俗琐事中让人得以窥到存在的最深处——因为，凝视本身，就是一种关怀；而望进丧失的深处所需要的，是一种艺术，更是一种力量。对于"玄学派"的封号，我略有异议。虽然共享"冥想法"，玄学诗人炫智炫技的特征在毕晓普的诗中却并没有得到体现。我一向以为个人风格是诗人最重要的品质，聪明也许可以量化，技术终究能够磨练，但个人风格是最后的一方神秘领地，它决定着独一与优秀的区别。虽然独一并不一定就是经典，但经典作品，必然是不可替代、不可模拟的。斯格特的评论突出了毕晓普的优秀，却在"经验"、"超验"、"神话"、"存在"这些词语中湮没了她的独一。所以，准确，却不贴切；透彻，却不刻骨。如果我把对斯格特的不满上升为对男性批评的批评，这也许只能招人耻笑，但这样的小题大做对我自己却至关重要：女性写作与女性批评是一双手臂，她们共同拥抱着我们的丧失，那些疼痛的身体所经历所记忆所畏惧的丧失，那些血肉之躯的血肉，那些说不出口的沉默。

毕晓普的诗铺陈而洗练——铺陈，是因为她对细节照相写实主义的精心描摹；洗练，是因为她照相机般的笔触毫无矫饰做作。她是冷的，这种冷不属于呼啸的暴风雪，只属于机械或无机物。这样的一种冷静——如果我不得不像斯格特那样借用哲学传统——仿佛斯宾诺莎的那句话：如果陨石将要毁灭这个世界，让我们尽量地去理解其中的物理原理，然后，拥抱自己的死吧。用毕晓普的话说：我怀念那业已丧失的两条河流、一块陆地，但这并不是一场灾难。

> I lost two cities, lovely ones. And, vaster,
> some realms I owned, two rivers, a continent.
> I miss them, but it wasn't a disaster. ("One Ar")

因为铺陈而洗练，毕晓普的长句长段丰富而不拖沓，明晰却又不失力度。以"At the Fishhouses"为例，这是幅一气绵延的卷轴，背景是海，"冷冽、阴沉、深邃而绝对清晰"的海：

Cold dark deep and absolutely clear,

element bearable to no mortal,

to fish and to seals ... ("At the Fishhouses")

　　整首诗仿佛是一次入海的过程,画面始于海边织网的渔夫,延伸向"我"与渔夫的交谈,再由"我"引向那条鱼,最终,终于对海的描摹,苦涩的海水先是被比喻成火的炼变(伸手入水被比喻成被火烧灼),继而是知识——阴沉、咸苦,却又清冽而无拘无束,时时流转,变迁不息。

If you should dip your hand in,

your wrist would ache immediately,

your bones would begin to ache and your hand would burn

as if the water were a transmutation of fire

that feeds on stones and burns with a dark gray flame.

If you tasted it, it would first taste bitter,

then briny, then surely burn your tongue.

It is like what we imagine knowledge to be:

dark, salt, clear, moving, utterly free,

drawn from the cold hard mouth

of the world, derived from the rocky breasts

forever, flowing and drawn, and since

our knowledge is historical, flowing, and flown. ("At the Fishhouses")

　　渔夫也许就是在生命之海边徜徉求生的我们,而鱼的存在提醒我们人的有限,诗人是置身于自然(鱼)和人群(渔夫)之间的中介。然而,我却隐隐觉得,诗人终究是个旁观者,这幅画面里没有她的归属,这难道只是因为她早已丧失了一切?斯格特读出了诗中的"终极关怀",也就是诗人关于人生乃至关于神性的隐喻。然而,对于斯格特,疼痛也许从来不是单纯的疼痛,它净化或升华,所以不再疼痛。我更愿意把毕晓普读成一个为了抑制疼痛而专注于身边世界的种种细节的人,她需要"丧失的艺术",为了镇压自己,而因为这种镇压,她日益冷却,成为没有神话的神谕,没有激情的涌动,仿佛海,冷冽、阴沉、深邃而绝对清晰。所谓的知识正是她所寻求的艺术,水一般自由,火一般凛冽,是共水火为一体的晶体。渔夫象征着人世的生存,鱼是艺术中的自我,诗人在这两者之间交谈,就像是在编织着一张巨大的网,不为捕鱼,而是为了把人与鱼与海一并纳入笔下,为了活下去,活在丧失中。

毕晓普自幼父母双亡,后来又旅居异地,这样的经历,也许真是她不得不背负的"原罪"。从一开始,她就丧失了太多。我们也能这样说,从一开始,她就注定活在丧失中;虽然丧失,却仍然活下去。这也是我们的命运吧。如果说要毕晓普回应柏拉图在《理想国》中对诗人的放逐,她的答案似乎会是:我并不模仿什么,更说不上败坏他人,我只是试图掌握"丧失的艺术",哪怕迷了路,也还是要走下去。

美是一种受难

凯伦·薇丽

《租来的提琴》(*The Rented Violin*)是凯伦·薇丽(Karen Whalley)的第一部诗集,我无意中拿到,仿佛有天意。"租来的提琴"是好名字,有种谦卑在里面——小学里好几个同学学提琴,我知道初学者的声音是怎样的笨拙而滑稽,但那毕竟是琴声,如果我们满心爱怜地去倾听。而薇丽的天分,恰恰在于这种倾听,她能够从这个不停伤害着我们的世界里听见那一缕微弱的哭声,听见哭声里的和解和期待,并为这种美而受难——是的,受难,作为一个真正的诗人。

很久以来,我拒绝读诗;或者,把心隔在阅读之外。比如,读华莱士·史蒂文斯时,我仅仅剥取他繁花般连绵的声音;而约翰·贝里曼则用那些破碎的句子和语法供给我,虽然我能够感受他的痛楚,用形状相似的隐秘伤口;至于我愿意给予最高评价的安妮·卡森,我想她也许缺乏所谓慰藉的能力,她太强悍,太粗粝,美得让人呼吸维艰——不得不承认这才是我自己向往的境界,但我毕竟知道:水的静默里其实有消磨岩石的力量,也许,无名的薇丽就是那个水一般淹没我们日常生活的人。她写坐在后院剪头发的女孩,十字路口倒毙的流浪者,墙那边陌生夫妇的争吵,甚至还有某位丧子的母亲——被叫作圣母的玛利亚,写得平淡甚至琐碎,却透出难以名状的悲哀,我们置身其中却不知所以的那种悲哀,就像是涌上心头的泪水,从无所来而来,向无所去而去。

坦白地说,我不会对薇丽给予太高评价,但我惊诧于她的感受力,虽然也为那种感受力之外的缺失而惋惜,比如,技巧和气质。她的诗具备了堪称"伟大"的最基本素质,却仍然只是租来的提琴上的练习音或者儿童笔下的彩虹,当然,还是胜过无数炉火纯青的铁板。我一直以为好的诗是靠感受推动的,绝非修辞。这种感受力并不仅仅来自感官,它更像是一种聆听,一种对苦难和救赎的敞开,仿佛拉纳所说的:我们真实的存在必然是敞开而接受的,虽然我们有权选择抗拒,抗拒我们自己。

来读一下这些。当她描述所爱的男人落叶般向着灭亡飘旋,薇丽这样写:

> I think there must be a voice
> In even a leaf—
> Nothing grand, nothing outlandish—
> Just a flutter of breath
> From holding on with its one thin arm
> To the tree; who of us knows for how long? ("Two True Stories")

即使一片树叶,都有它用来抓着树的细小手臂;何况我们,这些无可依赖,只能死死抓着这个伤害我们的世界的人? "(W)ho of us knows for how long?"这个哀求似的疑问那么地细微,却有着针尖的锐利,让我们惊惧,几乎要退缩,不无屈辱地。

或者,这一段:

> When there is no one left to cling to,
> No one to fall on sobbing in mutual recognition
> When it's over, maybe we cling to the world
> That hurt us, seeing the face of someone
> We loved in the face of someone we don't know,

> Hallucinating a figure, there
> Beyond the smoke of the empty burning yard. ("Decay")

就像是树叶都会有它的微弱声音,我们的声音其实用来爱,用来在焚尸炉的浓烟中抚摸一个幻影,像母亲诞生孩子,几乎无所欲求地,只是给予,哪怕这种爱注定把被爱的人推向最深重的受难:

> Mary must have been so bent
> As his soul undressed, his body slumped like a shirt
> On the nails. Not a single bird circled.
> She must have known it would end like this.
> She must have dizzied, as she did
> That night in the straw, God's horrible angel coming.
> ("Mother of a Son")

"Horrible"是个多么精准的词,就像薇丽在另一首诗中所用的"suffering":"...beauty is a form of suffering"("Yellow From a Distance")。但是,如果说我终究对薇丽有所挑剔,那么,我会说:美是一种受难,却没有人得救。她把圣母写成普通女子,写出她无能为力的痛,这里面深切的哀怜让我满心感激。然而,我宁可保持与美、与和谐的距离,薇丽那句"(m)ake it beautiful/and it will save you"("The Rented Violin")的祷告,在我看来,仍然太轻,太轻易,太轻易地圆满,就像手上的一支烟花,倏忽明了,倏忽灭了。美总是可以被感受的,但在感受力之上,我仍然期待着承受的力量,甚至,孤注一掷的反击和自取灭亡,比如,莎士比亚那位因为弃绝而迟疑、而嬉笑怒骂的疯王子,或是弥尔顿笔下颇为人诟病的"empyreal substanc",所谓的群魔之首。——这应该只是偏见吧,说出来,无损于薇丽的好;但总还是要说,算是对己对人都负起责任。

碎片们，坐起来，写！

约翰·贝里曼

再没人比贝里曼(John Berryman)更打击我，哪怕只是这样一句话：He flung to pieces and they hit the floor. ("Dream Song 147")

我只能拿背抵着墙，弓身，绷紧自己，竭尽全力地抵抗。从"他"到"它们"的距离，是我存在的痕迹。我想我能理解贝里曼，也许只是因为我们都有记噩梦的习惯，而我的噩梦中也一样地充斥着四分五裂的身体，不，不是身体，是身体的碎片。

我曾经梦见一个人，他被蒙着眼睛绑在椅子上，我烧他的手，他却感觉不到疼痛，他像一支燃烧的烟，渐渐萎缩、一截截地化为灰烬。我梦见我就是他，感觉不到疼痛，当整个身体慢慢消失——可那个感觉不到消失的感觉是否还存在呢？或许，根本就不曾存在？

我是那不能感觉的"我"，还是没有"我"的感觉？

杰罗德·M·马丁(Jerold M. Martin)写贝里曼时(Kelly and Lathrop ed., *Recovering Berryman*, Ann Arbor：University of Michigan Press，1993)，抓住了所谓的"溃散焦虑"(disintegration anxiety)。他提到了童年贝里曼目睹父亲自杀的经历，也诉诸拉康镜像期之前的前镜像期。马丁太过倚重于美国的自我心理学(Ego Psychology)，而拉康瞧不起这一派的救治自我的信念。在马丁看来，贝里曼的写作为了对抗自我的分崩

55

离析,而他的自杀是这种对抗的最终失败。我大致同意马丁对"溃散"的
敏感,却不觉得贝里曼想要维护什么自我或完整,溃散对于他与其说是焦
虑,倒不如说是一场黑色的狂欢。拉康不相信自我,更是指出自我的构建
本身就是一场误识。我们每人都在幼年时经历镜像期,即,我们都面对着
镜子中看似完整而独立的人形,从而超越了被四分五裂的肢体和浑浑噩
噩的梦魇所占据的前镜像期。然而,镜中的自我只是个颠倒的幻象,所
以,与所谓的想象界(imaginary realm)相关,却也是这个幻象支撑起了
语言和社会,也就是拉康笔下的象征界(symbolic realm)。而那个我们再
也回不去的碎片的世界,就是所谓的想象界。象征界的重要规范是父亲
之名/禁令(Nom/Non-du-Pere),在贝里曼的生活中,父亲早早地一枪结
果了自己,以至儿子的成长猛然失去了禁令的界定,于是,溃散的梦境缠
绕着贝里曼,害他精疲力竭。

然而,贝里曼并不是个消极的受害者。溃散的梦境是不幸遭遇的果,
却也是《梦歌》的因。

有一段诗是这样的:

> Hunger was constitutional with him,
> women, cigarettes, liquor, need need need
> until he went to pieces.
> The pieces sat up & wrote. They did not heed
> their piecedom but kept very quietly on
> among the chaos. ("Dream Song 311")

这些写作的碎片是一场黑色的狂欢,它们狂欢着一场不可能的回归,
从象征界向想象界的回归,通过语言(构建象征界并远离想象界的语
言)——仿佛用光去照亮影,用可以消散影的光。贝里曼扭曲语言之光的
努力造就了他支离破碎不知所云的风格,而那些光里挣扎着的影子在若
隐若现之间凸现了破碎之痛以及这种痛的不可言说。

一切仍然回到这个问题:为什么要写作?我想,贝里曼的诗,也许正
是对我的梦境的一种回应。这些碎片的存在,是为了保存或重现那些活

生生的疼痛，为了不让它们悄无声息地消失。为了揭开那个人眼上的布，让他看见自己燃烧的双手，正在消失的手，让他面对自己的疼痛，痛得哭出声来，哭着，哭着，开始留恋，开始畏惧，即使留恋的不可挽留，而畏惧的不可避免，但他终究曾经真真切切地活过，或许，还得算上真真切切的死。

威廉·瓦瑟施托姆（William Wasserstrom）把贝里曼读作萨满（shaman）一样的人物（Bloom ed., *John Berryman*, New York: Chelsea House Publishers, 1989），还说他的《梦歌》集梦、诗、神话为一体，和乔伊斯去生活细节中寻找神迹一般，是化世俗艺术为救赎仪式的典范。我能理解（甚至共享）瓦瑟施托姆拔高酒鬼贝里曼的急切心情，当然，《梦歌》中圣经片断和黑人灵歌的痕迹也确实不可否认。然而，从贝里曼的破碎和疼痛到《梦歌》的救赎之间始终缺少一个环节——为什么破碎反而是一种得救？马丁说贝里曼的写作以维系自我为目的，我却要说他的目的其实是打碎自我的幻象，打碎我们衣冠楚楚温文尔雅幸福美满的幻象，打碎象征界的按部就班循规蹈矩冠冕堂皇。贝里曼是一只血淋淋的拳头，握着笔，砸向我们用以自欺欺人的镜子。他是逼我们面对现实的人，我们这些所谓活着的人，活在麻木和蒙蔽中，未知生，更罔论死，而所谓的救赎，不往远处说，首先要做的，恐怕就是唤人清醒，并以痛赎罪吧。十字架上的耶稣，也是个痛得叫出声来的家伙呢。

下 沉 的 手

菲利普·拉金

今天跑到图书馆,昏昏欲睡地看 Dr. Johnson 写 Abraham Cowley 的文章和 T. S. Eliot 后来的反驳。玄学派的东西我一向并不太以为然,因为脑子里挤满莫名其妙的图案和声响,对他们的 conceits 似乎免疫:不用说 Dr. Johnson 所批判的语言对意象所施加的 violence,我竟连起码的惊奇都感觉不到。Eliot 说许多诗人都用 conceit,不仅是玄学派;我倒是比他更极端,认为 conceit 是种自然的状态,就我自己而言。这样一来,Dr. Johnson 批评玄学派疏于音律倒是很针对我的病症——为了捕捉满脑子乱飞的念头,我经常连句子都写不通顺。而 Eliot 说后来的 Tennyson、Browning 之流虽然工于语言,却从此失去玄学派的思辨能力,倒像是给我的一个预先警告。

回来之后,窝在沙发上,又是昏昏沉沉地读书,读 Philip Larkin 的 *Collected Poems*,因为它薄,可以拿在手上,不像 James Wright 和 Kenneth Rexroth 的全集,扛起来可以当砖头砸人。拉金并不是我一下子就喜欢上的那种诗人,他太工整,太克制,太明晰,既没有对冷和痛过敏的皮肤,大脑也没有随时爆炸的危险。在玄学派的蛮横和浪漫派的丰饶优雅之后,拉金的风格似乎也颇能代表一个时代,一个疲惫而凡俗的时代,有点龌龊,有点悲哀,竟然还有点不卑不亢,从不远离于生活,却又坚

58

守个体之间、个体与生活的距离,像远远的一个微笑,不乏同情和温暖,却毫不妥协地越行越远——所以,拉金其实很危险,远比那些天真地咆哮着的人们危险。所以,我渐渐地迷上了他——他的魅力就像是年龄,无论我们如何抗拒,它总是不动声色地生长,把我们压垮。

先看这首"Portrait"。写得很朴素,几乎感觉不到痛,却让人无语,为那种比痛更深切的灰暗。

Her hands intend no harm;
Her hands devote themselves
To sheltering a flame;
Winds are her enemies,
And everything that strives
To bring her cold and darkness.

But wax and wick grow short;
These she so dearly guards
Despite her care die out;
Her hands are not strong enough
Her hands will fall to her sides
And no wind will trouble to break her grief.

"她"竭力守护的"火焰",最终毕竟不是"风"所熄灭的,而"风",甚至懒得介入"她"丧失"火焰"后的忧愁。我们与这个世界,原来就是这样的互不相干。原来,所谓的冲突和伤害,不过是我们自以为是地经营着的幻影,而它们的背面,与它们同为一体的另一面,恰好是我们所渴望的温暖和明亮。我们经营着、渴望着,终于精疲力尽,就像是"wax and wick grow short",于是只能放手。

下沉的手似乎是典型的拉金意象,看这首"going"如何收尾——我的双手下面,那不能感觉的,那把我的手往下坠的东西,是什么?

There is an evening coming in
Across the fields, one never seen before,
That lights no lamps.

Silken it seems at a distance, yet
When it is drawn up over the knees and breast
It brings no comfort.

Where has the tree gone, that locked
Earth to the sky? What is under my hands,
That I cannot feel?

What loads my hands down?

Northrop Frye 喜欢搞花头，曾经把文学按照四季来划分，我倒是觉得此举很有些 conceit 的意味，在漂亮和牵强之间摇摆。但拉金的诗确实很有冬天的气息，且不说他垂着双手的老态，他的句子更像是受了冻，于是结成剔透的晶体，那里面隐约可以看见一些流光或浮影——偶尔看见了，而且看得不甚周全，反而害人揪着心地牵挂。比如：

Home is so Sad

Home is so sad. It stays as it was left,
Shaped to the comfort of the last to go
As if to win them back. Instead, bereft
Of anyone to please, it withers so,
Having no heart to put aside the theft

And turn again to what it started as,
A joyous shot at how things ought to be,
Long fallen wide. You can see how it was:

Look at the pictures and the cutlery.
The music in the piano stool. That vase.

也许,拉金并不是特别耐读的诗人,他的力量,需要读者用自己的经历来化解,而不是狭义的阅读本身。换句话说,天真的人似乎很难接近拉金,所以,他们无从看出拉金的好处——一种不乏尊严与精致的苟延残喘——而这种好处,正是他的可怕所在。我想,我应该也不能懂他,更不愿意去懂,为了守着我的火焰,守着那些单纯的奇想和拿头撞墙的狂妄,在冬天降临之前。而拉金始终是卑微的,他不动声色地等待,像个捕猎者,不愿被看到——这也正是他的凶险所在吧。

就像下面的这段诗,谦逊里藏着深深的弃绝:

Weeds are not supposed to grow.
But by degree
Some achieve a flower, although
No one sees. ("Modesties")

刀 头 舔 蜜

W. S.默温

    不得不承认，默温（W. S. Merwin）是近来读到的最好的诗人之一，他的好处像小刀子一样直往心里扎，不是亡命之徒的刀子，而是一针见血的柳叶刀，还专割精微如蝶翼的灵魂，下手轻浅，像是若有若无的风，却拂动起同样若有若无的血丝——这样的景象总是能害我叫出声来。肉的痛不好受，因为太直接。灵的痛也不好受，因为再痛都还是不知所以，有点像被鬼缠身，你知道它在，却怎么也不能揪它出来面对面，而默温却能一刀割准——于是，我不得不承受双重恐惧，对痛，和对抓住那种痛的人。然而，默温无意惊吓任何人，他的刀子终究是用来割出那些"invisible honey"的，而不是血；为了生存，而不是幸存。（. . . we were born not to survive/but to live "The River of Bees"）对于默温，"刀头舔蜜"应该是个美好的意象，所以，仍然纠缠于痛或恐惧，到底还是我自己的问题——不管蜜怎样甜，我总是忘不了那明晃晃的刀。

    今天去拿《李尔王》的录像带时，顺便还拿了默温1988年在洛杉矶的朗诵带，回来蜷在沙发上边睡边听。很惊奇于他的声音，singsong一样（我更习惯于低沉而偏沙哑的风格），调子定得比平时说话要高，气息也很长，拿起他的诗集翻，发现他果然是不用标点的，句子和句子有时在一行内互相渗透，像河流转向。幸亏他都用简单句，否则，乱子一定很大，而这

些简单的句子却往往拥有极其明晰的品质,几乎透明,让人一眼瞥见句子后面某个宏大而无言的东西,像这一段:

> How easily the ripe grain
> Leaves the husk
> At the simple turning of the planet ("The Widow")

这句仿佛与乌克兰导演达甫申柯的《大地》里的画面气息相通,都如此的质朴(easily, simple),却饱满,甚至广袤,让人不知觉地就放慢了呼吸,想要把自己向着那个更伟大的存在敞开。

更令人惊奇的是,默温借助句式的连绵(甚至某个单词的接连重复)、意象的跳跃以及直觉性的感悟,使这些局部的明晰互相渗透、互相映射,编织出一个个类似梦境的整体,充满不可捉摸的美和迷离。默温的诗几乎都是不能割裂的整体,他的诗意往往不仅在于单独的词语或句子本身,而在于语言和意象的流动或蔓生:从"the simple turning of the planet"中引申出了"season":

> How easily the ripe grain
> Leaves the husk
> At the simple turning of the planet
>
> There is no season
> That requires us
> Masters of forgetting
> Threading the eyeless rocks with
> A narrow light ("The Widow")

与"sky"(我们出生的地方)交织的是"heaven"(它不为我们而存在);你哭时希望自己成为"number",于是,你的哭变得"numberless":

The Widow rises under our fingernails
In this sky we were born we are born

And you weep wishing you were numbers
You multiple you cannot be found
You grieve
Not that heaven does not exist but
That it exists without us

. . .

The Widow does not
Hear you and your cry is numberless（"The Widow"）

默温像是传说中的"梦见"，他领我们从这个梦踏进那个梦，又从那个梦滑向另一个梦，这种可以无限延续的运动在他掌上被赋予了惊人的流畅和优雅，而我们只能感恩，甚至连那不可避免的一点点嫉妒都早已融化殆尽。

默温是牧师的孩子，所以，他的诗始于圣歌，也以圣歌为其终极，下面的这首"The Wave"就是他为我们的时代所描绘的精神素描：荒凉，却不彻骨；怀着"希望"，也抱着她的姐妹——"黑暗"。

I inhabited the wake of a long wave

As we sank it continued to rush past me
I knew where it had been
The light was full of salt and the air
Was heavy with crying for where the wave had come from
And why

It had brought them
From faces that soon were nothing but rain

Over the photographs they carried with them
The white forests
Grew impenetrable but as for themselves
They felt the sand slide from

Their roots of water
The harbors with outstretched arms retreated along
Glass corridors then
Were gone then their shadows were gone then the
Corridors were gone

Envelops came each enfolding a little chalk
I inhabited the place where they opened them

I inhabited the sound of hope walking on water
Losing its way in the
Crowd so many footfalls of snow

I inhabited the sound of their pens on boxes
Writing to the dead in
Languages
I inhabit their wrappings sending back darkness
And the sinking of their voices entering
Nowhere as the wave passes

And asking where next as it breaks

　　不得不承认,虽然默温是我读到的最好的诗人之一,我仍然无法逾越刀与蜜的距离。录像带里,默温朗诵了他献给老师贝里曼的诗,还说贝里曼曾经告诉他:无论我们如何努力地写作,写作一辈子,我们都不能知道自己是否写出了哪怕一首好作品。很不幸的是,他的一位读者,在惊叹于这些作品的完美的同时,出于对他的最高敬意,还是要一头撞向蜜后面的刀,虽然诗人自己似乎已忘了刀的存在,因为太爱蜜。

"多 佛 海 滩"

马修·阿诺德

Dover Beach

The sea is calm to-night.
The tide is full，the moon lies fair
Upon the straits；on the French coast the light
Gleams and is gone；the cliffs of England stand，
Glimmering and vast，out in the tranquil bay.
Come to the window，sweet is the night air!
Only，from the long line of spray
Where the sea meets the moon-blanch'd land，
Listen! you hear the grating roar
Of pebbles which the waves draw back，and fling，
At their return，up the high strand，
Begin，and cease，and then again begin，
With tremulous cadence slow，and bring
The eternal note of sadness in.

Sophocles long ago

Heard it on the Aegean, and it brought
Into his mind the turbid ebb and flow
Of human misery; we
Find also in the sound a thought,
Hearing it by this distant northern sea.

The Sea of Faith
Was once, too, at the full, and round earth's shore
Lay like the folds of a bright girdle furl'd.
But now I only hear
Its melancholy, long, withdrawing roar,
Retreating, to the breath
Of the night-wind, down the vast edges drear
And naked shingles of the world.

Ah, love, let us be true
To one another! for the world, which seems
To lie before us like a land of dreams,
So various, so beautiful, so new,
Hath really neither joy, nor love, nor light.

Nor certitude, nor peace, nor help for pain;
And we are here as on a darkling plain
Swept with confused alarms of struggle and flight,
Where ignorant armies clash by night.

　　对马修·阿诺德,我终究是有特殊感情的。在他的影响下成长,是人生一大幸事,虽然,生性多疑的我总是忍不住地要怀疑:这样的幸运是否是其他意义中的不幸——这不是什么不敬,相反地,只是实践着阿诺德关于"free play of ideas"和"disinterestedness"的教诲。

请容我本着客观公正的态度挑剔一下恩师。阿诺德是二流诗人、一流批评人。即使在于后者，他的批评也只是影响力大于实际价值；而要是说起写诗的阿诺德，则实在有些端庄而近呆拙——说句不好听的，仿佛一个受教育过度的文艺青年，绝对值和不学无术的"愤青"相当，虽然正负有别。然而，正如智者千虑、必有一失，笨鸟多飞，好歹还是能撞见一两次好风景。阿诺德侥幸邂逅的诗意风景，在我看来，好像有一处叫作"Dover Beach"的，实在不容错过。

Lionel Trilling 写了一本厚书讲阿诺德，文采斐然还是其次的，最要紧的是头脑清晰，不仅知识全面，介绍起来更是提纲挈领、深入浅出——又是一位批评人典范，给我无穷激励。Trilling 主张阿诺德的最大天分在于"感受"，让人深以为然。这里的"感受"并非风吹草动就伤春悲秋的小心性，借用一下海德格尔，那种感受是有实物有目标的；而阿诺德的感受能力凌驾于某时、某地的波澜，直接就能体验到时代潜流的动向——换句话说，他能洞穿种种喧哗与骚动从而一眼看到深层结构的病症。这既是天分，也多亏了他的境域。

"Dover Beach"是首"感受"之诗。它的文辞（从 various 一气呵成流转到 nor help for pain）、音律（悠长的元音 OA、嶙峋的辅音 CG）、意境（月光、海浪、思古、忧今）都不可谓不好，但更好的却是这些形式之外的神——即对所谓 Zeitgeist 的深切感受。在阿诺德"literature is the criticism of life"的教诲下，我对形中之神（即文学所能实现的对生活的批评，或 Trilling 推崇的感受力）尤其在意，并附带地不屑那些无神之形。然而，拿阿诺德的批评原则来批评阿诺德的创作实践，却多少是个逻辑上的循环论证，易周全，却少些反思和批判，其实，后者才是我努力的方向——这里，我先挖一下自己的墙脚，为了更加刀枪不入。

与先前的解读不同，我不准备逐句逐行逐字逐音地分解"Dover Beach"。出于实验精神，也为了更全面地把握阿诺德的"感受"，我决定尝试一下从他的生平入手。有几件事值得一提：1. 父亲。2. 情人。3. 人和诗。

关于父亲：马修的父亲 Thomas Arnold 是主持 Rugby School 的教育家，所以才熏陶出其子的风雅气度；更值得一提的是父亲的神学思想，和 John Henry Newman 强调传统的教义说相对立，Thomas Arnold 主张全面自由化 Church of England。然而，在 Newman 的厚古和 Thomas Arnold 的面向未来之间，却存在着一个信仰真空，这个真空的压力，恰恰落在了马修的肩上。难怪他感慨那个曾经丰饶的"Sea of Faith"现在只余"melancholy, long, withdrawing roar"，而且还在不断消减，越来越弱，弱得低于夜风的呼吸，在这个赤裸裸地堆满石砾的世界上。马修虽然对基督教退潮的现世不满，却很是崇尚希腊风范（也许是和父亲的"现代化"唱反调？），所以，invoke 先哲 Sophocles 关于 human misery 的沉思——这其实只是冰山一角，马修日后的 *Culture and Anarchy* 还要并列 Hebraism 和 Hellenism，说后者才是文化的象征、我们的希望。至于 Hebraism 的门人怎么扁他，我就不多言了。

关于情人：这是很有趣的一段公案。阿诺德的早期抒情诗中，有一位叫作 Marguerite 的法国姑娘，阿诺德和她似乎在瑞士相识，为她饱受相思甚至怀疑之苦，这段恋情最后还是不了了之，惆怅得很。更惆怅的是后世的学者，他们分成两派争论这位 Marguerite 姑娘究竟真有其人还只是阿诺德笔下的幻影。类似的，关于狄金森是否有男朋友、有几个男朋友、男朋友到底是谁，也有一大票人打得头破血流。这种混水我可不想趟，之所以提起 Marguerite，是因为"Dover Beach"中的那句"Ah, love, let us be true/to one another!"里很明显地有她的影子，更何况阿诺德还提到了遥遥相望的 French coast 和 the cliffs of England。虽然 Marguerite 之争本身纯属 counter-productive，但有人对 Marguerite 为阿诺德带来的 doubt 却作出了不乏启发的解释：这种人与人之间的猜忌和疑惑，其实影射着整个时代的信仰缺失。无论最超验的人神关系，还是最亲密的身体之交，哪里都"Hath really neither joy, nor love, nor light, //Nor certitude, nor peace, nor help for pain"。阿诺德的沉痛之深重，深重得把这一声叹息一鼓作气地隔着行、隔着段落地给吐了出来，真是荡气回肠。

关于人和诗：据说，年轻的阿诺德以精致、挑剔、做作乃至轻浮闻名，而这位华服美食的花花公子却以"A"的匿名出版了一部叫作 *The Strayed Reveller* 的诗集（1849），那些诗句的阴郁忧伤让人吃惊——不是吃惊他们的好,可怜阿诺德没那种惊世之才,而是吃惊于人和诗的巨大差异。*Dover Beach* 是 1867 年才出版的,但写作的年代要早得多,大约是 1850 年吧,在阿诺德二十七八的年纪——那时他还忙着写诗,更有前途的批评事业以及那些比文学批评更严肃深刻的政治、宗教观点都尚未现形。也就是说,表里如一的阿诺德,在写作 *Dover Beach* 时并不存在。人和诗的对立仍然是 *Dover Beach* 不可忽视的背景之一。这倒是引起了我的极大兴趣。

生活与写作的分裂乃至对立,在我看来,是实现极端的途径之一,如果不是最有效的唯一。相比于一条道走到黑的固执,两股力相抗衡的风云似乎更有力量。如果不是有生活中那个优雅欢娱的阿诺德做保险绳,文字里的阿诺德就不可能那么肆无忌惮地往幽暗深渊里跳;而要不是看穿了"darkling plain/Swept with confused alarms of struggle and flight,/Where ignorant armies clash by night"的真相,阿诺德也不会在这个"land of dreams"如此尽兴地享受它所谓的广博、优美和新颖。明知是空,才有倾情;但倾无妨,反正到头来一场空——这里面的运动,仿佛一阴一阳之为道,有阴有阳,才生万千气象。而日后阿诺德渐趋成熟,宗教上的疑惑经历了诗歌、批评、政论的周折,最终又回到新的信仰,于他本人是种成全。然而,优雅还在,却没了游乐之轻逸,深沉也还在,却不再有刻骨的哀绝,真是遗憾。唉,戚戚悲歌的 *Dover Beach* 从此绝唱,真是遗憾。

"冰淇淋皇帝"

华莱士·史蒂文斯

The Emperor of Ice-Cream
Call the roller of big cigars,
The muscular one, and bid him whip
In kitchen cups concupiscent curds.
Let the wenches dawdle in such dress
As they are used to wear, and let the boys
Bring flowers in last month's newspapers.
Let be be finale of seem.
The only emperor is the emperor of ice-cream.

Take from the dresser of deal,
Lacking the three glass knobs, that sheet
On which she embroidered fantails once
And spread it so as to cover her face.
If her horny feet protrude, they come
To show how cold she is, and dumb.
Let the lamp affix its beam.

The only emperor is the emperor of ice-cream.

　　有人曾这样总结:半数以上的小说选择用窗或和窗有关的意象开头——究竟准确与否,我没有概念,但推开窗见到另一个世界的感觉,倒确实很符合小说的设定。类似地,虽然缺乏根据,我的印象中,用呼唤起首的诗也不在少数,因为诗毕竟是从内心到内心的倾诉吧。

　　史蒂文斯的 *The Emperor of Ice-Cream* 算是一例,打头第一个词就是个"call"。不过,这声呼唤多少有点诡异,完全没有惯常的深情或深沉,倒是大大咧咧,懒懒散散,腔调似乎故作粗鄙("喂,卷大雪茄的那个肌肉男!"),却忍不住地逗着乐,虽然痞,却雅(瞧那一连串的短音"i"——bid,him,whip,kitchen,就算"k"紧跟着泛滥起来——cups,concupiscent,curds,里面还是掺和着个"i",轻轻巧巧,像阳光下漂漂亮亮的气泡)。据说史蒂文斯是个享乐派,师承桑塔亚纳(Santayana)、伯格森(Bergson),家传要是再往上追溯,可以揪出伊壁鸠鲁(Epicurious)、卢克莱修(Lucretius)。这些人大概有个共同特征,就是生命力强盛,不亦乐乎地活,活得不亦乐乎——史蒂文斯的那个"concupiscent"就很显享乐派的本色,而大雪茄,肌肉男,再加上粘糊糊香喷喷、奶浆一样的冰淇淋,还有roll 和 whip 这样的动态,怎能否认有股热辣辣的生气迎面扑来?

　　再看第二句,男孩女孩上场了。女孩不是乖巧的 girl,而是无法无天的丫头(wench),穿着家常衣裳四下乱逛(dawdle)。这里的 enjambment(断行)用得狡猾,dawdle in such dress 里三个"d"的 alliteration 有形式之美,而"such"一出,让人对"dress"的进一步修饰有所期待——谁知史蒂文斯特意在"dress"后另起一行,却只打雷不下雨,所谓的"dress"原来只是一如既往,让人一笑。男孩们也没闲着,他们手捧鲜花跑来。如果说女孩的衣裳只是寻常的话,男孩手中的鲜花却由旧报纸(last month's newspaper)包裹,转折的意味更是鲜明了。这一新一旧,一今一昔,一派生机勃勃中某个潜在的旋律悄悄探了一下头,然而,刚一探头,就被小调的回旋部分打压了下去。

　　这两句回旋唱得真是漂亮,容我勉力地模仿(或歪曲)一下:

Let be be finale of seem. 是本是似的终曲。

The only emperor is the emperor of ice-cream. 冰淇淋之皇是独一的帝。

先按捺下"是"（be）和"似"（seem）的纠缠，我们去第二段，看到一张松木梳妆台，还缺了三只玻璃把手——破落吧，却还不乏派头。第一段是"叫"（call）出来的，第二段却是"拿"（take）出来的，拿什么？从梳妆台里拿布单子，上面曾经绣过扇尾鸽，而绣花的人现在躺在地上，等那绣着鸽子的单子遮没她的脸。鲜花和旧报纸的对比是层窗户纸，一新一旧、一今一昔，捅破了，说穿了，无非是一生一死。第一段结尾的回旋虽然暂时打断了生机中潜流的冒头，却其实是站得更高，把"是"与"似"的主题抢先演奏了一遍——当然，这主题的展开还在后头，就是所谓的"是"与"似"、"生"与"死"如何一一对应。"鸽子"和"绣花"其实也有深意。鸽子是飞禽，和天空有关，鸽子更是圣灵的化身，天空显然地要进一步被理解为天堂。于是，女人绣鸽子——这几乎是个向往天堂的意象。然而，天堂是人自己绣出来的，而被装饰了的幻想（布单）最终还是要用来遮尸。人总是要死，更有甚者，死了，也没有天堂可去。史蒂文斯并非无神论者，却从来不曾对教会抱过任何好感。在他看来，虚无的来生和僵死的信条都是骗人且害人的东西，而踏踏实实地活着、真真切切地体验才是王道，才是所谓的独一无二的冰淇淋皇帝。"冰淇淋皇帝"也可以说是他的诗歌理想的写照吧：香甜（活个痛快）、冷冽（死得通透）、不奢谈恒常，只求独一。

对史蒂文斯而言，只有此时此地的此生才是"是"，此"是"一出，谁与争锋，那些似是而非的彼岸的幻想、死中的永生——即所谓的"似"，都可以烟消云散了。所以，他才强调了一下死女人那瘦骨嶙峋的粗脚（horny feet）：不管这女人曾经如何精心地绣鸽子并渴望飞翔，她却只有一双脚，一双在她死后都仍突兀（protrude）着的脚，绣花单子即使沦落为裹尸布都无法遮没的一双脚，注定只能踏在地上的脚。冰冷（cold），无言（dumb）。这句真绝，真是把某个东西打倒了还不忘踩上一"脚"——看来史蒂文斯不仅雅痞，更是不乏"心狠手辣"的霸气，好一个冰淇淋皇帝！

最后，又是那回旋，像是拳击场上胜负已定，灯光明晃晃地来照着霸主：

Let the lamp affix its beam. 让灯调定它的光。

The only emperor is the emperor of ice-cream. 独一的帝是冰
淇淋之皇。

第 二 次 降 临

W. B. 叶芝

The Second Coming

Turning and turning in the widening gyre

The falcon cannot hear the falconer;

Things fall apart; the centre cannot hold;

Mere anarchy is loosed upon the world,

The blood-dimmed tide is loosed, and everywhere

The ceremony of innocence is drowned;

The best lack all convictions, while the worst

Are full of passionate intensity.

Surely some revelation is at hand;

Surely the Second Coming is at hand.

The Second Coming! Hardly are those words out

When a vast image out of Spiritus Mundi

Troubles my sight: somewhere in sands of the desert

A shape with lion body and the head of a man,

A gaze blank and pitiless as the sun,

Is moving its slow thighs, while all about it
Reel shadows of the indignant desert birds.
The darkness drops again; but now I know
That twenty centuries of stony sleep
Were vexed to nightmare by a rocking cradle,
And what rough beast, its hour come round at last,
Slouches towards Bethlehem to be born?

　　叶公好龙,说的恐怕就是叶芝,他对神话、魔法、玄幻的兴趣堪称臭名昭著。奥登说他装神弄鬼,搞这些东西无非是为了好玩,叶芝的所谓信仰其实是披着宗教外衣的审美主义。T. S. 艾略特不同意,在他看来,叶芝就算装神弄鬼,那也是真心实意的;艾略特更是把具有超自然视野的叶芝捧成"我们时代最伟大的诗人"。我对叶芝到底真诚与否、宗教与否并不感兴趣,这种无底洞怎么钻都见不了亮。相比之下,还是直接去读这位某时代最伟大的诗人更有趣。叶芝的诗,第一首读到的就是 *The Second Coming*。布鲁姆对它颇多不屑,说这首东西是大众诗,意思就是大众读得起劲,所以害得他也只好来凑这个没太多门道的热闹——话说得确实不是没有道理:我读叶芝,就是从大众选本上的 *The Second Coming* 开始的;而且,那时候我年纪还小,没受过所谓的 liberal education,是不折不扣的大众。但是,布鲁姆把这首诗的热门归功/罪于历史背景(1921 年,一战和二战之间,法西斯主义正在酝酿中,而俄国革命已然爆发),这倒是没法解释我对它的热情。对历史灾难前瞻性的畏惧自然会在灾难后转化为反思性的寒噤,可(当年的)我那种没文化的读者,读一首诗就是一首诗,根本没有那个条件和能力去左顾右盼、瞻前顾后,所以,还是老老实实地去字里行间探秘吧。然而,现在的我毕竟知道新批评式的封闭式阅读已经过时,所以,在专注于诗歌文本的同时,我会尽量地考虑更广义的文本,比如:叶芝的宗教观、浪漫主义传统以及社会历史背景。

　　第一个分句:螺旋越转越广阔,猎鹰不再受牧鹰人的控制。叶芝用的是"hear"——这又一次验证了我先前的印象:大多数诗都由声音起首,所以有这些和声音相关的"呼唤"和"倾听"。然而,类似于史蒂文斯,叶芝也很是与众不同,他的"呼唤"被沉默了,不仅没有在文本中直接体现,更是连那个间接的"听"都是否定意味的。呼唤应该是有的,却是听不见的,因为那个越转越大的螺旋。两个 turning 已经有些横扫的蛮力,再来一个 widening,接连三个长音,很是波澜壮阔,为 gyre 造足了气势。关于这个 gyre,稍后我还会详解,先往下看鹰和人。R. P. Blackmur 说鹰是主动性的智力、头脑,而牧鹰人是起统领整合作用的灵魂——我跟着这条思路设想,鹰人之间失去感应也许象征着理性和灵性的彼此隔绝——这正是现代社会的病症之一。Harold Bloom 建议了另一种可能性:鹰意味着人类对自然的统率,所以,鹰盘旋得太远以至听不见猎鹰人这一意象,在我的理解中,其实象征着人征服自然的努力和无能为力——翱翔的猛禽怎么听得见匍匐于地的人的号令? 这两种说法都言之有理,却总让人不太满意,至于我的修正,先按下不表。

鹰击长空之时,只见万物分崩离析,"中心"失去了凝聚力。这里的"中心"或许和象征着灵魂和灵性的牧鹰人有关吧,如果我们继续跟随 Blackmur 的思路。中心的崩溃带来了无法无天的混乱场面,一个"mere",强调独一、纯粹、还不乏居高临下的蔑视,显出了小词的强力——乱世很乱,叶芝很静,张力无穷。"Blood-dimmed tide"和"ceremony of innocence"让人头痛。单看画面,盘旋失控的飞鹰、分崩离析的事物,再添一笔血潮果然很是渲染并突出气氛,但是,这是怎样的气氛呢? 在各处都被血潮淹没的"天真之典"究竟是什么? Yvor Winters 在 *A Prayer for My Daughter* 里也发现了"天真之典",然而,在那首诗里,"天真之典"指向因为充满纯真而具有庆典意味的人生。*The Second Coming* 中的"天真之典"却似乎暗指某种具体的仪式,我学艺不精,不敢妄言,但是 Virginia Moore 的 *The Unicorn* 一书对叶芝的神秘主义经历有详细介绍,或许能有所提示吧。

让我们带着问题往下读。叶芝这诗写得气魄十足,所以,言及好坏,也得是"the best"和"the worst"。然而,好坏之间却有个恶狠狠地扭曲:最好的"lack all convictions",最坏的却"full of passionate intensity"。"All"和"full"几乎是对仗,这不怀好意的平衡却又被一个"passionate"打破,使得天平不可抗拒地倾向"the worst"。天下毕竟大乱,渴望信仰的丧失一切信心,而无信的人苦于失控的"passionate intensity"。牧鹰人再怎样呼唤都得不到回应,不仅是猎鹰的回应;而猎鹰着魔般地盘旋,引发"mere anarch"——这也绝不是愉快的经历。

　　有了第一段浓墨重彩的铺垫,第二段终于开门见山地点出主题:第二次降临就要来临! 肯定要来临! 叶芝的手稿上,"the second coming"原作"the second birth"——第二段是这样开始的:"Surely the great falcon must come/Surely the hour of the second birth is here"。受到原稿的启发,我要修正一下 Blackmur 和 Bloom 对于"猎鹰"的解读,他们一个把猎鹰读作理性,一个读作对自然的征服。我要融合一下他们的见地:Blackmur 说牧鹰人是灵性,而 Bloom 说牧鹰人就是我们——我取前者的"灵",取后者的"人",把猎鹰读作"神灵",而牧鹰人是"向神的人"。根据就是 great falcon 和 revelation 之间的联系,那个呈现自己、第二次降临的神灵正是飞出了牧鹰人的疆域的 great falcon。Bloom 说从"birth"到"coming"的改动是为了适应基督教中基督再次降临的传说,然而,全诗的重点却不是基督再次降临,而是另一种神灵的诞生。既然要第二次降临了,这个新神究竟形象如何?

　　从 Spiritus Mundi 中,叶芝得见其真身。Spiritus Mundi 要交待清楚——这是叶芝自创宗教的重要信条之一。我也有类似体验,就是脑海中常常突然出现不可名状更不可言喻的形象。叶芝认为这些形象的根源既非意识也非潜意识,它们来自某个被叫作 Spiritus Mundi 的东西——"a general storehouse of images which have ceased to be a property of any personality or spirit"(见 *Michael Robartes and the Dancer* 的注解)。来自 Spiritus Mundi 的新神的形象是这样的,或者说,great falcon 在第二次降临时变身成这样:漫漫大漠,狮身人头,眼神烈日般苍茫而无情,它沉重而迟缓地迈步时,周身翻飞着暴躁的鸟群——这场面很有圣经启示录的神气和戾气,可要是往近处说,倒也是雪莱 *Ozymandias* 的翻版(沙漠中的斯芬克斯),布莱克的 *The Book of Urizen* 也在其中有所投影。(Urizen 为逃避兄弟的复仇,躲进一个石头子宫——"stony sleep"。

Urizen 的原型是 Ezekiel 于幻象中所见的大天使,这位天使的魔界化身就是斯芬克斯。)

两千年的沉睡之后,这位新神的苏醒和降生已经迫在眉睫,摇篮震动,噩梦乍起,"stony sleep"不再是石板一块。两千年是基督降临和再次降临之间的年限,然而,对于叶芝,两千年还有着另外的特殊含义,就是所谓的 Magnus Annus,以两千年为一年的"大年"。更精确的表述是:根据冬/夏至的运转来计算,太阳需要用两万六千年才能扫过整个黄道,十二黄道十二等分这个两万六,得出 2160 年,这就是"大年",一个"大年"就是文明盛衰的一个周期。这样的一个"大年"又只是更大的"两万六千年"的十二个月之一,每个"月"/"大年"都有自己的神灵,基督就是众多神灵之一。这里还有一个更复杂的设定:大年和神灵都有 primary 和 antithetical 之分,然而,大年和神灵的更替却有着各自的轨道——所以它们的运动共同构成了"螺旋群"(gyres):不仅旋转着上升,而且不只一条轨迹——这可以解释第一行诗句的问题:为什么猎鹰的飞翔是个螺旋。因为不同螺旋的交错,antithetical 的大年/文明中出现的是 primary 的基督;而第二次降临的神灵,按理应该是 primary 的基督的反面, antithetical,它所置身的却是个 primary 的时代。与"谦卑的羔羊"(耶稣)对立,就要"新生的神"是强悍的猛兽(rough beast),那么,种种纷扰所预示的新时代似乎应该是个 primary 的善世呢。尽管推论如此,我们还是忍不住地、并不乏战栗地发问:新生的神究竟是怎样的悍兽,它所统辖的新"大年"究竟是怎样的文明?最后一行,叶芝又回到了基督教的第二次降临说:新神弓身以待、如箭在弦——就要去伯利恒降生了!

最后来做一些收尾工作。关于被血潮淹没"天真之典":放在大年和神灵螺旋运动的背景中来看,这个"天真之典"倒有可能是基督教的洗礼仪式。而 Bloom 主张的第二次降临暗示(或至少是暗合)法西斯主义的兴起似乎纯属胡说八道。叶芝的下一个大年应该不是凶年,虽然那一年的神兽比较凶恶,而 Bloom 该不会以为极权主义是大善吧?好不容易把整首诗梳理了一遍,我却要说点让自己丧气的话:初读 *The Second Coming*,完全地不明所以,却全身心地为文字里的兽性和悍气而倾倒——这种感觉比史蒂文斯那不乏霸道的雅痞腔更妙不可言。现在,经过一番刨根问底,诗也许是读懂了,那感觉当然也还在,却似乎和这番辛苦的解释风马牛不相及。看来,聪明可以追随,气概却无从言说——还是我能力有限。

"茶　隼"

G.M. 霍普金斯

The Windhover

　　　　To Christ our Lord

I caught this morning morning's minion, king-

dom of daylight's dauphin, dapple-dawn-drawn Falcon, in his

riding

　　Of the rolling level underneath him steady air, and striding

　　High there, how he rung upon the rein of a wimpling wing

　　In his ecstacy! then off, off forth on swing,

　　As a skate's heel sweeps smooth on bow-bend: the hurl and

the gliding

　　Rebuffed the big wind. My heart in hiding

　　Stirred for a bird, the achieve of, the mastery of the thing!

　　Brute beauty and valour and act, oh, air, pride, plume, here

　　Buckle! AND the fire that breaks from thee then, a billion

　　Times told lovelier, more dangerous, O my chevalier!

No wonder of it: sheer plod makes plough down sillion
Shine, and blue-bleak embers, ah my dear
Fall, gall themselves, and gash gold-vermillion.

要拿下霍普金斯，需得一张大网，文学为经，宗教作纬，恰好是我术业专攻之所在。先从浪漫派的传承说起，第一条经线是济慈，他那纤敏的美感几乎失传，要不是有霍普金斯。然而，更要紧的一支却是华滋华斯和柯勒律治的 Higher Romanticism，也就是布鲁姆说的"the visionary company"，他以为这一支直到叶芝和史蒂文斯才有所复兴，David Anthony Downes 却说在这前后两大巨头之间还有霍普金斯承上启下。华滋华斯几乎是个泛神派，他之所以极力推崇自然（Nature），是因为他对自然的推崇已经上升到宗教的层次；而且，对自然的感受关键在于直接的感官经验，也就是所谓的以身试之（life test）。柯勒律治的贡献在于想象（Imagination），想象能够在客观世界的具体感触中发现与之相应的更高层次的现实，并且兼属具体和永恒这两个方面，不仅凸现所谓的 Unity of Being，更是作为这种 unity 不可或缺的有机成分。再看第三条经线：在霍普金斯身处的维多利亚时代，济慈的影响力可以在丁尼生和先拉斐尔派那里见到，霍普金斯也不例外；然而，与 Aestheticism 并立的另一潮流，即所谓的 Culture，也就是与唯美者那绚烂多姿的中世纪相对立的阿诺德等人的古典主义，其实也和霍普金斯有所关联。古典主义源自歌德莱辛，他们的英国弟子是卡莱尔和罗斯金。霍普金斯虽然对他们的反基督教义不满，却学来了他们对中产社会的不满。同辈的 William Morris 因此迷上社会主义，霍普金斯却向右转，索性去投靠天主教，搞起了超现实。

数完经线来理纬线，纬线叫做天主教，更精确的说法是，耶稣会。有三个人不得不提：纽曼（John Henry Newman）、邓斯·司格特（Duns Scotus）、罗耀拉（St Ignatius Loyola）。纽曼是把霍普金斯领进教会大门的师傅，他与华滋华斯和柯勒律治也颇多心气相投之处，不仅讲究前者的 life test，也在意后者的 illative imagination，然而，纽曼走得更远，他以为那最真切的体验中被感知的最深沉的存在正是上帝——这正是霍普金斯所受的教诲。邓斯·司格特是霍普金斯在经院哲学中所寻到的理论依据。Franciscan School 的邓斯·司格特不像以阿奎那为首的 Dominican School 那样坚定地反泛神论,虽然他也不至于等同世界和上帝。邓斯·司格特主张整个自然都是基督化身,所以,无论动静,万物都秉承上帝之形象并参与构成上帝的存在。正因如此,我们的意识才能从感知个体(individual)出发,通过类型(type)和原型(archetype)的层次逐步上升到 visionary/imaginative 的境界,从而瞥见 Unity of all Being——这就是所谓的"vision of experience",对霍普金斯有深刻影响。罗耀拉是耶稣会创始人,还以教人修行的 The Spiritual Exercise 闻名。Louis L. Martz 写了一本 The Poetry of Meditation,其中提及罗耀拉冥修(meditation)如何影响玄学派和弥尔顿,霍普金斯也属于这一传统,更何况他本人就是耶稣会士,The Spiritual Exercise 是他本门教科书。扼要介绍一下罗耀拉的冥修法:the composition of place, the examen of conscience, and the colloquy or speaking with God,大意就是专注于某地某物,再尽力感知,最终得以与上帝交流。

准备工作完毕,可以走近直观霍普金斯,在细读"The Windhover"之前,先熟悉一下他的 inscape, instress, 和 sprung rhyme。Sprung rhyme 太过技术性,为了不涉面面俱到则面面不到的险境,我只谈前二者,也就是霍普金斯的诗歌理论。Inscape 是事物的 intrinsic form,它一级级地更为 absolute,最高级的就是 Divine Presence;Instress 有因果之分,作为因的 instress 指事物的 actuality,即 inherent energy,而作为果的 instress 是具体事物给主体所留下的印象。Inscape 和 instress 配合起来,强调万物合一和主客体之间的交融。在 The Windhover 中,茶隼的 inscape 就是基督(注意标题下的小字——to Christ our Lord),而茶隼的 instress (inherent energy)作用于诗人,留下了作为 subjective impression 的 instress,也就是这首诗,而这首诗的 inscape,仍然要回到基督,因为他本是万物之本,无论自然或艺术。

The Windhover 是霍普金斯最为自珍的诗作,写得确实精致绝伦。头韵内韵密密麻麻韵得发晕,整首诗仿佛绣品一般,心思密得到处往外渗,却仍然流畅华美。再者,这细密之中还有险峻:The Windhover 是彼特拉克十四行,octave(前八行)的韵不顾 abba, abba 的规矩,气势十足

地 aaaaaaaa 一韵到底，sestet 用 bcb，cbc。Octave 不仅破了两个
quatrains 一个点题一个发展的规矩（第四第五行被一个句子连接起来，
只有 enjambment，句子不断）；第一行末尾那个 king-dom 断得尤为奇
崛，即开了 ing 的韵，又把 d 扔到下一行去和一群 d 为伍，让人拍案叫
绝——"诗是写出来的"，这是句废话，却点明了霍普金斯的真功夫，*The
Windhover* 真是一场文字音律的盛宴。文字是抽象的东西，霍普金斯却
拿这些抽象的符号去再现活生生的场面：写茶隼的翱翔，就用一连串的
ing 韵；把翱翔比作滑行，又用 I——、O——这样的长音；写崩溃写火焰，
还有 buckle、break、billion 中的 B（前一行中的 brute beauty 也算是个准
备），哔哔叭叭的火声历历在耳。有声不能无色，kingdom of daylight，
dapple-dawn-drawn，sillion shine，blue-bleak embers，gold-vermillion
都是调色板上的颜料，霍普金斯先淡淡抹上几笔（普通的 daylight，还不
乏 dapple），再加高光（shine），然后上凄冷的蓝（blue-bleak），最终爆发出
金黄嫣朱（gold-vermillion），真是层次井然、鲜明夺目。

　　"怎么写"固然要紧，更不能懈怠的是"写什么"。茶隼和这首关于茶
隼的诗都以 Christ 为 inscape，然而，在 octave 所描绘的翱翔英姿和
sestet 的 buckle 和 sheer plod 之间，却有着明显的断裂，这断裂其实影射
着基督的伟大神性和自我放弃，而后者，也就是基督的道成肉身和自我牺
牲，才是所谓的"a billion/times told lovelier，more dangerous"。所以霍
普金斯的视线才从长天落实到厚土，只有劳作才能把犁磨亮，而冷寂的蓝
灰只有在陨落时彼此撕肝裂胆，才能在深长的伤口中透出绚烂的金黄嫣
朱——正所谓没有受难，不成基督。不过，这里面倒也有些 S/M 精神，而
霍普金斯对基督的呼唤"O my chevalier""ah my dear"，在罗耀拉的冥修
法里算是第三步的 colloquy or speaking with God，但由 Julia F. Saville
读来，却不乏 homosexual desire。她的 *A Queer Chivalry*：*The
Homoerotic Asceticism of Gerard Manley Hopkins* 拿酷儿理论读霍普金
斯的宗教情怀，是很合我口味的一条路线，有机会一定要尝试。

"他们都去了光的世界"

亨利·沃恩

They are all gone into the world of light

They are all gone into the world of light!
    And I alone sit ling'ring here;
Their very memory is fair and bright,
    And my sad thoughts doth clear.

It glows and glitters in my cloudy breast
    Like stars upon some gloomy grove,
Or those faint beams in which this hill is dressed,
    After the sun's remove.

I see them walking in an air of glory,
    Whose light doth trample on my days:
My days, which are at best but dull and hoary,
    Mere glimmering and decays.

O holy hope! and high humility,
    High as the Heavens above!
These are your walks, and you have show'd them me
    To kindle my cold love,

Dear, beauteous death! the jewel of the just,
    Shining no where, but in the dark;
What mysteries do lie beyond thy dust;
    Could man outlook that mark!

He that hath found some fledg'd bird's nest, may know
    At first sight, if the bird be flown;
But what fair well or grove he sings in now,
    That is to him unknown.

And yet, as Angels in some brighter dreams
    Call to the soul, when man doth sleep:
So some strange thoughts transcend our wonted themes,
    And into glory peep.

If a star were confin'd into a tomb
    Her captive flames must needs burn there;
But when the hand that lockt her up gives room,
    She'll shine through all the sphere.

O Father of eternal life, and all
    Created glories under thee!
Resume thy spirit from this world of thrall
    Into true liberty.

> Either disperse these mists, which blot and fill
> My perspective (still) as they pass,
> Or else remove me hence unto that hill,
> Where I shall need no glass.

山巅和水滨都是分界的地方,所谓山穷水尽,所以才有长歌当哭,这份歌哭里浸透的,其实是种叫作 liminal experience 的东西,仿佛向死而生:"死"珍宝般璀璨于黑暗(更是被沃恩不乏倾慕地叫作"Dear, beauteous death"),"生"才能向"永生"飞越,从披拂着落日微茫("faint beam","after the sun's remove")的此山("this hill")飞越到彼山("that hill")的光明之世("the world of light")。

不妨这样重现一下沃恩"They are all gone into the world of light"的场面:感慨着人生("my days")的无趣和灰暗"dull and hoary","hoary"原义指鬓发斑白,用在这里,点出了年纪渐长的无奈;此外还请注意"at best but"这样的小 expression,虽无实意,却尽显怨意,是写功所在),"我"独自徘徊在山巅。然而,并非感怀旧日的浮华,所谓的浮华只是"mere glimmering",难逃一个"decays"。真正熠熠生辉的(与"glimmering"的虚幻和浮泛相比,"glow and glitter"显然更为坚实而灿烂)是旧友们步入的光明国度。所以,与其说"我"的视线逆时间而返而怀旧,倒不如说是想要向前展望,想要看到时间以外的存在,所谓不再需要视镜("where I shall need no glass")的彼山。

旧友已逝,他们都去了那光明的国度,只留"我"在此独坐,胸中阴霾密布("cloudy breast"),仿佛阴郁丛林("gloomy grove")。生的光鲜和死的苍白被沃恩转换成生的灰暗和永生的明亮,这样的炼金术其实依赖着永生之父("Father of eternal life"),灵魂逃离这个世界的囚禁("this world of thrall")回到他的怀抱才是真正的自由("true liberty")——真是典型的柏拉图主义。正因为如此,念及那些如今浴光而行的旧友,他们所怀的"holy hope! and high humility,/High as the Heavens above"(六个 H 音仿佛天使的六翼般扶摇直上)甚至感染了关于他们的记忆,使得普普通通的记忆也"glow and glitter"起来,这记忆驱散了"我"的愁绪

（"and my sad thoughts doth clear"），仿佛星光照耀丛林，或是落日余晖披拂（Vaughan 用了 dress，很有情致的一个词）山冈。有意思的是，记忆之光到底微弱，所以沃恩才拿星光和弱晖来比喻，类似的是，死哪怕钻石般璀璨，却只在黑暗中闪光。有了这些"火种"——并非明亮的火焰，而只是微小的种——"我"心中业已冷却的爱（"cold love"）被点燃，"我"要去追寻尘土之外的奥秘（"What mysteries do lie beyond thy dus"），而这首诗自然地就转入了冥思生死的两个 metaphors。

Metaphor 之一，灵魂被比作成熟的鸟（"some fledg'd bir"），它的离巢其实暗示着此生的终结，"我"把自己设想成"他"，见了空巢，虽不知鸟鸣何处，但鸟鸣的深井或丛林想必是美好（fair）的所在，这里全然不见对死的畏惧，宁静、甜美的心态让人羡慕。从"我"到"他"的转变是个有趣的细节——这首诗中，"他们"是旧友，"你"直称上帝，这个"他"仿佛是"我"对着"你"倾诉时，情不自禁地把尘世的自己叫作"他"——奥古斯丁说上帝比我们离我们自己更近，也许就是这个道理吧。Metaphor 之二是死为睡，而永生是梦，梦中有天使呼唤灵魂。与先前的"不知鸟鸣何处"相比，这里倒是露出了些奥秘的端倪，在天使的召唤下，我们习以为常的主题被某些异想所超越（也许说"打乱"更贴切吧），而这些异想甚至发出了一声"glory peep"。"glory"是光辉的大词，"peep"却只是匆匆一瞥或幼雏发出的细微尖叫，它们俩被硬拉在一起，是生动得不能再生动的 oxymoron——有这种透着 conceit 精神的措辞，难怪沃恩被归入玄学派。所谓的"glory peep"大概是向往自由的张望或呼声吧，人虽然微不足道（所以用 peep），对永生境界的向往却 glorious。墓穴可以埋葬肉身，却禁锢不了灵魂，当然，这灵魂也得有信仰，要知道记忆的星光来自 holy hope and high humility。经历了两个冥思生死的 metaphors，沃恩又回到了"星"这个意象，"星"当然和关于旧友的记忆有关，却更是灵魂的又一个象征：记忆之光或许微弱，灵魂却光彩得很，哪怕落入墓穴都仍夺目，而一旦被上帝所释放，她必将辉映整个天宇——倒数第二个 stanza 里，沃恩索性向上帝直接祈祷呼告（上帝创世并拯救灵魂，我们自然要以全身心的信仰来回应）：从这个世界的桎梏中解救灵魂吧，领她入真正的自由！最后一个 stanza 仍然有趣，沃恩似乎是个耍小聪明且贪心的家伙，他甚至向上帝建议了拯救自己的方案：要不清除我眼前迷雾，让我不再一筹莫展——这是在讨要"智慧"；要不，干脆把我领去永生的彼山好了，那里根本不用拼命地观望和洞察，多享福啊！——看来，在上帝面前，鬓发斑白长吁短叹的"我"竟然一下子变成了撒娇的小孩。真美好，美好得让我这种 cynical 的人都忍不住心酸。

"怀 念 叶 芝"

W. H. 奥登

In Memory of W. B. Yeats

I

He disappeared in the dead of winter:
The brooks were frozen, the airports almost deserted,
And snow disfigured the public statues;
The mercury sank in the mouth of the dying day.
What instruments we have agree
The day of his death was a dark cold day.

Far from his illness
The wolves ran on through the evergreen forests,
The peasant river was untempted by the fashionable quays;
By mourning tongues
The death of the poet was kept from his poems.

But for him it was his last afternoon as himself,

An afternoon of nurses and rumours;
The provinces of his body revolted,
The squares of his mind were empty,
Silence invaded the suburbs,
The current of his feeling failed; he became his admirers.

Now he is scattered among a hundred cities
And wholly given over to unfamiliar affections,
To find his happiness in another kind of wood
And be punished under a foreign code of conscience.
The words of a dead man
Are modified in the guts of the living.

But in the importance and noise of to-morrow
When the brokers are roaring like beasts on the floor of the
Bourse,
And the poor have the sufferings to which they are fairly
accustomed,
And each in the cell of himself is almost convinced of his
freedom,
A few thousand will think of this day
As one thinks of a day when one did something slightly
unusual.

What instruments we have agree
The day of his death was a dark cold day.

II
You were silly like us; your gift survived it all:
The parish of rich women, physical decay,

Yourself. Mad Ireland hurt you into poetry.
Now Ireland has her madness and her weather still,
For poetry makes nothing happen: it survives
In the valley of its making where executives
Would never want to tamper, flows on south
From ranches of isolation and the busy griefs,
Raw towns that we believe and die in; it survives,
A way of happening, a mouth.

Ⅲ
Earth, receive an honoured guest:
William Yeats is laid to rest.
Let the Irish vessel lie
Emptied of its poetry.

In the nightmare of the dark
All the dogs of Europe bark,
And the living nations wait,
Each sequestered in its hate;

Intellectual disgrace
Stares from every human face,
And the seas of pity lie
Locked and frozen in each eye.

Follow, poet, follow right
To the bottom of the night,
With your unconstraining voice
Still persuade us to rejoice;

With the farming of a verse
Make a vineyard of the curse,
Sing of human unsuccess

In a rapture of distress;
In the deserts of the heart
Let the healing fountain start,
In the prison of his days
Teach the free man how to praise.

柏拉图是有势力的人,他说要把诗人逐出理想国,果然就害得一代代诗人苦于辩护。柏拉图的大意是:诗在形而上的意义上是二手货——因为它模仿现实,而现实模仿理念,于是诗无非是所谓的"模仿的模仿";而就道德而言,诗害人沉醉于感官的浮浅,以至忘记追寻至善至真,所以堪称"腐败"。诗人们当然不愿背这副既"衍生"又"腐败"的黑锅,就连柏拉图的徒弟亚里士多德都看不下去了,他在《诗学》中主张"模拟"是人类天性,而诗不仅能满足这种天性,更是能够触及绝对真理——相比于历史,诗所涉及的主题并非偶尔性的"已/正/将发生",而是必然性的"理应发生"。亚里士多德之后,诗人们纷纷挺身而出:西德尼说诗不仅触及绝对真理,而且能够通过感动、教育与愉悦把这真理奉之于人——其实已经开始强调美的独立功用;雪莱的口气更大,把诗人叫作这个世界的匿名立法者,俨然要反攻柏拉图的哲人王理想国;阿诺德身处信仰危机年代——科学逼迫文艺,理性驱逐宗教——于是他要以诗为教,一方面对抗科学的鲸吞,一方面抢占宗教退潮所让出的地盘;艾略特也算紧随阿诺德,虽然他喟叹西方文明已衰落至荒原状态,但重建基督教文化的重任,诗人终究要肩负。

身为诗人,奥登也做诗辩,却看不惯那些唱高调的人。雪莱的"立法者"之说很是冠冕堂皇,奥登却够绝,竟说:立法者不是秘密警察吗,关诗人何事?他还嘲笑阿诺德或艾略特的事业:所谓上帝的归上帝,恺撒的归恺撒,"基督教文化"是个自相矛盾的概念,上帝的教和恺撒的文化怎么能混为一谈呢？虽然观念相左,奥登和阿诺德等人却从不同方向为世俗化贡献着自己的力量。阿诺德口口声声要以诗兴教,虽然兴教的诚心可鉴,但诗的加入,到底显示(甚至加剧)了宗教独权的分崩离析。奥登也是一副护教的作风,但他分裂宗教和文化,其目的并不在于号召广大诗人都来颂神,而是要为诗争取"轻浮"(frivolity)的权利。

奥登心目中的理想诗人,应该不是藉华美诗艺礼赞基督的霍普金斯,而是热衷于戏谑小调的多恩。然而,奥登为绝不能因"肆无忌惮地游戏于鸡毛蒜皮"而被误解为一轻到底的轻骨头。他的游戏诗论来自齐克果"审美—道德—宗教"三段论中的审美阶段,所谓轻浮游戏,毕竟有另外两个阶段来制衡,而对于三段论,需要补充极其重要的一条解释:这三个阶段并非层层递进,而是始终并存的三种状态。换句话说,从审美到道德的跳跃并不意味着我们就此脱离了审美阶段。所以,奥登想要维持诗歌在审美意义上的独立性,他强调诗歌不能等同于现实,而是某个独立的传统,这个传统中,诗歌在语言的层面上自行游戏,在文本与文本之间互相映射。然而,奥登却不是唯美主义者,更不是逃避主义者。诗对于奥登而言,在独立的同时,更是谦卑的。因为谦卑,所以不做虚妄的高调,不妄言神圣;然而,不妄言神圣不等于说不尽力表达与神圣遭遇时的敬畏,这是一种知其不可而为之的无奈——这种无奈需要以"寓言"(parable)的形式来表达,因为不可言之言不能直言,只能寓意于言他。再者,诗虽然不是现实,但它不能不关注现实。奥登的诗作曾经被推崇内心探幽的批评家贬为"新闻报道",由此可见社会现实对"独立"的诗歌传统的重大影响。

奥登熟习齐克果的辩证法,以至他的诗辩也颇为辩证:一方面,诗不应涉足道德和宗教的领域,因为审美的境界是独立而骄傲的;另一方面,骄傲和谦卑其实是同一枚硬币的两面,诗的谦卑使得它在肆意张扬的同时,不仅不会害人沉醉,更是能把一点微光照向无数 unknown citizens——所谓的"轻浮"与"崇高"的对立,谁说不是无名小卒与高雅士绅的天壤之别呢? 在这种意义上,历来的诗辩都先是设定了精英贵族的"先天"存在,倒只有奥登带着民主的"有色"眼镜,到底是经历过粉色三十年代的人。

简介观念之后,来看具体作品。"In Memory of W. B. Yeats"是悼念叶芝之作，既怀人，又做诗辩。全诗分三个部分，第一部分写诗人辞世，一派萧杀冬景造足气氛。第一个 stanza 里的 airports（空间上的交通）和 public statues（时间上的铭记）已经隐约有些开阔的气象，而第二和第六 stanzas 则分别写自然界的狼群河流和人世间的掮客穷人，在这自然/社会的双重世界里，诗人的身体被比作政体，有行省和广场——这仿佛在回应柏拉图对诗人的放逐令：柏拉图的城邦里没有诗人的位置，而奥登的笔下，诗人自己就是理想国。

　　第二部分写诗的所是所不是。诗不是现实，不能及物（"...poetry makes nothing happen"），但它是一种发生（"a way of happening"），有其自给自足和自生自灭（"...it survives/in the valley of its making"）。这一部分以"a mouth"作结，正好引出下一部分的主题：诗人之口，该做怎样的歌吟？

　　奥登忽然在第三部分换上了 trochee（重轻）和 iamb（轻重）交替出现的节奏，基本上（个别行除外）用 tetrameter（四音步），第四个音步只有一个重音（总共七音节）且用韵，所以是所谓的强韵（strong rhyme）——这样的音韵铿锵有力掷地有声，很是凸现奥登所主张的诗观：谦卑简朴，敢于低头直视诅咒的藤园、人的失败、心灵的荒漠、时日的牢狱——这就是所谓的琐碎轻浮吧。谦卑之诗却又是慷慨的——With your unconstraining voice/Still persuade us to rejoice。诗人沉到夜的最深处，是为了用他无拘无束的歌声领我们走向光亮，然而，谦卑的她却在我们迈进光的那一刻松手，引领而不求荣耀，劝说并教诲，却不声称救赎——就像是渡人之舟吧，自己却从不曾登上彼岸。

第三部分

小说：她人之脸
（Face of the Other）

两　难·共　难

J.M.*库切*

说库切,不能不说南非,又不能只说南非。

说起南非,当然要提"种族隔离"(Apartheid),这个英文单词源自荷兰语——这就引出了南非的复杂历史和现实,因为,黑白分明的善恶故事只是 dummy 或 nutshell 版,而我对 noumena 般不可企及的实情也并不了解,然而,必要的常识还是尽量地要去掌握,比如,所谓 the Afrikaners 的存在。

关于南非的种族隔离,黑与白的两相隔离其实应该被细化为三分:在英国殖民者和当地黑人之间,还夹着 the Afrikaners。这些"白人土著"来自荷兰、德国、法国和北欧,他们 17 世纪时来到非洲,比起后到的英国人资格要老,所以在抗击英国殖民统治的时候,很是自诩为正义力量。然而,对立于他们正义事业的魔头,除了英国佬,还有当地黑鬼。为 Afrikaners 把持的南非政府对外驱逐殖民势力,对内推行种族隔离。这里头不是没有 Bourdieu 所说的象征性资本(symbolic capital,为赤裸裸的利益遮羞的谎言,而这谎言正是某种现实所依赖的基础),也就是 Afrikaners 种族、语言、宗教"三位一体"的文化身份。换句话说,the Afrikaners 的身份,由三种东西共同决定:白人的肤色,特定的语言 Afrikaan,以及宗教(基本上是加尔文教派)归属。

很幸运的是，库切是 Afrikaner。很不幸的是，他是 Afrikaner。

身为 Afrikaner，库切不曾一出生就落入 the Other 的苦难集中营。他是白人，可以选择流亡以逃避令人窒息的南非——而黑人作家就没有这种特权，即使同样可以出走，等待他们的却大多是自杀或彻底沉默的命运。库切是白人，身后有欧洲的文化传统，在英国和美国接受教育的他更是冲到了精英的最高层次。熟谙后现代主义的他很是通透地解构着黑白的二元：在访谈中，他字斟句酌地说——在南非，哪里有纯黑或纯白的人……而小说《耻》则通篇回避肤色的直接描写。这回避不是超脱，而是为了躲避 essentialism 的笼罩。反黑/白固然是具体的政治姿态，却在落实的同时，落入了二元的摆布，倒不如退后一步，让黑白都成了灰，让被黑白所遮蔽的东西，从一层灰幕中慢慢透出来。

身为 Afrikaner，库切受着英文和 Afrikaan 的双语教育，却选择英文写作而摒弃 Afrikaan——这倒是种具体的政治姿态，让人一眼看出库切对 Afrikaner 文化的绝望，虽然选择英文（也就是选择世界）其实隐藏着更深远的殖民主义问题。这种选择和他的欧美精英文化背景一旦结合起来，便造就了库切的独特风格。面对南非的残酷现实，库切并没有成为戈迪默般投身于革命事业的呐喊乃至实干者；相反地，他背过身去，用并不太南非的语言编造天马行空的幻想故事，炫耀五光十色的理论思潮，即使连《耻》这篇颇有些现实主义色彩的另类之作都没有任何"投入"的历史或伦理意识，而只是冷冷地"介入"着——痛是真切的，却更是荒谬而无意义的。对库切的冷漠，很多人颇有微词，但魔鬼辩护者却似乎更多，尤其是众多批评家，他们不厌其烦地强调着库切是如何地攻击丑恶社会的形而上而非物质基础；或小说的伦理力量来自它的独立，即所谓的非伦理；或作家对历史的责任并非只能通过现实主义道路而实现。不过，驳斥也好，辩解也罢，其实倒是从不同方向一起突出了库切的两难境地：一边是欧美、智识、后现代主义，另一边是南非、种族隔离、后殖民时代。对前者而言，库切到底是非洲人，即使不能说是 the Other，至少也属于 One and the Other 之间的边缘地带；而对后者而言，库切又到底不是个"地道"的非洲苦孩子，就一点，他不黑！——所以，归根结底；就像黑白一样，One and the Other 也不是简单的两分，为了尊重其中的含混和复杂，难怪库切只能南辕北辙、声东击西、阳奉阴违,乃至回避,乃至沉默,这倒也来自他的切身体验呢。

最后来说"三位一体"中的宗教。The Afrikaners 大多是加尔文教徒,他们自命为新一代选民,还以旧约中以色列人的经历为模本塑造自己的民族史诗。对此,我们只能说宗教的乌托邦意识几乎完全地沦陷成了意识形态。在这样的背景下,库切的"不可知"姿态显得不仅情有可原,甚至"政治正确",而他的绝望笔触则更是有些否定神学的意味。《耻》的第一章中,主人公卢里在谈起音乐时说它源自灵魂(仿佛暗示着艺术和救赎的双重可能:艺术可以救赎,救赎也救赎艺术——这呼应着库切自己的事业和批评家们对他所唱的赞歌)。然而,出于自嘲和嘲人,库切很是首尾呼应地在小说结尾再次提起了音乐和灵魂,而两者的中介竟是狗,就要被安乐死的废狗。喜欢跟着卢里听音乐、陪伴他创作拜伦歌剧的是狗;迷惘于安乐死现场灵魂脱窍的气味的,还是狗。库切甚至把卢里抱在手上的狗比作耶稣怀中的羊羔!死到临头的狗对就要发生的事一无所知,即使有隐约的感觉,也无从理解;而整部小说结束于卢里对狗的死刑宣判:是的,这就放弃。狗就是人,就是卢里,就是库切,就是我们,它不恭顺,也无人爱抚,苟延残喘,无知无助——如此黯淡而凄绝,真是难为了库切去面对。谁敢说他只是象牙塔里做白日梦的作家?又有谁能说冲锋陷阵的人就一定能直捣黄龙?虽说库切的"神学"绝望到底,我却在这绝望中看到安慰——共同受难的人里,又有一个哭出了声,这不仅是他自己的音乐,更是更多无声者的声音啊。

是的,这就放弃

——读《耻》

  几年前,读到大江健三郎的成名作《奇异的工作》,震撼异常。所谓奇异的工作,是说几个大学生为人拼命杀狗,最后却还是被赖了工钱,他们看着烟囱里冒狗烟,觉得这也是自己的命运。那时的大江才二十出头,除了这篇杀狗故事,还写了《死者的奢华》,讲另几位大学生在太平间为人搬运尸体,与杀狗倒也相仿,虽然故事简短,却有着可怕的穿透力,难怪被川端康成誉为"有异常才能"。借大江开篇,其意却在于另一个人,另一个也写杀狗的人——库切。

  库切的小说《耻》用这样不动声色的对话结尾:

  贝福·肖(从事杀狗的动物保护者)问大卫·卢里(因性骚扰丑闻而避走乡间的大学教授),他手上抱着的狗是不是拖一周再杀。难道现在就放弃?

  卢里答:是的,这就放弃。

  用这样决绝的调子收场,实在是库切的"异常才能";而小说的叙述中,早就埋下绝望的种子,底下一段尤其触目惊心:

  他像是被人捅了一刀,伤口"滴滴答答"地淌血,他竖着耳朵听,等自己血尽人亡。(大意如此,关于卢里的伤痛体验——当他的女儿被人强奸,而自己差点被纵火烧死。)

  库切和大江一样,都被诺贝尔奖承认了。我去看官方的颁奖辞,却觉得库切的沉沦黑洞里,竟还是被人生生拉扯出一根光明的狗尾巴,真恨不得一刀砍断。颁奖辞一边赞赏着库切对"解放"和"和解"等进步事业如何地不盲目乐观；一边却拿另一套高帽子给他戴，即所谓的"文学救赎"，说库切笔下的人在残酷的现实面前，仍然坚持文学的理想世界——理由或许是卢里在自己身败名裂、女儿遭人凌辱的困境中仍然写作他的拜伦歌剧吧。然而，（或许是我误读了，）小说里明明白白地写着卢里在小屋子里疯疯癫癫地哼歌、写剧的样子如何吓坏了爬窗子的小孩。救命稻草当然不是不曾抓，但即使抓到了，也救不了命——卢里肯定明白，皇家科学院也许不明白。比如，它给了川端最高荣誉，川端却还是义无反顾地去死。现在，库切也得到这所谓的最高荣誉了，但那架势，竟让人想起《哈姆雷特》的结尾：不明不白的人高声讴歌王子的英勇事迹，他的癫狂和迟疑倒是可以被彻底埋掉了。

虽然明知自己刻薄，但怎样想就怎样说，这是我努力要做到的坦诚，起码的坦诚——库切笔下的卢里，也很有些这样的倔脾气，更有甚者，他根本就是某些高贵品质的集大成者。卢里专攻浪漫派文学（然而，这位浪漫派专家却只能在功利性十足的 Communication 系教书），不只创作拜伦歌剧，更号称热爱自然诗人华滋华斯，自己也很有浪漫派头，只可惜是不合时宜的遗老派头——无论嫖妓还是勾引女生，都无比深切地发自无比深沉的欲望，却都完成得比较失败，而这些到了歌德之类的浪漫大师手里，还不知能搞得怎样地深刻而媚惑，再堂皇成"从恶识善"，从实践一路演绎到理论——根本就是人生最高境界。可惜，只可惜卢里生不逢时，狂飙突进的年代早已不再。而库切的厉害之处不光是嘲讽这种不乏辛酸的"不合时宜"，更在于他看得更穿，他索性看穿了"忏悔"、"和解"这些时兴的苦痛低调。因为一眼看到底，看到"这就放弃"，所以懒得拿鞭子抽打卢里的"丑恶"灵魂，反而任由那灵魂任意张扬：卢里其实是个老实人，骚扰了人家女生，学校说你道个歉搞个再教育，一切都好说，他偏不干——不认错倒不至于，但阉割欲望改造思想保全功利这样的事，他偏就有那骨气不干。说句大白话，这人虽然坏，但至少坏得有担当，宁可身败名裂，也不委曲求全。但再说句实话，他再忠于自我忠于原则，对他人的伤害就是伤害——这才是对他那孤立于世俗的高贵气概的更深意义的解构，乃至摧毁。库切真是毒辣，一边任由卢里桀骜不驯，一边却给他安排了女儿被强奸的厄运——从罪人到受害者的角色转换（而罪人和受害者之间本就没有什么本体性的差异！）一下子把卢里捅了个透心凉。如果说原先的性骚扰事件——无论是骚扰本身，还是卢里对调查组的反应——里还有些许浪漫主义理想的意味，库切对卢里玩的这招"化主动为被动"实在是一盆冰水，把黑暗世俗中的一线火苗给生生泼灭，因为，那火苗实在不是任何温暖，它只是罪而已。罪就是罪。还能怎样？所以，卢里最终还是去向女生家人道歉了。他向她们下跪。这里面的东西，与其说是冠冕堂皇的忏悔，倒不如说是无可奈何的同情（com-passion，共同的受难）。犹太哲学家让可莱维奇（Jankelevitch）曾为德国人的忏悔问题大做文章，他宣扬罪行之"不可宽恕"，因为宽恕是种非人或超人的美德，它意味着抹杀记忆、抹杀经历、抹杀疼痛——只有上帝才有能力宽恕，我们没有。类似地，我在卢里身上看到了"忏悔"的不可能，正如受难者没有能力宽恕，罪人更没有能力忏悔——真正的忏悔只可能是 compassion，com-passion，共同的受难。呼应于痛苦的，只可能是痛苦。诚实的卢里拒绝"忏悔"，却不得不"同情"、"共难"——在命运和历史面前，难道我们不都是一样卑贱的受难者？这样看来，卢里的下跪里，倒是透出比他原先竭力维护的理想更高贵的东西来；但这种高贵毕竟不是什么高调，卢里的确向女生的家人下跪了，但这也许只是一个被人捅了一刀、一路血流不止的人的最终崩溃？

他下跪，只是因为没有力气站立。

他实在是没有力气站立。为了躲避性骚扰丑闻，他避走乡间，和女儿露西（这里是否不无讽刺地影射着华滋华斯的"露西"抒情诗系列呢？）相依为命。露西叫他去动物保护者贝福·肖那里做义工，卢里对"热爱"或"保护"之类的善行颇多鄙夷，更不喜欢这里面"劳动改造"似的意味，但去了之后，却发现肖的工作其实是杀狗——这真是绝妙的暗示：我们能做到的"保护"，也许只是"了结"吧。大江的"杀狗"主题，在库切手里实现了一次漂亮的变奏。一次还不够，库切笔下还有一场杀狗的好戏：三个黑人闯入露西家，强奸露西，烧伤卢里，还开枪打死了好几条狗。黑人对露西（哪怕她只是个陌生人）怀着根深蒂固的种族仇恨，但屋外的狗却是这场复仇中彻头彻尾的无辜受害者（它们所遭受的屠杀，几乎影射着不止一个政权所推行的"种族灭绝"）。黑人和白人哪怕再水火不容，但至少都是人，关狗何事？然而，为与己无关的事物付出生命代价的，正是这些狗。谁又能说我们的处境，不像这些狗？（小说中，卢里的确对女儿说过这样的话："我们活着，就像狗。"）更有甚者，陪伴卢里创作拜伦歌剧的，仍然是狗，而且，是一条终将被"安乐死"的残疾狗。库切常遭诟病，罪名是"逃避现实"。小说中，卢里先是不得不背负丑名离开学校，之后又遭遇入室抢劫，而遭强奸的女儿竟然拒绝他移居欧洲的建议，甚至执意要生下"孽种"。在这样的环境中，卢里之沉湎于艺术创作实在是有"逃避现实"的嫌疑。然而，库切让卢里对着一条狗写作，对着一条象征我们无奈处境的废狗——如果还有人说这样的安排"逃避现实"，那我只能"这就放弃"，放弃解释救赎与沉沦的唇齿相依。如果说歌剧的写作仍然有比较强烈的"救赎"意味，那么小说的结尾就是"沉沦"主题的最高潮——最终，卢里把那条曾经聆听并热爱他所创作的音乐的废狗抱上了"亡命台"，而且，他所放弃的，不仅是这条狗。

和父亲不同，露西是要顽强活下去的那一个，她不但不肯报案，甚至甘愿嫁给强奸者的亲戚，为了换来茫茫荒土上的一点保护——卢里热爱华滋华斯的自然诗，他的女儿，华滋华斯抒情主人公的同名人，却不得不在"自然"中苦苦挣扎——这是一幕伟大的悲剧，还是一场最辛辣的嘲讽？或者，两者兼而有之？然而，卢里的耿介不仅害他不能周旋于世俗，也害他无法像露西那样放弃尊严而苟活。他太高贵，演不了闹剧，又太虚弱，承担不起悲壮，于是，只能这就放弃。是的，这就放弃。死和活，就这两条路，却哪里都无趣。正是在这种无趣中，卢里写作着他的拜伦歌剧——这里，或许有库切和《耻》的自我投影吧。哪来什么救赎，能有点自欺欺人的安慰就不错了，就像下岗的人每天还是要出门转一圈那样，好歹有个事做——我就是这么读库切的，我也是这么写自己的东西的，所以就实话实说了。然而，与卢里的文学创作（creativity）相对应的还有自然意义上的创作，露西的生育（procreativity）。创作与生育的类比是文学中的一个重要主题。例如，英国诗人约翰·多恩的长诗《Anniversaries》就是一篇名为献给某位早夭的小姐、实为探索诗人创作的作品。诗中，少女未曾实现的生育力不仅为诗人的创作提供了契机，更是被诗人用作创造力的象征,这其实体现了男性艺术家对最根本意义上的创造/作力——女性生殖力——的向往和嫉妒。回到库切的小说中,卢里一边想通过创作救赎自我,一边却又不无清醒地决定放弃,这在某种意义上生动而精确地再现了艺术的双重特质:超验与无能。更有甚者,艺术不仅有其内部的歧义性,更还被置于自然与历史的大环境中。如果说黑人强奸者眼中的仇恨象征着"历史",露西化仇恨为孕育的生殖(这其实是个苦苦挣扎的艰难过程)其实代表着"自然"的力量。在历史中,个体(以狗为代表)是无辜而无奈的受难者;然而,如果历史是长河,它终究被孕育万物的天地所怀抱。和解的力量,终究来自于生生不息。与为男性强奸者所代表的"历史"相对立,库切选择以女性被害者以及她的生育来作为整部小说最深厚、最宽广、也最难觉察的底色,即所谓的"自然",此举从女性主义的角度看来,虽然看似积极,却不是没有其问题(把女人等同于自然,是男性思想的通病);我暂且不提这个问题,只先说说这个"文学—历史—自然"层层推开去的视野。在这个视野中,文学体现出它知其不可的谦卑(文学不可能孤立于历史、无视狗一般的人的命运;文学创作更是无法抗衡自然性的创造,正如卢里不能理解露西的坚忍);然而,文学屈服却不臣服于那些更伟大的力量,它要以"知其不可"的谦卑,成就"知其不可而为之"的尊严。

这也许就是我从库切的文字中拉扯出的"光明的狗尾巴"吧,说到底,还真是不忍心砍断。

无面目的镜子

V.S.奈保尔

小时候喜欢莱蒙托夫的《浮云》，至今还大致记得诗的结尾：浮云虽然冷漠，却自由自在；没有祖国，却也不会被流放。

这样的诗，倒像是为奈保尔写的。他生在特立尼达的印度移民家庭，从小受殖民主义教育，长大后拿着奖学金去英国读书。因为父亲是文艺青年，所以奈保尔很有写小说的野心，而这野心竟一步步实现：他不仅发表了小说，还是在英国发表的（特立尼达毕竟是文化沙漠）；而且发表了很多小说、游记、文论；甚至，最终得了诺贝尔奖。

然而，功成名就的奈保尔仍在叹息——我是个没有国家的人，我的写作也许只有一个目的：在"空无"的背景前，用文字拼凑一个自己。传统意义上的 fiction 是对立于写实的虚构，但奈保尔的 fiction 却是游走于虚构和写实之间的异态，他的小说总是具有强烈的自传色彩，而他非小说类的创作和小说创作又千丝万缕地唇齿相依着。对奈保尔来说，所谓实在的社会现实其实分崩离析不可捉摸，连起码的国家和文化都无从归属，而想象和虚构却成了构建自我的砖瓦。

印度是陷在"过去"中的故乡，因为过去了，所以把他这个外人拒之门外——也许是出于赌气，奈保尔在《幽暗国度》中对老家印度大放厥词，那架势几乎在说：我这个外人看印度可比你们明白多了！然而，到了《印度：

受伤的文明》中,聪明而诚实的奈保尔马上知错就改,老老实实地记录他和印度老百姓的交往和访谈——这种老实,其实是无可奈何地接受了自己的"外人"身份吧。而《河湾》中则出现了一段黑色幽默的情节:旅居非洲的印度移民去英国读书,毕业后苦于找不到工作,竟异想天开地去印度使馆碰运气,老家人却毫不客气地拿冷眼冷语冷板凳来招待他。

俗话说,热面孔贴冷屁股最难受,奈保尔的热面孔其实倒不是向着印度的,而是英国,可那个光辉的大英帝国也早已"过去",不落的太阳一旦落了,俨然好大一片冷屁股。奈保尔的父亲是文学爱好者,所以把奈保尔熏陶成了文化向往者;因为特立尼达是英属殖民地,他们所接触的文化源自英国,于是,奈保尔把文人笔下的伦敦想象成了圣地。当他终于梦想成真地来到英国,却失望地发现:第一,现实中的伦敦只是一座陈腐而无趣的城市;第二,即使是如此黯淡的伦敦,也都不属于特立尼达或印度人。这些感慨,他写进了《抵达之谜》。(库切那篇同样描写殖民地文艺青年在英国的小说《青春》里,把来自南非的主人公请到家里做客的,恰好是一对印度夫妇。让人不由遐想:如果来自南非的库切和来自印度的拉什迪以及来自特立尼达的印度人奈保尔聚首,不知该是怎样不乏辛酸的盛事呢。)

印度和英国这两大伟大文明的破灭并没有使奈保尔回头热爱家乡特立尼达。初读奈保尔描写童年生活的《米格尔街》,我对他疏离、漠然的态度颇多不满;然而,我忘了他是外人。他始终不能摆脱外人的命运,哪怕在自己生长的地方,毕竟,奈保尔的祖上是移居特立尼达的印度劳工,说到底,他们不属于这个地方。一朝离乡背井,世代举目茫然,只有落脚的地方,没有家。奈保尔在父亲的影响下沉湎于文学创作,他成功了,然而,在他成功之前,父亲已经疯了,疯爸爸声称看不见镜子里自己的脸,他是个没有脸的人——这样的一桩现实倒是有着"至高虚构"的深意:无家可归的虚无甚至抹平了我们的面目,因为,没有归属,就没有自我。Helen Hayward在评论奈保尔时提起了福斯特《印度之旅》中的马拉巴(Marabar)洞穴,她把这些象征着印度的洞穴比作镜子,探秘者最终只能在穴壁上看见自己的脸。(Helen Hayward, *The Enigma of V. S. Naipaul*, Palgrave, 2002)然而,福斯特笔下的英国探秘者至少还有稳妥的身份和归属,奈保尔家的处境却是:如果特立尼达是面镜子,镜中却没有印度也没有英国,只有无面目的流民。奈保尔父子颇有些前赴后继的悲壮——父亲看透了镜中的虚无,承担不起,疯了;儿子接过这份通透之重,竭尽全力地用写作来勾勒出自己的面目,哪怕只是无面目的面目。这固然是艺术创作,更有些像是从无到有的创造,为了对抗虚无。所谓文学的切身力量,莫过于此。

然而,奈保尔并不是个文学救世的高调论者,他的力量更多地来自冷酷嘲弄与热切同情的彼此渗透:因为绝望,所以聪明,聪明得到处看穿,却反而又生出爱来。文化保守主义者喜欢奈保尔对殖民地民众的"鄙视"以及对帝国时代的"缅怀",革命的批评力量却死守着他为广大流民谋求自我的进步意义——这两方都像是非得把孩子扯成两半的假妈妈。不过,好在假妈妈都是笨蛋,笨到拿着一截木头当孩子。奈保尔平安得很,当然,也气得很。奈保尔的"鄙视"和"缅怀"是个复杂的问题,不可能被谋求自我的进步意义所轻易遮蔽。因为,所谓的自我构建,其实是在幻象的基础上建立起来的——这是拉康藉"镜像期"理论而提出的主张;在这个基础上,霍米·巴巴谈及了殖民者与被殖民者互相依赖的说法:殖民者是被殖民者在镜中所见的完美幻象,而那幻象的完美,正基于被殖民者的被驱逐。对代表被殖民者的奈保尔而言,他那无面目的自我(Other)其实毕竟依赖于殖民者(One)的存在。当殖民制度的物质存在日益消亡时,这一套"One-Other"互相依存的机制仍然掌控着殖民者和被殖民者的心理(psychic)世界;所以,奈保尔所极力创造的自我不可能凭空诞生,相反地,它无法摆脱对被殖民者的鄙视(类似的心态在汤婷婷的小说《女勇士》里也有所反映,"我"出于自我鄙视在学校厕所里打骂另一个华裔女孩;而库切《青春》中的主人公则甚至渴望祖国南非遭受外来侵略)以及对旧日殖民帝国的缅怀。如果说被驱逐的被殖民者驱而不散,是纠缠着殖民者的鬼魂;那么曾经的殖民者也是萦绕着被殖民者的镜中幻象,他们看不见镜中自己的脸,却无法不看见镜中殖民者傲慢虚妄的脸。这仿佛就是奈保尔文学生涯的写照呢:他(以及一系列殖民地作家)的异军突起为英语文学带来了一场亡灵起舞,而这些鬼魂却不能摘下苍白的面具,因为,那后面,终究没有脸。如此深沉无奈的愁苦,实在是比天真的高调或谄媚的缅怀更让人心动。奈保尔曾经不懈书写,为了拼凑所谓的自我;然而,有一天,他忽然在报上发表封笔声明,害人哗然且不解。我苦思了一些日子,忽然想起声称镜中没有自己的脸的疯爸爸——难道,奈保尔的理智终于和爸爸的疯狂殊途同归了?

奈保尔的水信子

——读《河湾》

　　《河湾》是部写得很扎实的小说,看似平铺直叙,其实处处凶险,一路读下来,从漫不经心到暗自惊叹,最后,终于黯然无语。人家都说奈保尔悲观,诚然。怎样悲观?我说不清,也不可能说清,除非再写一部《河湾》出来。相比之下,管中窥豹却多少容易些,虽然只能窥见管中一斑。

　　我选择的"斑",就是大河上漂浮着的水信子。

　　直说水信子之前,先简介一下《河湾》的情节:居住在非洲东海岸的印度移民后代沙利穆(Salim)去中非某无名小国做生意,那一带被描绘成大河拐弯的地方,即所谓的河湾。(大河似乎暗合着《黑暗之心》中的那条刚果河。)这个小国刚驱逐了殖民者,随即建立起本土政权,那个总统,被叫做"大人物"(Big Man,与奥威尔《1984》中的"大哥"Big Brother 俨然异曲同工)。新政权努力地建设现代化,成立了所谓的"新区"(New Domain),被母亲托付给沙利穆照顾的男孩费迪南(Ferdinand)在新区接受教育,从丛林野孩子飞越为一代非洲新人。而与此同时,沙利穆与新区中白人历史学家的年轻妻子也陷入热恋。然而,哪怕在如此积极上进的年代,虚无的阴影仍然无处不在。沙利穆的朋友因达(Indar)在英国大学毕业后来新区教书,他把沙利穆带进了这个美丽新世界,却也是他在一片繁荣昌盛中嗅出了危险气息,终于垂头丧气地离开。在他走后,局势果然恶化,大人物推行荒谬的"非洲圣母"教,青年军开始与政府发生冲突,内战似乎随时可能爆发。风雨飘摇之际,沙利穆只能忙于挣钱,尽量不去想自己正在做着"刀头舔蜜"的傻事。然而,该发生的终究逃不过。他去英国看望把小店交付给他的长辈纳兹鲁丁（Nazzrudin），见识到了欧洲流民的苦楚，于是更郁闷地回到非洲；谁知"大人物"开始推行公有化，硬是抢走了他的小店；更有甚者，他偷偷埋在后院的一笔"巨款"被告发，钱被没收了不说，沙利穆更是被投入监狱。好在困境中出现了救星——野孩子费迪南竟身为干部而回到家乡，他叫沙利穆赶紧逃走，还告诉沙利穆这样的故事：第二天一早，他就要去参加一场枪决，大人物正在清洗干部，每个到场的干部都有可能是被处决的那一个，但他们不会事先接到任何通知……所以，除了大人物本人，每个人都有可能在出席自己的葬礼。沙利穆几乎要庆幸自己的流民身份，因为费迪南无处可逃。然而，沙利穆乘坐的船却也不能逃开突发的战火，小说在探照灯光束中仓皇失措的飞蛾处戛然而止。

从这部小说中，我挑出以下三个描写河上水信子的段落。之所以关注水信子，是因为这种随波漂浮的无根植物是流民命运的绝好象征。而不知身在何处、命若草芥的流民，又岂止是沙利穆，本地人费迪南的遭遇，又好到哪里去？所以，倒不如说我们都是那些不知从哪里来，更不知会漂向何方的水信子。如果说大河就是"历史"，那么水信子到底逃不出这所谓的"历史"，因为，没有水，它怎么活？即使有了水，它也一样没得活。所以，沙利穆在河上逃亡，本就是揪着头发离开地球的妄举，他又能逃到哪里去？

The hyacinths of the river, floating on; during the days of the rebellion they had spoken of blood; on heavy afternoons of heat and glitter they had spoken of experience without savour; white in moonlight, they had matched the mood of a particular evening. Now, lilac on bright green, they spoke of something over, other people moving on. (*A Bend in the River*, New York; Alfred A. Knopf, 1979, p. 158)

The rapids made a constant, unchanging noise. The water hyacinths, "the new thing in the river," beginning so far away, in the centre of the continent, bucked past in clumps and tangles and single vines, here almost at the end of their journey. (p. 249.)

At the time what we saw was the steamer searchlight, playing on the riverbank, playing on the passenger barge, which had snapped loose and was drifting at an angel through the water hyacinths at the edge of water. The searchlight lit up the barge passengers, who, behind bars and wire guards, as yet scarcely seemed to understand that they were adrift. (*A Bend in the River*, New York: Alfred A. Knopf, 1979, p. 278.)

先看第一段。对水信子的描写出现在沙利穆送费迪南乘船去首都接受干部培训时。在沙利穆眼中,水信子仿佛一张张胶片,经历并记录着河湾处发生的一幕幕事件:血腥的战乱屠杀,无趣的日常生活,月下(偶尔)的浪漫情怀,还有就是他人的"上进",和自己的无能为力。奈保尔写沙利穆的心境从来不设浓墨,只是以透彻刻骨见长,但也不能因此说他不倚重于"写"的技艺。所谓"写"的技艺,就在于这几笔勾勒水信子的白描,看似写水信子,其实却点出了人的景况,寥寥数句,竟把 158 页之前的故事都过了一遍。

我给费迪南的"上进"加了引号,是因为这上进其实更像是堕落。费迪南辛辛苦苦地从"黑暗之心"(丛林)逃向现代文明,却只是爬得越高,摔得越惨。第二段文字里的水信子被叫作"河中新事物",还来自大陆中心,正对应着一代非洲新人费迪南们,而水信子最终纠结扭曲成一团,自己为自己所困,更是预示着费迪南们惴惴不安地等待某场枪决的命运。

小说结尾不仅出现了灯光中呆滞的飞蛾,更还有满河的水信子。沙利穆乘坐的驳船未能逃脱战火的魔掌,慌乱中,它偏离了航道,漂浮在水信子的包围中。这似乎暗示着,无论船、人或水信子,其实都是一样渺小无奈的存在。人在船上,船在水信子间,他/她/它们无处停泊,却也不能离开,只是被困在河上,呆若木鸡,噤若飞蛾。

这便是奈保尔所呈现的历史中的人生,当然,更形象的说法是——河上的水信子。

题 外 话

奈保尔的书，拿了几本同时看，有长篇的《河湾》，短篇集子《米格尔街》，还有个非虚构类的 *Beyond Belief：Islamic Excursions among the Converted People*。

短篇的最揪心，好不容易看到倒数第二篇，难受得抓起枕头蒙头就睡。半夜忽然醒了，终于忍不住把最后一篇看完。主人公离开米格尔街的情形，让我一下子想起《人间》的结尾。我有高尔基三部曲的连环画，第二本的最后一幅图上，小孩子扛着根树杈，树杈上挂着个小包袱，说是想去基辅上大学——感觉中似乎也可以做"我是如何离开米格尔街的"的插图，虽然年代大相径庭，而处境也有高下之分，奈保尔的主人公可是拿着奖学金出去念书的。《人间》是我最心爱的小说，每年都要重读一遍。《米格尔街》颇有些《人间》的风范，甚至更煽情。奈保尔的文艺腔不算重，多亏了市井街头的垃圾车、烂酒吧和破英语。他的文艺腔却也不轻，写木匠吧，是个扬言要做出个没法起名的东西的木匠；而所谓的机械师呢，不是把新买的车拆完了装不回去，就是躺在太阳头里无所事事地唱"罗摩衍那"（奈保尔家是生活在特立尼达的印度人）；书里甚至还出现了一位"华滋华斯"，不过，人家正版的是William Wordsworth，而特立尼达的诗人自称 B. Wordsworth，也许这个 B，是 black 的简写？乍一看，奈保尔笔下的劳动人民竟还都有些"多余人"的气质，让人怀疑他的文艺色眼镜；但转念一想，无名无为地活着的，活在积极上进的主流之外的（不是人家不想上进，只是再努力也白搭）难道不正是广大劳动人民？

在《米格尔街》中，奈保尔的语言朴素而精当，口语、短句，时不时傻乎乎地冒一些惊人之语——是我最欣赏的风格。因为太欣赏了，所以在感慨"写得好"的同时，消解了一些辛酸，所以，反而没有高尔基那样的静水流深——在我有限的视野里，后者实在是把炫技克制到了最低限度。形式主义者往往说文章的意义都在文章本身，而高尔基的文章，却几乎是完全透明的空气，让人活，活在苦里。不过，我倒是无意贬低奈保尔的厉害，更何况，他的厉害更耐人寻味。和高尔基相比（甚至可以算上写《都柏林人》的乔伊斯），奈保尔的独特在于他的疏离，在于他的双重语言：在叙述层面上，他的英文流丽工整，俨然是饱读诗书的口吻；而小说中的人物却持俚俗的加勒比洋泾浜（Creole English）。这种双重性为文本造成了一种内部的断裂，叙述者和底层人物之间的断裂以至疏离。正是借着这种疏离，奈保尔回避了"某某代表人"的姿态。身为流民，他不代表任何人，除了自己。更有甚者，所谓的"代表"看似政治正确，其实却不乏其阴暗内里。在小说《河湾》中有这样的细节，独裁者"大人物"在广播时总是刻意采用所谓底层语言，以示自己"代表"着民众利益，然而，这位"大人物"却本着"民众"之名大行独裁暴政。与这个情节相对比，奈保尔在写作时的刻意疏离，其意不言而喻。

而到了《信仰之上》，语言的进一步疏离甚至使得小说索性退位给纪实文学，奈保尔像是个兢兢业业的新闻记者或社会学家，老老实实地为伊斯兰国家的民众做着 thick description。我看在眼里，终于要背离一下解读文学的初衷，就着这部非小说的著作谈一些社会学的题外话——就从奈保尔笔下的印度尼西亚说起吧。

两个人物：伊玛杜丁（Imaduddin），瓦希德（Wahid）。两个问题：现代化，文化冲突。

伊玛杜丁和瓦希德都是穆斯林。前者是工程师，从事现代科技，却更为信仰伊斯兰教，不仅自己每天热诚地做五次祷告，更是（在政府的支持下）全世界地飞来飞去监督穆斯林学生，告诫他们要为建设伊斯兰式的现代化而努力掌握高科技。

瓦希德家世代开办乡间伊斯兰公学（pesantren），瓦希德仍然是坚定的穆斯林，但他倒是批评伊玛杜丁"科教合一"背后的"政教合一"。在他看来，伊斯兰教更应该有关个人生活，而非国家事务——奈保尔显然是站在瓦希德这边的，他夸奖这位不关心现代化的穆斯林，说他才是体现着国际性和现代性的人物。

真可惜,虽然奈保尔是出色的作家,我却要放弃文学,来和他谈谈一些别的问题,一些他的叙述所不曾深入到的问题。首先,关于奈保尔所理解的国际性和现代性,有两句潜台词:1.所谓的国际性,其实是西方性。为什么?来看 2.所谓的现代性有一个明显的标志——政教分离。政教分离的确是现代社会的重要特征,但是,这种结论来自西方(或者,更精确地说,西欧)的现代化过程。也就是说,这条"普遍真理",其实来自局部事实。同理,号称统辖众国的国际性,其实也不过只是位居局部,却占据强势地位的西方性。

也许有人要说,西方率先实现了现代化,这样就为世界其他地域开辟了道路,大一统的现代化在不同地域的实现,只是个先后问题。作为一种可能性,这种说法不是没有道理;然而,所谓的证否原则在社会科学领域仍然适用,而否定事例之一,就是伊玛杜丁为之奋斗的,政教合一的,插上现代科技翅膀的伊斯兰国家,于是,我们不得不接受"多元现代化"这一事实。所谓的"多元现代化"早有人研究多年并理论总结过,以色列社会学家爱森施塔特(Shmuel N. Eisenstadt)编著的 *Multiple Modernities* 是这方面的经典。

奈保尔在介绍伊玛杜丁和瓦希德时,毫不掩饰自己的倾向,这是文学家"直言"的美德。然而,如果我们不局限于任何一方的观点,退一步尽量地观看全局,奈保尔为我们所呈现的(以并非客观中立的态度),其实是一场文明内部的文化冲突。亨汀顿(Samuel Huntington)那个耸人听闻的"文明冲突论"颇为人所不屑,理由之一就是他把各大文明都简化成同一的板块,而事实上,所谓的文明内部一直冲突不断,而文明和文明之间有时候倒是比单一的文明内部更是能达成共识:同为穆斯林的伊玛杜丁和瓦希德谈到某些问题时,很有些水火不容;而身为外来者的奈保尔和印尼人瓦希德之间倒是频频共鸣。关于文明内部的冲突,詹姆斯·亨特(James D. Hunter)的 *Culture Wars : The Struggle to Define America* 以美国社会为范例做了研究和探讨,而奈保尔的《信仰之外》倒是可以被读成《文化战争》的伊斯兰国家版。美国版的"文化战争"以天主教、新教和犹太教为主角,战线被划在保守和进步两派之间。这个模式在印尼倒是不太适用,在单纯的伊斯兰视野里,伊玛杜丁和瓦希德都可以算是虔诚到家,可一旦放宽眼界,他们却忽然显出各自的保守和进步:拿科技作标准,伊玛杜丁是进步派,而瓦希德是保守派;

可要是考虑到政教合一这另一个现代化标准,两人的位置却完全颠倒了。我们倒是可以受此启发而怀疑"保守"和"进步"的界定——这种界定的准绳和应用都比亨特所考虑的更为复杂。当然,亨特不是比较社会学家,他的研究仅限于美国。但是,强势文化的强势甚至渗透到对非强势文化的研究中,而受到这种强势的影响而把(具有统领能力的)局部误认为整体的错误,我们已经犯得太多了。为此,我深感《信仰之上》的价值,虽然这价值超出了奈保尔的作者意图,而且,不可避免地受到写作者意图的影响而不曾得到充分实现。

换句话说,真希望某位社会学家不仅能够追随奈保尔曾经的行程,更是具备他冷静平实的文笔,从而为我们全面深入地呈现出弱势文化的内部冲突,以及西方模式之外的现代化的可能性。不过,这回的题外话,也许说得太远了吧,真该向文学家奈保尔好好道歉呢。

不可能的忏悔

——读远藤周作《悲しみの歌》

20世纪,是罪行的世纪,比如,奥斯维辛、南京、卢旺达、巴勒斯坦……
20世纪,也是个忏悔和宽恕的世纪,虽然,忏悔和宽恕都是不可能的。请原
谅我不厌其烦地重复让可莱维奇的话:种族屠杀的受难人不懂什么叫宽恕,
因为宽恕意味着抹杀曾经的苦难,而只有上帝本人,才拥有这样的力量。正
因为这样,我以为,作恶人的忏悔也是不可能的,在某些罪行面前,任何的忏
悔都是那样的苍白无力,语言就是语言,姿态就是姿态,它们终究是空洞的。
所以,当中国人赞赏德国人的下跪时,我只想说:那根本不是忏悔。当我们
谴责某些人的不道歉时,我们是否意识到,即使那些人道了歉,那也很有可
能只是出于利益考虑的所谓"明智",它的动力,来自权力集团或社会观念嘎
嘎作响的齿轮?

库切的《耻》中,性侵犯学生的教授卢里拒绝道歉,这并不仅仅出于他
的冥顽不化,更重要的是,他已经开始意识到忏悔的不可能。所以,真正的
认罪行为应该是辞职、离校、身败名裂、远走他乡。也许,忏悔并不是完全不
可能的,唯一的可能性来自受难,只有当作恶人自身也受了难,他才有资格
下跪、忏悔、请求宽恕,以另一个被摧毁者的身份。这时,如果说和解尚有一
丝希望,那么,这希望来自同情。共同的受难带来了同情的可能,而同情,是
人之所以为人的最低底线和最高理想。

与《耻》类似,远藤周作的《悲歌》也讲述了一个拒绝忏悔的故事。生于
1923年的远藤周作在中国大连度过童年,回国后在家庭影响下受洗成为天
主教徒,后入庆义大学学习法文,毕业后前往法国里昂大学研修天主教文

学。1955年,短篇小说《白种人》获芥川奖,远藤从此登上文坛,成为战后第二代作家(专指在战争时期度过青少年的作家)的代表人之一。远藤的小说几乎都以天主教视角为出发点(然而,这种视角往往是与正统教义背道而驰的,而且,深受日本本土文化的影响),身为战后作家,他也常常以战争阴影为题,并在这个背景下,对罪、忏悔和救赎等宗教主题进行深入探讨。就具体文本而言,《海与毒药》披露了九州某大学活体解剖美国战俘的丑闻,并由此批判日本民族意识中罪感的缺失。《丑闻》中,一位德高望重的经济学教授年轻时曾在中国服役,并曾参与屠杀当地妇孺——远藤并不仅仅把这解释为人的伪善,他以为这凸显了人性中不可遏制的恶,而这恶,深藏于我们每个人的心底。《深河》中,从东南亚战场撤退的士兵为了生存,曾经以同伴为食,从此,这些幸存的老兵一辈子背负着良心的谴责。在诸多与战争相关的小说中,我个人以为,远藤最惊人的洞察,由《悲歌》而实现。这部小说是《海与毒药》的续篇,描写参加过解剖实验的胜吕医生在《海与毒药》的故事之后的生活。他隐居他乡,以为失身女子做人工流产为生。记者折户本着强烈的“道德感”追查当年战犯的下落,决心要以舆论的压力逼这些人向社会忏悔。一个偶然的机会,折户发现了胜吕的惊天秘密,故事就此拉开了帷幕……

远藤似乎对记者这一职业怀有偏见,在他的小说里,记者往往以冷酷而麻木的面目出现,是现实社会中某些原则的集中化身,他们积极上进、疾恶如仇、审时度势、锲而不舍、不择手段。《丑闻》里的记者不遗余力地追踪老作家,为了揭露他不道德的另一面;《深河》里的记者为了偷拍印度人的葬礼,不惜触犯他人的宗教禁忌,甚至导致了同伴的冤死;而《悲歌》中的记者形象也并没有跳出这一也许不太公平的老套,唯一的不同是,折户对自己的所作所为一直满怀着崇高的自信和自尊,他以日本社会的批判人自居,并死死占据这一道德制高点,为自己膨胀的功利心和萎缩的同情心都披上正义的外衣。如果暂且不考虑受难者的立场(小说中折户所要求的忏悔是战犯向日本社会所作的忏悔,而非对受难者),坦白地说,我是打着寒战阅读这个人物的——他就是某个社会中的每一个人,甚至,我们每个人。当众人向娼妇投石时,耶稣说:没有罪的人才能扔出手里的石头。于是,再没有人能够抬起手。然而,那只是过去的故事,事实是,从来没有人停手,折户从来不曾停手。身为中国人,对热衷于逼迫战犯忏悔的日本记者,我原本是极其敬佩的,然而,道德并非泾渭分明,有太多的灰域让人不知所措。我想,远藤对折户的行为并非不赞赏,只是,在赞赏的同时,他有那个勇气和眼光去洞察光明言行的内里,他知道,人是不可捉摸的,人的善恶有时候甚至不是同一枚硬币的这面和那面,而是同一张脸上的同一道眼神和同一丝微笑。当你自命高尚时,你已经堕落了。当你自甘堕落时,也许,你竟因此而得救了……

与折户相对应的胜吕就是那个下降者。有趣的是,和卢里面对着学校审查团一样,胜吕对折户说:我无错可认。折户大骂胜吕毫无道德廉耻,然而,胜吕并不是那些身居高位、毫不后悔、乃至缅怀侵略战争的人,和卢里一样,他选择生活在永远的屈辱中,因为他知道,罪,不可赎,不可赦。当你做所谓的认错、道歉、忏悔时,驱动你的并不是一个被摧毁者终于体验到的痛楚和同情,而是自欺欺人。折户所追求的,只是这种自欺欺人,这样的道德,不是利益牵线的木偶,就是围观者砸向娼妇的石头,打倒别人,是为了让自己站得更直。

在折户和胜吕之间,远藤还安排了另一个人物,小丑般可笑又可怜的法国人伽斯通。这个人物最早出现在小说《神奇的愚人》中,是个来自法国的流浪汉(远藤竟把他写作拿破仑的后裔,像是要刻意逆转征服者的形象)——远藤笔下中不乏这样的人物形象,比如:《武士》中被传教士带到南美、被抛弃并从此生活在印第安人中间的那个日本人,《深河》中远赴法国学习神学,但最后流落印度,在恒河边搬运尸体的大津。和他的同伴相仿,伽斯通也是那样地笨拙,那样地与这个世界格格不入。他们的笨拙都来自那纯粹得令人恼火的善良,如果说我们的彼此为善总是小心翼翼、瞻前顾后、斤斤计较的,远藤笔下的流浪汉却能跳出社会和人群的重重牵挂和桎梏,洗尽原罪,像"那个人"那样,把自己完全地袒露在十字架上,成就极致的弱和最深切的同情。《悲歌》中,街头卖甜芋的老人病倒了,是流浪汉伽斯通把他送去胜吕的诊所。为了挣钱给老人治病,伽斯通不光推车去街头叫卖甜芋,还受人怂恿,干起了拉皮条的活。这时,拒绝忏悔的"魔鬼医生"胜吕说:我不会收任何钱。为了给老人的孙女买一件节日穿的和服,伽斯通又去集市上扮演挨打的外国拳击手,就在他被人打得尿了裤子时,胜吕同意了老人

"安乐死"的苦苦哀求……

只能答应他,因为,活着是多么艰难、多么痛苦……胜吕的脑海里,总是浮现着九州的海和雨、还有屋檐下呻吟的鸽子、街角迷路的小狗。人间深河,人间深河的悲哀,没有人不在其中;可是,我们都急于踩着彼此爬出去,爬出这条悲哀的人间深河,然后,并不回头地、迫不及待地大叫:我忏悔!我忏悔!有谁心甘情愿地躺下来,被践踏、被摒弃、被痛恨?在那些犯过罪的人中,又有谁心甘情愿地摧毁自己,为了乞求那不可能的宽恕?那个唯一拥有宽恕的力量的人,他为赎我们的罪而献出自己,然而,他会宽恕背叛信条的人吗?在参加活体解剖之后,胜吕不仅默默地接受了一生的屈辱,更是在罪里越陷越深——人工流产、安乐死、甚至最后的自杀——这些,哪一桩不是天主教会的大忌?虽然胜吕并不是信徒,但信徒远藤借流浪汉伽斯通之口说出了如此大逆不道的话:耶稣会宽恕胜吕医生!

其实,耶稣已经宽恕了胜吕。耶稣的宽恕就是伽斯通的那一声哭。折户得知胜吕涉嫌安乐死,于是气势汹汹地去诊所逼问后者,甚至问出这样的问题:你杀死诊所里卖甜芋的老人,难道又是为了什么医学实验?胜吕无言。身为读者的我在那一刻感觉到了胸中燃起的怒火,然而,也就在那一刻,小说里响起了伽斯通的哭声,那像是笛子被生生吹断的声音,尖利,甚至滑稽。听见折户的逼问,伽斯通哭了。远藤毫不掩饰自己对折户这个人物的反感,我却不得不承认,折户的逻辑才是这个世界的逻辑,他也许残忍,但绝对现实。对他和这个世界而言,同情是幼稚,善良是骗局,所以,他甚至是不受任何幻想的蒙蔽而恪守职责的,再说,所谓的世故又有什么错?谁都不能指责别人不去做那个笨拙的下降者、流浪者,就像谁都不能扔出砸向娼妇的石头一样。所以,伽斯通哭了,为胜吕,也为折户。

也许,该回到战争这个话题上来了。如果说胜吕背负终生的屈辱和最终不堪重负的自杀就是他的忏悔,而伽斯通白痴般毫无顾虑的善良体现着那来自耶稣的、最深切的同情和宽恕,请允许我在如此神恩的泽被下,仍然要像折户那样,死死地揪住战犯不放。折户的正义感和他渴望得奖、渴望升迁的功利心其实互为表里,然而,那些受难的民族却只有不可磨灭的痛苦和仇恨,耶稣有力量宽恕,她们没有,她们绝不会接受作恶人的所谓"忏悔",除非他们也被摧毁。她们不接受假惺惺的下跪,但是,当他们被摧毁,再也站不起来时,她们不会不伸出同情之手。我由衷地热爱远藤的小说,与此同时,却仍然深深地感到遗憾——为什么,为什么在那么多反思战争的故事里,从来没有受难者的声音呢?

人间深河的悲哀,我也在其中

——读《沉默》

远藤周作,《沉默》,1966 年新潮社初版,当年获谷崎润一郎奖。因为有关于 17 世纪传教士入日本,所以拿起来重读,当作功课。

故事很简单:传教士罗德里哥(Rodrigues)在迫害基督徒的高峰期潜入日本,他的另一个目的是寻访在迫害下弃教的神父费雷拉(Ferreira)——他曾经的精神导师。罗德里哥为潜伏中的日本教徒所欢迎,却也为他们带来灾难。目睹了教徒的殉难,罗德里哥一度斗志高涨,然而,这种几乎无可厚非的骄傲被一步步摧毁,罗德里哥不能容忍上帝对人间苦难的一再沉默,甚至意识到自己的坚持只是基于某种虚妄的骄傲而非真正的悲哀,而他人的受难更多地显示出人的无可奈何而非忠贞不屈。终于,在当年的导师、而今的弃教者费雷拉的搀扶下,罗德里哥把脚踩上了地上的耶稣像。他们不再是居高临下地为日本带来真理的传教士,而只是从此默默地生活在日本人中,渴望对他们"有用"的异乡人。然而,这并不是基督的失败,在他们的背叛中,上帝放弃了他自己,上帝终于打破了他的沉默。

远藤在另一篇小说《深河》里这样写:"河流包容他们,依旧流啊流地。人间之河,人间深河的悲哀,我也在其中。"——这也许就是打破了沉默的上帝的言语吧。

传教史的追溯,在作业里可以完成,这里就不再啰嗦,不如把小说只当作小说。《沉默》这个题目好,真正提纲挈领,一下子点出"神的沉默"这个主题,和从路德起的 Hidden God 那一脉遥相呼应。有意思的是,David Tracy 和 Susan Shreiner 一起开 Hidden God 的课,最后一节选了柏格曼,他有个电影竟也叫"The Silence"。然而,如果要说粗浅的印象,柏格曼在《第七封印》里让祈祷的骑士去感受上帝的沉默,倒是还没有远藤透彻,这里就要说起《沉默》这个标题所遮蔽的、《沉默》一书真正震撼人心的东西。

不是神的沉默,是人的呻吟。

不是质问神之沉默的咆哮,是深陷于人的呻吟而不得不背弃。

不是强者的抗拒和荣耀,是弱者的苟且和耻辱。

不是混沌中挣扎而出的意义,是意义的华服下,那身荒诞的皮包骨头。

不是教会散布的真知,是他乡他人的误解。

不是十字架上勇猛的牺牲,是贱人脚下被模糊了容颜的、耶稣的脸。

不同于他人的细腻和精致,远藤周作是笔触简单质朴的作家,他的光芒来自透明玻璃外的天空,但那天空只吝啬地在阴霾中偶尔显露一线明亮,虽然因此而珍贵,却并不是温暖,只是无限指向温暖的一种安慰。

《沉默》一书不仅文风平实,连故事都平铺直叙,只是靠着一丁点悬念吸引读者(罗德里哥一直不能理解费雷拉的弃教,直到他自己也弃教),不叫人牵肠挂肚,只是近乎客套地拉你的手,可有可无地挽留着,直到你被从天而降的光击中,直到那时,你才不知所措起来,为那光的重,庆幸自己不曾错过,却也怕自己不能承担。那时,你忽然明白了远藤:画一块大教堂里的雕花玻璃也许并非难事,但那样的玻璃只能为艳阳锦上添花,到底不能让黯淡的星光透过来。

远藤笔触的朴素,其实说成老练更为恰当。整个故事的结构和节奏都没什么突出的地方,但也不见缺陷,浑然一体的气度让人叹服,虽然没有惊艳。要说惊,《沉默》倒是不乏惊人之处,却不是因为单纯的写作。如果一定要勉力指出,我只能求助于"精神力量"这个苍白、空洞的词语。再仔细想想,也许"弱者的痛苦"、"无力中的力"更为贴切。

要说《沉默》的惊人之处,首先值得一提的是吉次郎这个猥琐的小人物。这是个典型的丑角:家人壮烈殉教时,唯独他脚踩圣母像弃教;无意中帮助传教士偷渡来日本后,他又趾高气扬地炫耀基督徒身份;迫害再次降临时,他又是第一个背叛的人,甚至还把罗德里哥出卖给官府;然而,还是这个胆怯龌龊的人,这个胆怯龌龊的人狗一般追随被押解的神父,一路大哭:我天生就是个懦弱的人啊！如果不是生在这个迫害的年代，我也会是个好基督徒！

《沉默》更惊人的地方也许是罗德里哥对吉次郎的最终宽恕，他以并无宽恕能力的叛教者之身（而不再是日本国最后一个神父），宽恕了弱者吉次郎，交给他上帝的救赎。罗德里哥背叛了强大的沉默着的上帝，为了交给胆怯龌龊的吉次郎另一个上帝，那个置身于人间深河的悲哀的上帝，那个甘愿窒息于日本的泥沼、被误解被利用的上帝。

远藤在一次演说中说：我是基督徒，但我是日本的基督徒，我是信奉基督的日本人。

基督教与日本文化的冲突是《沉默》一书中被"神的沉默"所遮蔽的另一个重要主题，可惜这篇小文谈到了"人的呻吟"，却没有足够的空间留给"文化的冲突"。回到"人的呻吟"这一主题上来，罗德里哥的叛教经历中，有这样一个惊人的细节：

罗德里哥被囚禁在狱中，他抚摸着墙上先前的殉教者刻下的字迹"Laudate Eum!"（赞美主）等待第二天的酷刑，一边却忍不住开始诅咒上帝的沉默，就在这时，墙外传来狱卒的呼噜声。罗德里哥被其中的荒诞折磨得几乎发狂。他见过有人在他眼前被杀，而烈日和蝉鸣依旧。而今他忍受着精神的压迫和肉体的苦痛，墙外的他人却只是无动于衷地打着呼噜，他再也不能赞美神，他只能诅咒这个世界的冷漠和上帝的沉默……

然而，这却并不是他叛教的原因。

就在罗德里哥的诅咒中，费雷拉出现了，罗德里哥曾经崇敬也曾经唾弃的费雷拉出现在他面前，告诉他：外面并没有狱卒。那滑稽的声音并不是呼噜。

那是三个日本教徒被倒吊在院子里发出的呻吟声。他们的耳后被切开小口，血一滴滴地往下滴，三五天都不会死。更有甚者，他们早已不是教徒，他们是在迫害下弃教的叛徒。

罗德里哥所痛恨的他人的隔膜和世界的冷漠，其实无非是他自己的傲慢和丑恶。当弱者为他所致力的事业而被迫受难时，他诅咒着神的沉默而听不见人的呻吟。所以，所谓的沉默，固然是神的沉默，更是人的沉默啊！

那些无奈受难的弱者,他们的呻吟竟被听成了呼噜,他们的痛苦终究是沉默的,而让他们痛苦并逼他们沉默的,竟是罗德里哥赞美主的决心!

被彻底击倒的罗德里哥选择了当年费雷拉的选择:用脚践踏圣像,践踏眼角有泪滑落的耶稣的脸,无声地留着泪、请他践踏的脸。

费雷拉告诉他,墙上"赞美主"的字迹,并非出自某个殉教人,而是他自己,叛教者费雷拉。

感慨着教士们通过背叛而得以升华的信仰,我却不得不指出故事在惊人之中藏着的更为惊人的东西:教士们的经历和醒悟,一方面固然是信仰的深化,另一方面,却也是官府中井上大人所设计的最毒辣的一道酷刑。在与基督教的冲突中,井上真正做到了以信制信,对于教士们,他们的背弃也许是信仰的最终胜利,但对于井上,教士的叛教无非是教会的失败和日本的胜利。远藤的笔下,信仰和日本的胜利,这两种针锋相对的胜利,就这样不可思议地并存着。要试图说清其中的纷纭复杂,只能日后另起炉灶了。

双　面　像

——读《深い河:ディープリパー》

　　远藤周作是个让我无所适从的家伙。他那平淡乃至平庸的写作让读者始终心如止水,至少,我这种经常为小聪明或怪异的美而激动的人在读他的时候总是有点勉为其难:想放手,却又舍不得;想投入,却又提不起兴致——真是"鸡肋"。话虽这么说,读远藤,心虽如止水,那波澜不惊的,却只是水面,水下的潜流竟汹涌得让人窒息,让人痛得蜷成一团,仿佛被无形、无臭的水打出了内伤,虽然不好受,却可以从此清除一些积沉最深的污垢。这个暑假里,我挤出时间一部部地读小说,在个人趣味的眼光里,还是远藤和拉什迪最有意思。拉什迪肆无忌惮地聪明着,完全不管这个道那个志,是狗就不吐象牙,吐象牙的狗不是傻子就是骗子——因为纯粹,所以快乐。远藤却很傻,真的很傻,文章写得几乎没有任何闪光点,却靠着可怕的体验和洞察来拯救写作,以至我禁不住地怀疑:他是否刻意地为了"信"而压抑"美"? 如果是这样,他的风格倒是很值得深究一下,也就是说,这种朴素的"美"(或者"非美")的含义和有效性是个很有趣的话题。拉什迪的写作是层浓墨重彩,却不在意纵深的"表面",这"表面"本身是有厚度的,是所谓的thick surface——这差不多完全吻合后现代精神;远藤的"表面"则是透明的,尽量让读者的注意力不受阻碍地(不被"表面"所吸收)渗透到经验本身里去——这是一种反美学的美学,远藤毕竟是天主教作家,而《深河》的美,毕竟在于它的神学。

　　写作《深河》的远藤还是想玩点小花招的,比如,全书结构由多条线索构成:丧偶的职员矶边,虚无主义者美津子,二战幸存老兵木口,只愿和动物交流的儿童作家沼田,新婚的摄影师三條,学习印度哲学却只能做导游谋生的江波,以及从法国流落到印度的神父大津。各线索之间联系松散,只是借着一次印度之旅把这些人集结在一起,即便如此,他们仍然各自为政,深陷于各自的命运,仿佛我们彼此疏离而陌生地存在。有人说小说的本质就是冲突与和解,《深河》却好像是个特例,它陈列问题,却不展现(或者说,集中地展现)冲突,更不用说冲突后的和解(和解的失败也是一种和解)。就说美津子吧,她有精神上的渴求,却因为这种渴求而拒绝止渴,她曾经试图在日常的婚姻生活中埋葬自己,也曾经出于空无或自虐而非爱心去医院做义工,她为了寻找旧情人大津前往印度,在那里感悟着苦难和谦恭的意义,以至在身临恒河时感慨道:人间之河,人间深河的悲哀,我也在其中——谁知,她的新生竟在某种意义上来自大津的牺牲——就在美津子仍然渴求着却拒绝止渴之时,摄影师三條偷拍印度人葬仪引发众怒,大津成了逃走的三條的替罪羊,被印度人殴打,在送进医院后情况恶化、终于不治⋯⋯

关于大津,他的故事值得进一步介绍:大津和美津子是大学同学,出生于教徒家庭的大津是同学眼中的土人和怪人,出于恶意的捉弄,美津子引诱了他,要他为自己放弃上帝,就在大津真心爱上美津子的时候,她却无情地抛弃了他。多年后,美津子和丈夫去法国蜜月,她把丈夫留在巴黎,一个人向南部旅行,却巧遇在修道院学习的大津,大津在修道院的日子并不比大学好过,神父们不能容忍他关于基督教并不只属于西方文化的"异端"——他仍然是个不合时宜的怪人。又是很多年后,美津子听说大津竟然已经流落到印度,而她果然在恒河边见到他时,他竟然和不可接触的贱民一同搬运着就要被火化的尸体,不是满口"信望爱"的传教士,而是垂首躬身的苦力。更有甚者,这个被女人玩弄、被教会扫地出门的倒霉蛋竟然又被那些他默默效劳着的印度人殴打而死——远藤笔下的这个"效仿基督"的形象,也许太过效仿了;换句话说,过犹不及,完美得有点假,实在是滑到了好文学的底线之下,虽然这并不妨碍我被深深感动。不过,美津子倒是大津的一根保险绳,大津的彻底完美如果就这个角色本身而言,是种失败;然而,大津在镜子里有个反像——美津子,她的虚无到底和大津的彻底完美是文学上的相互拯救,这两个角色与其说是两个人物,倒不如说是远藤为他的理想读者所绘制的双面像:怀疑和信仰、嘲讽和忍耐、虚无的"自我"和"自我"的倾空。小说中,美津子一直在追寻着她所不能理解的大津,而大津,也一直深爱着他所无力改变的美津子——这不是一个隐晦的爱情故事,这是我们时代的精神肖像啊! 再说一处细节:美津子(Mitsuko)和大津(Otsu)的名字里都有一个"津"字,是渡水之处——这不仅暗示着他们的关联,更紧扣着"深河"这一主题:无论美津(子)还是大津,都是深河的一部分呢。深河之"水"更还体现在其他人物的命名中:"磯辺"、"沼田"、"江波"这几个名字都与水有关;而"木口"虽然看似无水,但水的主题出现在这个人物的经历中(木口是二战老兵,在日本溃败时曾有逃亡经历,而逃亡路上,成群士兵喃喃着"水"倒下);唯一和水无关的是三條夫妇,这设定却也不无深意:这对夫妇对自然全无热爱之心(妻子不停地嫌弃印度的脏乱),对人更是没有尊重同情(丈夫不顾他人的宗教信仰,一定要偷拍葬礼),他们全身心都被世俗功利所填满,哪会留一丝缝隙给象征着"精神"的水!

让我们把注意力从配角那里拉回主角身上。不得不坦白,与大津对立而对称着的美津子让我震惊,我几乎不能承受这样的事实:远藤轻描淡写地戳穿了她在日常生活中埋葬自己的愿望,用爱心行为麻醉空无之痛的愿望。别人的洞察总是阴冷的、锐利的、难逃一丝沾沾自喜,哪怕是恶毒的自喜;远藤却是平和的、简单而直接的,他完全不需要借助任何姿态便能获得穿透的力量——穿透是他的天赋:他能够穿透自我伪装的重重铠甲把美津子送入最黑暗的人心,也能够在最黑暗的地方让她见到查蒙达(Chamunda)像,那是一尊丑陋可怕的女神像,饱受折磨,却仍然用干瘪的乳房哺育着众生⋯⋯小说中,带着游客们参观固定路线之外的神庙,向美津子和其他人介绍查蒙达神的导游江波也许在某种意义上是作者远藤的投影。必须指出的是:江波并不单一,他深切地理解着印度和她受难的神,却不乏世故(他不仅做导游谋生,更还得为游客的色情需求牵线搭桥),也不乏偏激(他在人前出于职业道德彬彬有礼和善可亲,心底却鄙视甚至痛恨着庸俗的游客)——相比完美的大津,江波显然更真实更自然。也许江波真的透露着远藤吧,远藤果真有些江波那闷在心里的狠劲呢,他先是不无深情地描绘着儿童作家沼田如何与动物在孤独中共鸣,然后却又倒打一耙,让沼田在印度那些凶狠残暴的神像前不知所措——沼田对"美好自然"的深情难道只是煽情甚至滥情?川端康成在诺贝尔演讲中引过一休和尚的话——"入佛界易,入魔界难"。

诚然,不见恶,怎么知善? 不受苦,怎么能知福? 然而,苦并不是福的前提或准备,如果吃了苦,福就来了,大津也就不必一路往下沦落,以至落到生死的界限上去了——透彻到这一步,远藤的"狠",可谓狠到家了,更难为他一路做着傻傻的老实相——最不出色的文字本身,也许反而是远藤最厉害的所在吧。

鬼　中　诡

——读托尼·莫里森《宠儿》

妹妹丹芙悄悄地喜欢香水,偷偷地在橱里藏了好几个香水瓶,没事就拿出来,握在掌心摸,像是掌上真有自己的心。

"鬼"姐姐宠儿爱糖,她吃起甜食来,像是把自己当成一个又苦又深的洞,只能拿糖源源不断地往里填。

妈妈塞丝的宝贝是小布头,和爸爸哈尔结婚时,奴隶妈妈没有礼服,只能一点一点地积攒小布头(甚至连蚊帐都不放过!),终于,给自己做了一条布头裙!

艾米渴望拥有自己的天鹅绒。艾米是塞丝在逃亡路上遇见的白人女孩,她也是个逃跑的奴隶,她光着脚走在丛林里,大声地告诉塞丝:我要去波士顿,波士顿有最好的天鹅绒,你见过天鹅绒吗? 那是世上最美的东西,我一定要得到它!

对她们来说,这些美妙的小东西——香水,糖,布头裙,天鹅绒——岂止象征着幸福生活的好滋味,它们就是幸福生活,就是好滋味,那么地幸福,那么地好,怎么伸手都抓不到,即使抓到了,也抓不紧,即使抓紧了,也留不住……

就连男人都忍不住地爱这样的小东西:保罗·D,那个流浪荒野十八年的黑奴,他打心底里喜欢树,那些天和地之间郁郁葱葱的树,那么肆无忌惮地绿着,那么绿得生气蓬勃着,不像黑人的命,活得这么辛苦,这么屈辱,没有力气爱,即使爱,也不能爱太大的东西,更不能爱得太多,所以,只能喜欢身外的树,再高大,也不过是"小东西"。

奶奶贝比·萨格斯也知道这个道理：我们不能爱太大的东西，更不能爱得太多。妈妈塞丝不懂，她爱两岁的女儿宠儿（不是小东西，而是一个活生生的人！），爱得太多，以至不愿她被追捕者带回奴隶生活，以至亲手杀了她。妈妈被关进牢里，奶奶从此卧床不起。奶奶躺在床上，迷上了各种各样的颜色：树的绿，天的蓝，楼梯的白……唯独没有血的红和黑人的黑。别人问她：为什么迷恋颜色？ 奶奶答：颜色不伤人啊！

奶奶不是不知道：伤人乃至杀人的，不是颜色（黑人的黑）又是什么？奶奶伤心地死了，而那时，爸爸哈尔早就伤心地疯了。爸爸也有自己喜欢的"小东西"，他喜欢书上的字，他告诉奶奶：识字好啊，识了字，就不会被人骗，不会被人欺负。可是，白人拿那些字来算妈妈的"特征"：一边是人的特征，另一边是动物特征。妈妈是农场上做墨水的，她做了墨水，拿给白人去写自己的"动物特征"；白人见她怀孕，硬要挤她的奶，而另一边，竟还有人拿那墨水做现场记录。爸爸见了，跑了，疯了。他蹲在异乡的路上，拿奶油抹自己的头——他忘不了那些满头满脸奶汁的白人，那些拿墨汁写字的白人，那些白人写的字……他曾经那么喜欢的"小东西"……

这么美，这么可怕的……小东西啊！ 保罗·D在十八年后又见到了妈妈塞丝，保罗·D给塞丝带来爸爸哈尔疯了的消息，而塞丝给保罗·D看她的背——她的背上，白人的鞭子种了一棵树，一棵生长了十八年的，伤疤的树。保罗·D说：这不是树！这不是我喜欢的树！

是啊，颜色怎么会伤人？ 树怎么会是背上的伤疤？

而爱，又怎么会杀人？ 爱着女儿的妈妈，又怎么会亲手割断她的喉咙？

不能爱太大的东西（比如，一个活生生的人），更不能爱得太多。否则，我们都会被惩罚。

所谓的"小东西之爱"，其实是把双刃剑，一面自卫，另一面自残。托尼·莫里森（Toni Morrison）的小说《宠儿》向我们呈现了这样的一种叙述：它用"小东西之爱"安慰着，却也苟且着、麻痹着，乃至伤害着。没有这些小东西的微弱光芒，我们没法在一片漆黑中活下去；然而，有了这些小东西，我们却从此没有了爱得真切、爱得深沉的力气。其实，这些小东西的微光也是模棱两可的，一边照见脚下的路，一边，却也照见路上的火把、刀锋和枪管。詹明信（Fredric Jameson）一直强调历史是所谓的"缺席理由"（Absent Cause，语自阿尔图塞)和"最终真实"(the Real,语自拉康)。这个缺席的,无法直接呈现自己的历史只能通过叙事(narrative)来与我们相见,而所谓的叙事,因为压制了历史的政治无意识(political unconscious),总是不可避免地具有两面性,一面是意识形态,一面却又透出乌托邦的光芒。詹明信的理论也许深奥,莫里森的小说却是这深奥理论的生动图示。且不说小东西的两面性(既是害人沉睡的麻药,又到底是那最后的一线希望),莫里森更是通过自己的叙事,来展现"叙事"如何压制"政治无意识"。所谓的"压制",具体来说,就是逃亡女奴"宠儿"如何被黑人社群的叙事强行解释成鬼魂"宠儿";而被压制的,其实是女人的物质性身体。(详见 Sharon Patricia Holland, *Raising the Dead*:*Readings of Death and*(*Black*)*Subjectivity*,Durham:Duke University Press,2000.)

为了讨论叙事的压制,让我们先来疏理一下《宠儿》的部分情节。十八年前,妈妈塞丝在被追捕者包围时,出于绝望,亲手杀死了两岁的女儿"宠儿"。塞丝因此入狱,还从此遭受着黑人社群的孤立和歧视。更有甚者,"宠儿"的鬼魂一直萦绕着塞丝一家,奶奶去世了,两个哥哥不堪忍受,逃走了,家里只剩下妈妈塞丝和妹妹丹芙。杀女惨剧十八年后;曾和妈妈在一个农场干活的黑人保罗·D来到塞丝家中,他赶走了"宠儿"的鬼魂。不久之后,一个神秘的年轻女人闯入了他们的生活。塞丝知道她是个逃亡的女奴,可是,这个女奴和"宠儿"有着千丝万缕的神秘联系,她会唱塞丝只为"宠儿"唱过的歌谣,她记得塞丝抱着"宠儿"时戴过的耳环。正当塞丝渐渐地开始怀疑女奴的身份时,妹妹丹芙早就出于寂寞,把女奴"宠儿"当作了十八年前惨死的姐姐"宠儿"。而塞丝对当年的"宠儿"的愧疚之情也终于使得她把女奴当作了回归的鬼魂,因为需要这个向女儿"还债"的机会,她慢慢忘记了"宠儿"是个逃亡的女奴,对塞丝来说,"宠儿"就是她在阴间流亡十八年后终于回到自己身边的女儿! 只有保罗·D自始至终确信女奴"宠儿"是人,因为,他经不起女奴"宠儿"的诱惑,与她发生了关系,而女奴"宠儿"甚至怀了孕——试问,一个没有物质性身体的鬼,如何能够孕育生命?

然而,我们不能把塞丝和丹芙对"宠儿"身份的误认等同于黑人社群对"宠儿"身份的强行解释。很多读者乃至批评人把《宠儿》读作鬼故事,这种误读,其实是简单地接受了塞丝和丹芙的视角(即使是塞丝和丹芙的视角,也不是单一的视角,而是她们各自的视角),从而忽视了小说作为文本的复杂性和多义性。莫里森的高明或深刻之处,在于他不仅呈现了塞丝的视角、丹芙的视角、保罗·D的视角,更呈现了整个社群的视角。塞丝和丹芙的误认毕竟情有可原;保罗·D的视角则提醒我们:塞丝和丹芙的认知,到底是误认;而黑人社群的视角呈现了"叙事"是如何压制乃至抹杀活生生的身体的。当丹芙告诉社群里的妇人们家中发生的事,她们开始热衷于编造回归的鬼魂如何向塞丝讨债的故事(这就是社群的"叙事"),甚至开始同情在她们的臆想中被"鬼魂"鞭打的塞丝。出于"同情",她们声势浩大地来到塞丝家驱"鬼",把怀着孕的女奴"宠儿"生生赶走,赶向三K党频频出没的荒野……这群妇人中,艾拉是举足轻重的一个,她是闹鬼故事的编造者,也是驱逐运动的带头人;然而,当年带头拒绝理解塞丝的杀女行为并孤立塞丝一家的,也正是这位艾拉。可是,如果简单地把艾拉理解为驱逐事件的罪魁祸首,我们会又一次错过莫里森的深意。而所谓的深意,往往在于只鳞片爪的寥寥数笔,仿佛一些不起眼的路标,一不小心错过了,便从此南辕北辙。在这种意义上,小说的阅读并不是消极的消遣,而是一场对读者的敏感、专注、理解,乃至智力的挑战。把《宠儿》读作鬼故事,其实就已经输了全局;可是,哪怕读出了《宠儿》这部叙事中"逼人成鬼"的隐藏叙事,我们的得意却终究还是自嘲,如果忽视了下面这段对艾拉经历的插叙:

> Nobody loved her and she wouldn't have liked it if they had, for she considered love a serious disability. Her puberty was spent in a house where she was shared by father and son, whom she called "the lowest yet". It was "the lowest yet" who gave her a disgust for sex and against whom she measured all atrocities. (*Beloved*, New York: Alfred A. Knopf, 1987, p. 256.)

艾拉之所以想要抹杀物质性的身体,其根源到底还是在于她自己的身体所遭受的侵害。莫里森的这处着笔,虽然不是为艾拉(以至整个社群)的隐藏叙事开脱,却撕裂了简单粗暴的谴责,叫我们看见更深切的同情。如果说"闹鬼"是艾拉(以至整个社群)杜撰的叙事,这个叙事的最终杜撰人,却并不是艾拉们,而是那作为"缺席理由"和"最终真实"的历史,奴隶制的历史。而无论塞丝、丹芙、还是艾拉,她们把活生生的逃亡女奴当作鬼的原因,归根结底,都是为了回避自身尚未消散,并且无可消解的痛楚,为了回避痛楚,她们只能抹杀身体,活生生的、物质性的身体,哪怕这个身体正挣扎着延续注定要继续受难的生命。所以,被社群所驱逐的"宠儿",其实象征着她们共同的身体——她疼痛,她流浪,她挣扎着活下去,并赋予下一代生命。可是,在这个身体面前,她们无所适从,社会结构(家庭和社群)容不下她,就连可以暂且呈现那不可呈现的历史的叙事都容不下她——小说的结尾,保罗·D加入了塞丝和丹芙的家庭,这个家庭也最终被社群所接受,"宠儿"却从此消失了,就连作者都不再提起她。这里,莫里森的刻意沉默其实充满了可怕的力量:他早已看透了叙事的有所能与有所不能,所以,借用"不能"来提醒读者——这鬼中之诡,诡中的鬼,你被陷在哪一层? 只是在小说里中了圈套还好,那么,我们所能接触的所谓历史,又是哪些圈套? 这些套在我们脖子上的圈套里,又有哪些是我们自己亲手编织的?

寸草春晖两迷离

——读《小东西的神》、《宠儿》、《女勇士》

对于《小东西的神》(罗易)、《宠儿》(莫里森)、《女勇士》(汤婷婷)这几部小说，我一直若有所感，却不知如何说起。近来所读的其他小说都可以被归类成离散文学，此外，它们还共享某个特征，就是都出自男人之手。库切、奈保尔、拉什迪都有流离经历。对他们这些在外的游子而言，故乡仿佛被抛在身后的母亲，一边忍不住地挂念，一边却又无奈(并非不是名正言顺)地隔绝——男人的成长似乎都是要有个母亲用以告别的，用时髦的说法翻译一下，这就是所谓的男人(man)的建构总是离不了对他者(other)的摒弃吧。相比之下，女人的成长——至少在上述三部小说中——并不能简单地用"背井离乡"来形容。

《女勇士》写亚裔美籍移民，是最"背井离乡"的故事，虽然"我"的母亲从中国移居美国，作为二代移民的"我"却以出生且生长的美国为家——然而，所谓的种族融和不过是个梦想而已：对移民而言，美国是"鬼子"的国，中国则遥不可及，说到底，还是两处茫茫皆不见。同为亚裔美籍作家的赵建秀(Frank Chin)对汤婷婷大肆攻击，怪她不捍卫中国文化的纯洁性，反而乱编花木兰的故事迎合洋鬼子。汤婷婷的女性主义立场更是赵建秀的眼中钉，因为亚裔男性所受的文化阉割与亚裔女性所受的西方言论(女性主义)的毒害是一枚硬币的两面，而女性的崛起更是在无形中威胁到男人的阳刚之气。赵建秀主张亚裔文学要弘扬英雄传统，而女性主义批评家(Lisa Low，Leslie Bow，Patricia Chu，etc.)指出，国家、种族、乃至文化这些现代概念，自诞生起，便建立在对他者的摒弃之上，而赵建秀对种族以及文化意义上的霸权的反抗，仍然遵循着摒弃女性他者的逻辑——当然，另一面的故事仍然成立，女性主义的运作，也依赖于对种族意义上的他者的摒弃，这正是诸多批评家们对赵建秀所施行的"阉割"，所以，赵建秀的愤怒也并非空穴来风。

与《女勇士》相仿，《宠儿》也讲美国故事，讲的是黑奴的悲惨境遇。如果说亚裔美籍的移民还有个故乡可以挂念，奴隶史则几乎割断了非裔人与非洲的文化联系。对塞丝，宠儿，丹芙母女三人而言，家就是那个叫作124号的地方（小说发表的年份1987减去废奴法令颁布的年份1863等于124），一个至今（不仅是小说人物的当下，更还有小说发表的"今"）仍然被奴隶生涯的阴影所笼罩的地方。这个家没有任何别处可退，它就是那座叫作"美国"的文明大厦的血肉地基。在这种意义上，所谓对他者的摒弃并不意味着完全地排斥或脱离，相反地，无论自我的建构还是某个光辉事业的建构，其实都需要被摒弃的他者作为地基或边界。所以，黑人既没有故乡（非洲），又不能离开她们寄居并受难于斯的所谓"故乡"（美国）——如果能流亡，这倒是她们莫大的幸运了！

西蒙波瓦以为，白种中产女人所受的苦是女人所能受的最纯粹的苦，因为种族、阶级等等其他的苦可以暂且忽略不记。Elizabeth V. Spelman早就批评了波瓦，说她被自己的种族和阶级特权所蒙蔽（ *Inessential Woman*：*Problems of Exclusion in Feminist Thought*，Boston：Beacon Press，1988.）；而《小东西的神》虽然不是关于白种中产女人的故事，主人公阿姆却的确是婆罗门——在殖民地印度，这该是除英国人之外最好的出身了。然而，仿佛要刻意嘲弄西蒙波瓦的"极简主义"，婆罗门女子阿姆所受的苦，非但不纯粹，反而重重叠叠纵横交错——她先是因为与不同宗教信仰者（印度教）结婚而被逐出天主教家庭，随即被丈夫当作礼物与英国老板交易，离婚后，她与种姓制度外贱民维路沙的爱情直接导致了后者的惨死和自己的客死异乡。如果说《宠儿》中的黑奴是"美国"大厦下的白骨，那么，在《小东西的神》里，身为最高种姓婆罗门都不能改变他者被摒弃被践踏的命运。亚裔人是摇摆在故乡和他乡之间的钟摆，分不清哪边是故乡，哪边是他乡；黑奴没有故乡也没有他乡，她们是被禁锢的暗影，而光从此明亮；殖民地的女人阿姆似乎是幸运的，她生活在故乡，然而，所谓的故乡不给她容身之地，她只能不停地反叛，直至被压垮。

也许，我可以这样危言耸听地说：女人没有故乡。所以，她们的存在就是流亡；所以，她们的离散并不是男人的离散。借着詹明信"政治无意识"的思路，我要说，从"无意识"的角度出发，精神分析学说把女人叫作最本初的缺失，因为她没有阴茎。有趣的是，拉康在发展弗洛伊德的性别形成说时，把女童在发现自己没有阴茎时所形成的心态叫作"乡愁"（Nostalgia）——女人因为乡愁而成为女人，所以，她的故乡根本就不曾存在，因为它早在她的形成之前，就已经被失落了，而且再也不可能、绝对不可能恢复。而从"政治"的角度出发，让我们回到 Lisa Low，Leslie Bow，Patricia Chu 等等的论调，且不说种种现代概念，整个人类社会（如果我们选择相信列维·施特劳斯），岂不都建立在物化并交换女人的基础上？一方面，她失落了从不曾存在的故乡；而另一方面，现实中形形色色的故乡也失落着她，以异化、摒弃和践踏的形式。所以，故乡与游子的母子关系只是另一栋建立在阴暗地基上的大厦而已，而那不为人所见的地基，叫作母与女。古人写诗，有"谁言寸草心，报得三春晖"的句子，但那是慈母与游子的故事，而这道光线的暗影，正是我所关心的"寸草春晖两迷离"——所谓的母女纠葛。

依照拉康的理论，主体（subject）的生成和维系都依赖于她者（Other），这种关系让人自然而然地想到母亲（M-Other）诞生并哺育婴儿。然而，作为他者的母亲本身也是主体，这一主体不仅被缺失（lack）所铭刻，更是无力满足婴儿的全部需求。婴儿都渴望得到母亲，但当她/他意识到母亲的缺失（作为女人的母亲没有阴茎）时，具备阴茎的婴儿因为害怕自己的阴茎被阉割从而认同于父亲并从此成为男孩，而和母亲一样没有阴茎的婴儿因为"乡愁"而成为女人，她不再渴望母亲，反而渴望成为母亲，用自己的孩子来填补没有阴茎的缺失——所以，经过这番循环，我们又回到了被缺失所铭刻的母亲。寸草报不得春晖也许只是男人的感慨，因为，对母女来说，寸草和春晖仿佛蛇的头和尾，而这条蛇，是用自己的头吞噬自己的尾的神秘循环。

在这三部小说中,《宠儿》里的母女关系最为极端,却也最为典型。黑奴塞丝在逃亡途中被人围困,出于绝望,她亲手杀死了两岁的女儿宠儿。十八年后,逃亡女奴"宠儿"的到来被认作是鬼魂归来,她与"母亲"塞丝和"妹妹"丹芙共同生活。"宠儿"先是勾引母亲的情人并怀上孩子(为了填补没有阴茎的缺失),又终日纠缠着塞丝,以至两人都奄奄一息。以塞丝为例,母亲的缺失与无力这一主题被整个社会环境下的他者(黑奴)地位推向极致,她对宠儿的保护,不得不以残杀的形式实现。因为母女的循环关系,被残杀的女儿宠儿反而象征着母亲塞丝的过去(奴隶的处境),与宠儿互相搂抱着萎靡不振的塞丝其实正被自己的过去(乃至广义上的黑奴历史)所缠身。与永远被囚禁在过去(成为鬼魂)的姐姐宠儿和无法摆脱过去(被鬼魂缠身)的母亲塞丝相比,妹妹丹芙是生活在现实中的人。她也不能摆脱过去的阴影。丹芙曾经有很长时间的失语经历,她拒绝开口说话,拒绝进入语言和建立在语言基础上的社会,为了抗拒语言对悲剧的消解,因为母亲和姐姐的悲剧是这个白人和男人的世界以及它的语言所不能容纳的。这里有必要指出,小说中,与语言和社会紧密联系的父亲一直是缺席的。男性黑人和亚裔男性相仿,都被种族话语所阉割,所以,他并不是拉康意义上象征着禁令和秩序的父亲。宠儿和丹芙的父亲哈尔早就与塞丝失散,而且,还发了疯;而塞丝后来的情人保罗·D(宠儿腹中胎儿的父亲)也在得知塞丝杀女的真相后离开,把照料塞丝和宠儿乃至宠儿的胎儿的重任留给了另一个女儿,丹芙。曾经失语的丹芙在黑人女教师的帮助下重新开口,通过语言,拒绝介入社会的她开始与黑人社区里的妇人们交流,向她们寻求帮助,虽然这群妇人的"驱鬼"是个极其复杂的问题(我已专门撰文讨论这个问题),但莫里森对重建语言和社会毕竟是寄予希望的,而这种重建,依赖于女人们(母亲们和女儿们)的努力。

《宠儿》中母女和姐妹的结构同样出现于另两部小说。《女勇士》中,身为女儿的"我"讲述母亲"勇兰"的故事,姐妹关系转移到勇兰(母亲)和月兰(姨母)之间,而父亲几乎是完全缺席的人物。更有趣的是,《女勇士》也涉及了失语与自残的主题。"我"和丹芙都有失语经历,丹芙背负着母亲和姐姐的不可言说之痛,"我"的问题却在于迷失和焦虑,"我"无法在语言和社会中寻找到自己的位置。而在某种意义上，"我"在学校厕所里虐待另一个亚裔女孩的情节与塞丝杀女的故事类似，都是特定社会环境下他者无可奈何的自残，她痛恨自身的遭遇，却因为他者所受的压制而只能把怒火发泄向自己——塞丝杀死自己的女儿，"我"则痛殴那个与自己面目相仿的女孩。

《小东西的神》也许是母女姐妹主旋律的微妙变奏。父亲的缺席是类似的：双生子艾沙和拉荷与母亲阿姆相依为命，生父不知踪迹，而为他们带来父爱的维路沙却只是个等外的贱民。然而，姐妹关系却变奏为双生子之间的乱伦。艾沙和拉荷因为意识到母亲的缺失而分别成为男孩和女孩，他们却和"我"（《女勇士》）以及丹芙（《宠儿》）一样，拒绝进入正常的语言秩序。他们热衷于打乱字母倒拼单词，并为此挨了不少打。而艾沙甚至也有失语经历！因为在家庭的压力下做伪证指控维路沙，艾沙从此陷入了自责的沉默。社会学家里有人喜欢语言学的严整，甚至拿语言比拟社会，比如列维·施特劳斯，然而，如果我们反其思路而行，岂非可以得到语言的叛乱能够导向社会秩序的崩溃？艾沙和拉荷就是一例，从语言恶作剧开始，他们的路似乎在冥冥中早已被注定，注定要走向对社会最根本的挑衅——他们的乱伦关系威胁着建立在换婚基础上的（男权）社会。艾沙依恋拉荷的原因之一在于拉荷是阿姆的翻版，所以，艾沙所经历的不仅是兄妹乱伦，还有潜在的母子乱伦。另一方面，拉荷想在艾沙身上找到另一个自己——那个不曾被乡愁所决定存在的，从某个实实在在的故乡出发的自己。然而，那另一个自己（艾沙）通过违抗整个世界而返回的故乡（母亲），却只是这个自己，这个没有故乡的故乡（女儿）。所以，双生子的乱伦故事背后，仍然藏着母女寸草春晖两迷离的首尾循环。相比另两部小说里女性之间的互相扶持，双生兄妹的乱伦似乎更具颠覆性，也更为绝望。本着辩证的原则，我这样结束本文：也许，把罗易的颠覆和莫里森的重建一同服下，才是缓解乡愁之痛的权宜之剂吧。

潘神、摩西、记忆的救赎

辛西娅·奥齐克

　　茫茫大海中,一粒砂与一只蚌相遇了,蚌用自己的身体拥裹、滋养、舔哺着砂,直到它丰润,直到它晶莹,直到它成为珍珠。如果说优秀的小说像珍珠一样美,那么,那些让小说家们生生世世辗转反侧的难题,那些生活中的伤痛和无奈,就是所谓的砂吧。再者,一只蚌的两扇壳,多像某些作家的双重文化背景! 比如,拉什迪的殖民地和宗主国,远藤周作的基督教和日本,还有,辛西娅·奥齐克(Cynthia Ozick)的犹太和异族。对任何意义上的超验存在,我都禁不住地由衷怀疑,而小说里的终极关怀、普世价值更如海市蜃楼一般缥缈。再者,小说本就像是一柄陋勺,它有它的谦卑,谦卑的它只取一瓢饮,它痛饮的,是个体生命不可替代的体验和时间中转瞬即逝的诸多细节。然而,我们固然不能把活生生的蚌强行简化成腹怀真空的玻璃瓶,更不能忘了蚌生活的那片海。所以,我宁可这样想象:每个小说家也许就是一只蚌,它们各有自己的一片海域,也各自怀着相似或不相似的砂砾。所谓的个体固然是独一无二的,但是,没有个体可以摆脱它的环境或是割裂它的从属。正是出于这样的考虑,美国犹太作家奥齐克坚定而不无沉痛地宣告:让别人争做凑巧生为犹太人的小说家吧,我,首先是犹太人,然后,才能开始写作。

　　在短篇小说《异教拉巴》(*The Pagan Rabbi*)中,奥齐克讲述了这样一个故事:拉巴艾萨克·康非尔德(Isaac Kornfeld)是研究塔木德律法的专家,然而,他也迷恋着美丽的自然。于是,在苦读之余,他时常去草地树丛散步,回家还要给女儿们编造瑰丽的童话故事。一天,奇迹发生了,公园里,娇艳的树精向他现身,然而,拉巴就在那棵树上,用犹太人用来祈祷的围巾自杀了。故事的叙述者是拉巴的朋友,他惊闻噩耗,去拉巴家问候遗孀。拉巴的遗孀是集中营的幸存者,当年,还只是个孩子的她被扔向围绕着营地的电网,就在那时,纳粹被解放者击败,电力被掐断——这个"奇迹"拯救了她。集中营的惨痛经历逼她成为犹太传统的坚决捍卫者,她不无讥讽地把丈夫留下的笔记本交给来访的朋友,使他得以追寻拉巴融合自然崇拜(所谓的异教)和犹太律法的"妄想"。要知道,纳粹的兴起与拉巴心仪的浪漫主义不无渊源!于是,故事的最后,胆战心惊的朋友把自己家中的几盆植物统统冲进了下水道。

乍一看,这像是个"控诉"宗教扼杀人性的故事。然而,不可能有比这更南辕北辙的解读了。奥齐克本人曾经不厌其烦地强调:对我来说,对我这样一个身为正统犹太教徒的小说家来说,想象与律法始终是一对不解的矛盾。我编造故事,是为了反对故事。然而,与此同时,我虽然视文学为危险的偶像崇拜,但我不会因噎废食,因为,我坚信,小说固然可以是逃避历史和道德重负的轻浮呻吟,它仍然能成为某个群体(犹太民族)的公共祈祷式,并且最终迎来救赎。想象与律法(也就是文学与宗教)冲突与交融的难题就是《异教拉巴》的那颗砂砾,而这颗砂砾还有另一重面孔,那就是希腊与希伯莱文明不无竞争乃至撞击的共存。所谓的异教,并不是基督教意义上的异教,而是犹太教之外的希腊文明,其至也包括被希腊文明"污染"过的基督教。小说里化作人形的树精,仿佛是希腊神话里由人变树的达芙尼的逆转。为了躲避阿波罗的苦苦追求,河神之女达芙尼化身为月桂树,而桂冠,则是诗人们渴求的无上荣誉。所以,拉巴迷恋的树精,不仅有希腊渊源,更是文学的象征。然而,在树下流连的拉巴又遇见了他自己的灵魂,他的灵魂面目苍老、神色愁苦,灵魂对沉迷于异教诱惑的肉体说:难道你忘了自己的族人? 你怎能忘了自己的族人?

是啊,他怎能忘了族人? 怎能忘了两千年的颠沛流离、焚尸炉里的滚滚浓烟、现代社会里的同化洪流? 同样关注宗教与文学的冲撞,同样身负移民背景和双重文化,世俗化的小说家拉什迪主张驱逐宗教威权,放弃宗教对"纯粹""崇高""坚定"这些信条徒劳无功的追求,从而给文学一片自由驰骋的天地。然而,奥齐克背其道而行之,她坚定地认为,宗教是种族身份的脊柱(详见 Peter Kerry Powers, *Recalling Religions：Resistance, Memory, and Cultural Revision in Ethnic Women's Literature*, Knoxville：University of Tennessee Press, 2001),弱势种族(犹太)不仅要与孤立排斥做斗争,还要时刻提防主流文化的同化,所以,它必须守卫自身的纯粹性,而这个纯粹性,是由宗教律法所界定的。当然,拉什迪和奥齐克的差异在一定意义上根植于他们各自的背景。然而,奥齐克的坚持何尝不是对拉什迪的警告,尤其是那个刚刚出版了以全球恐怖主义为主题的《小丑沙里玛》的拉什迪? 拉什迪曾经声称,后殖民作家需要生活在双重文化的边界地带,并努力孕育新生的混血文化。其实,奥齐克的"异教拉巴"又何尝没有这样的美好愿望,甚至连犹太人奥齐克自己都不能拒斥崇尚自然与文学的希腊式空气。但是,异教拉巴吊死了自己,因为他脱离了自己的族人。拉什迪的"欧美印度人"身份恰好也对应于"异教拉巴",洗尽了印度巴基斯坦的浓墨重彩,拉什迪终于以更为"纯粹"的"全球化"作家的面目登场了,然而,他带给读者的,却是一部热闹而浅薄的好莱坞电影——拉什迪先生,还我印度(《午夜的孩子》),还我巴基斯坦(《耻辱》)! ——期望越高,失望越大,我只能说出这样极端的话:这何尝不是小说家的自杀?

　　说句更重的话,小说家的自杀,实在有太多种方式。吊死异教拉巴的,不仅仅是他的异教异想,更还有那条祈祷巾。谁说奥齐克的"律法之外皆轻浮"不是那条祈祷巾呢? 难道宗教领袖霍梅尼不曾为取拉什迪首级而下那道 Fatwa? 有意思的是,小说家奥齐克的幸存,却偏偏多亏了文学与宗教(希腊-希伯莱,潘神-摩西)这两把利刃的两面夹攻,它们各有各的危险,却共同敲打出奥齐克求生之舞的节奏鼓点,而她的舞姿,也因此显示出混血的魅力。单就语言和文风而言,奥齐克的小说时而精雕细琢、典雅华美,深得(异教人)亨利·詹姆斯的真传;时而凝练而奇诡,充满(犹太人)卡夫卡式寓言文学的晦涩之趣。然而,我们也许要问:为什么异教拉巴不幸罹难,奥齐克却吉赛尔一样跳个不停?

　　答案很明确:因为她为犹太人的历史和记忆而写作。奥齐克的小说固然离不开想象力的虚构，甚至不乏魔幻色彩，但就她的作品而言，最强劲的创造力来自族群的命运。她铭记历史的苦难，并且用自己的写作向历史献祭。她向未来流传，因为，她是来自过去的一份记忆。只有这样，有着偶像崇拜危险的文学才能成为维系族群的一条纽带，而只有坚持选民的身份，犹太人才能继续煎熬下去，等待弥撒亚，等待救赎。

让我们来读一下《围巾》（*The Shawl*）和《罗莎》（*Rosa*）这两篇一脉相承的小说吧。

波兰犹太人罗莎（Rosa）在集中营里被纳粹士兵强奸，生下了女儿玛格妲（Magda），她把婴儿藏在一条围巾里；三天后，爬出围巾的玛格妲被看守发现——那一刹那，罗莎本能地想要冲上前去抱起自己的孩子，然而，求生的本能压倒了母亲的本能，她跑到另一边，抓起围巾，归队，而罗莎的侄女斯黛拉（Stella）不耐寒冷，一把抢过围巾裹在自己身上。于是，罗莎只能眼睁睁地看着自己的骨血被看守提起来，扔向营地的电网……

三十五年后，集中营幸存者罗莎生活在美国迈阿密。她曾经在纽约开过古董店，然而，顾客们无法理解她对"过去"的痴迷，着了魔的罗莎只能亲手砸了店子。侄女斯黛拉安排罗莎去迈阿密过退休生活。洗衣店里，罗莎认识了正在读意地绪语报纸的犹太人佩斯基（Persky）。佩斯基也是波兰华沙人，但他早在战前就已经移民美国，所以并没有经历欧洲的人间地狱。罗莎对佩斯基的热情搭讪爱理不理，在她看来，他们之间不只隔着集中营，更还有雅俗之别。"你的华沙不是我的华沙！"罗莎的华沙是图书馆、沙龙、哲学家和诗人的城市，而佩斯基只是个纽扣制造商。然而，虽然都不能说好异族人的英语，罗莎的母语却不是佩斯基的意地绪，而是另一种异族人的语言——波兰语。罗莎在异族人的美国冥顽不化地坚守着她的过去，可那个过去，那个华美的家园，竟早已被异族所同化。罗莎的父亲深爱希腊罗马文学，母亲甚至差一点就入了天主教，但这根本不能改变他们被屠杀的命运。同化看似美好，然而，它却隐含着双重危险。其一，同化意味着个体的独特性被吞噬；其二，个体的"他者"身份不可能被彻底消化，于是，只能被排泄——成为高炉里的烟、铺路的灰。这样看来，罗莎和那个不知名的纳粹士兵之间，也存在着所谓的"种族融合"，但那个同化的产物，围巾里的玛格妲，无论她是怎样的金发碧眼，还是被"高等"

种族无情地扼杀了。

罗莎的处境艰难而尴尬。她死死地攥住过去的苦难不肯放手——或许，我应该这样说，过去的苦难死死地攥住受难者，从不放手。虽然战争结束了，集中营被解放了，但对幸存者而言，噩梦并没有结束，因为，她们已经被摧毁了，几乎再无复原的可能。所以，挂在铁丝网上燃烧的玛格妲，也就是罗莎本人。然而，如此铭记着历史的罗莎，却似乎并没有意识到自己同时也在竭力推开她想要抓住的东西，她缅怀高贵雅致的华沙（却不许斯黛拉去以色列），诵读波兰诗人的作品（她似乎对意地绪语毫无兴趣），还用波兰语给玛格妲写信，把她想象成哥伦比亚大学的希腊文学教授（又一位异教拉巴）！罗莎简直就是个小说家！她的信件就是一篇篇小说！她用想象复活心爱的玛格妲，玛格妲长大了，十六岁了，穿着外婆的连衣裙，读大学了，当教授了！罗莎甚至叫斯黛拉给她寄来那条围巾，为了召唤她的玛格妲，只要她捧起那条围巾，玛格妲就会从里面爬出来，许许多多的玛格妲就要浓香一样盈满整间屋子……

然而，奥齐克不是罗莎，虽然前者也身负着铭记的重量，更不否认想象的救治。一方面，罗莎把过去当成一场梦，未来是个玩笑，而她只生活在当下，她的当下，叫"希特勒"——所以，她绝望。另一方面，罗莎虽然不可能忘记犹太人受的苦，却并没有完全地意识到，受苦的是犹太族——所以，绝望的她也是幼稚的。所幸奥齐克并没有为她想象出异教拉巴的结局——对奥齐克而言，拯救罗莎，其实也就是拯救作为小说家的自己吧——奥齐克用自己的想象召唤出了佩斯基，那个做扣子的人。扣子是种琐碎的小东西，它们连起两片布，叫衣裳裹着身子——这似乎暗示着与大熔炉式的种族融合相对立的另一种可能，马赛克式的种族共存。再者，佩斯基还象征着犹太人团结一致的族群，他坚持着意地绪语，他的亲戚还在以色列做政治家，一见到同为犹太人的罗莎，他便亲热地上前攀谈，他甚至开始追求罗莎！而与世隔绝的罗莎也为他在屋里接通了电话。最后，当佩斯基又来拜访时，罗莎发觉，玛格妲的幻影悄然离开了……

对回到了犹太族群的罗莎来说，华沙的过去的确是个梦，因为它从不曾真正存在。在她的过去，未来（玛格妲）死在集中营里，这种过去侵占了未来的空白，使得一切都变成漆黑一片的当下（罗莎把迈阿密的骄阳叫作地狱的炽焰）。然而，犹太人必须走出这片漆黑，手拉着手。如果说一个人无力拯救自己，那么，一群人至少可以一同努力活下去，等待未来的降临。奥齐克的小说是历史中某个族群的记忆，这种记忆绝不背叛曾经的苦难，却也绝不在苦难中沉溺。在这种源自过去而指向未来的记忆性小说里，想象不是行空的天马，而是被种族身份的铁环（铸环的力量，就是宗教律法）所牵制的耕牛，它耕地，为了养育，为了生存。这样的小说也许太过按部就班，常有人怪奥齐克写小说平铺直叙毫无悬念；也许太过急于说教，奥齐克说：在我看来，归根结底，文学就是意义。然而，奇妙的是，这种按部就班的说教也有它的优雅和奇趣；更何况，正是这所谓的"族群的记忆"把宗教与文学的无解之争点化成奥齐克小说的生命力。说了这么多，还是要回到奥齐克最初的那句话：我首先是犹太人，然后，才开始写作。

菲利普·罗思的色与空

好小说是把锤子，砸烂我们用以自我保护的硬壳，叫我们赤裸裸地面对这个世界的虚无和这些人的虚妄，这些，我们爱着、依赖着、纠缠着、伤害着、想要遗忘却又恨得放不下的人。菲利普·罗思够狠，狠得铸了好多把锤子，比如《被缚的祖克曼》、《解放了的祖克曼》、《美国牧歌》、《赛白斯的剧场》、《人性的污秽》（其实，更合适的译名应该是《人之痕》）等等，一锤一锤落下来，砸得我像是有点开了窍。

好多人怪罗思太淫秽，我倒不想举着"淫秽为表、深沉为里"的理由为他辩护，那样不仅太伪君子，而且根本就是没读懂罗思，怎么说都该被鄙视。其实，罗思的"淫秽"还是有深意的，却绝不是什么可以最终摆脱淫秽的深意，说到底，淫秽就是他的深意。和劳伦斯比起来，罗思没有赞美原生力的热情；算上乔伊斯的话，罗思更是没有人家在日常生活的琐碎里揣摩神迹的雄心；罗思眼里的世界，怕是合了那句被误解多年的老话——色即是空，空即是色。我们老以为"色"是色情的"色"，不知道那原来是物质，是地水火风构成的世界。不过，这误解倒是暗合了罗思的思路，他就是因为看穿了色（世界）的空，才叫笔下的人去沉湎于空的色（肉身）。

在《人性的污秽》里，他索性把话说白："没什么能持久，也没什么能消逝。对不能持久的东西而言，又哪来的什么消逝。"（Houghton Mifflin Company：Boston，New York，2000，p. 52）这番话真是吓人，像是在最热闹的气象里一眼看见了白茫茫大地真干净，再一转眼，又从白茫茫大地上凭空看出滚滚红尘。因为受不了空,只好沉湎;然而,这沉湎却更衬出人世的一派寂寥。这样的场面,就像是冰天雪地里的干柴烈火吧,一头是无愿无忧,一头是乖戾嚣张,却一样地绝望,又一样地不甘。如此看来,难怪罗思笔下的人物总是成对出现,在《人性的污秽》里,满腹诗书的老教授科尔曼·斯尔克和冒充文盲的年轻女工法莉是这样的一对;他们肆无忌惮的不伦恋情和叙述者内森·祖克曼的避世态度更是一对等值正负数。《赛白斯的剧场》也不例外,犹太老头赛白斯的淫秽功绩远胜于斯尔克,然而,他最不能忘怀的,竟是戒酒所里偶遇的年轻女人。那女人看透了色的空,早就不想再有任何经历,于是酗酒终日,最终自杀身亡。而老人穷凶极恶的寻欢作乐和那年轻人的颓丧又有什么分别?也难怪他俩惺惺相惜,就像祖克曼和斯尔克翩翩起舞着成为朋友那样。

听说《人性的污秽》拍成了电影,不知导演是怎样处理两人共舞这一幕的,不过,我倒有个主意:不如把共舞的背景设成一扇大窗,玻璃上有只苍蝇惊惶地撞来撞去,最后,光线渐暗,但并不全黑,只要叫人慢慢地看不见那窗就行——这是艾米莉·狄金森的诗啊:"我听见苍蝇的嗡嗡,当我死去/……/然后,窗户都消失了,然后/我努力地看,却什么都看不见。"狄金森年代的人还是相信天堂的,她却说死了什么都看不见,这样的洞见,罗思也算是继承了吧。如果把《人性的污秽》读作由一桩性丑闻所引发的道德披露和人性鞭笞,在我看来,虽然不是误解,却终究失之薄弱。其实,这个译名本身就很有问题,*Human Stain* 所指的,是作为某种印痕的我们的生存,它的背景是巨大的"空",它持久着,消逝着,却既不能持久,又不能消逝,这不就是重重缘起偶然造就的"色"吗?我们干净也好,污秽也罢,都架不住时间的奔涌卷携,最终,被抛进死与空的汪洋。

附　　录

原　　创
（My Grand Drag Ball）

香　　蕉

　　一路上我坐在旅行包上昂头看来来往往的人脸,那是两节车厢的连接处,难以名状的混杂气味浊流般与我的身体摩撞而流散。爸爸背对着我冲车门玻璃吐烟圈。有人踩了我的脚,我咬着牙用手抹鞋上的黑印,抬起头时只看见爸爸转过身露出他烟黄色的牙:"到了。"

　　车晚点了,车站外的城市已经陷入黑暗的巨掌。我发觉自己站在一个全然陌生的地方。从小生活在太过狭小的环境里,对四周过度的熟悉使我热衷于弯下腰看裤裆里突然扭曲起来的街道,我热衷于这种魔幻的意味。但时常有人借机踢我的屁股,作为自我保护,我只能练就眯着眼把眼前的景物滤掉颜色扭曲形状而搞得面目全非的本事,那瞬间涌上心头的新奇感夹杂着丝丝恐惧让我欲罢不能。然而,九岁的那个夜晚,我终于面对了真正的陌生。

　　广场对面的楼群渐渐亮起来,像是被萤火虫蚀空的浮石,来往的车辆漠然地搅浑我的视线,而人……我已经看不清他们的脸,因为天黑了。"我累!"我避开爸爸肩头的旅行包拉他的衣角。"一会就到家了。"爸爸没有回头,他的掌心不在焉地按在我头上。

　　我至今搞不明白为什么那个晚上爸爸带着我走了半个多小时才到奶奶家,公共汽车站就在站前的街口。我离开那座潮湿的城市已经十年了,却还记得那晚粘稠的夜色,它让我恍惚地以为伸手一抓就会有黑色粘汁自指缝间滴淌,我甩了一下手,想要摆脱这些想象中的脏东西,指却狠狠地擦在路旁的石灰石围墙上,于是顺势幻想出几点微小却鲜红的火星,这才终于不无沮丧地感觉到火辣辣的痛。前面,爸爸已走出好几步开外。

我的心抽紧了,几乎喘不过气来——"爸——!"这尖锐的叫声让我想起更小的时候院子里的一只小狗,我喜欢握紧它的爪子,把它往废纸篓里塞,为了听它的尖叫。

爸爸往回走的影子在前后左右路灯的簇拥下有长长短短的好几条,它们倾斜着明灭着向我接近,在路面上异常地巨大着,伸过来的却只是爸爸冰冷粗糙的手,他肩头的旅行包滑下来砸得我一路直着眼睛歪着嘴。

那么多张陌生的面孔竟可以出现在那么小的空间里,或者说,那么小的空间里竟可以容下远远大于它的陌生,并且硬而厚,可以一层层清脆有声地剥下来,杂乱地堆在我惊惶失措的眼里,是所谓一家人的脸。白炽灯被蜂窝煤长年累月的不完全燃烧熏黑,有气无力地吊在每个人头上,还在我的粥碗里投下一条神经质地颤动着的金线。我小心翼翼地用屁股压住了小方凳的一角,在被奶奶按着坐下之前,还不失时机地扫了一眼有点点烛斑的凳面,苍白圆润的蜡点像生长在死木上的菌类。

到奶奶家的第一刻,我便感觉到敌意如同黑而冷的光自我的心而弥漫了整个可感知的空间,于是,我开始被负疚感所左右,像一个误闯而入的侵略者。我透过重重烟圈,看和兄弟姐妹无声地坐在客堂里的爸爸,他指间的烟头异样的红,让我想起与隔壁男孩打架时我的指被他踩烂,殷红的血点染白花花的盐碱地。

那一夜,爸爸搂着我睡在一张"吱嘎"作响的竹躺椅上。我在黑暗中睁大眼睛听耗子在木质地板上轻巧的奔跑声,然后,轻轻地抓住脖子下爸爸的手臂。我看得很清楚,整个晚上,爸爸也只是小心翼翼地用屁股压着方凳一角,穿棕色凉鞋的脚在桌下紧张地抖动。

呼吸声此起彼伏,这两间低矮的老房子里挤着七八个人,多多少少相似着的面孔在黑暗中远远近近地纠合着离散着。那时我绝望地想要离开,去到哪里?现在的我早已因遗忘而麻木,初中毕业那年我就开始了漫无边际的住宿生涯。那一年爸爸厂里的锅炉爆炸,我戴着黑色的袖章去高中报到。火葬场里可怕的管乐队害得我一直耳鸣到冬天。我捧着骨灰盒木然地看他们不厌其烦地驱赶着死人折磨着活人。阳光从树叶的间隙里落下来,像毛茸茸的虫子在蠕动,好几次我想伸手揪住它一把甩开。

　　早在婴儿时代,我就有了一张皱巴巴的老头一样的脸。其实谁不是这样?我们不过是在衰老中渐渐地长大成人,成长到终于可以领悟并最终接受与生俱来的衰老与死亡。吃饭是为了活着,但人活着不是为了吃饭。这是雷锋叔叔的名言,他还是没能说出人是为什么而活的。而吃饭对我来说是一种程序,它的运行只意味着我还活着,也许因为我缺乏味觉吧。在拉丁语里,智者就是辨味者的意思,指一个能够辨别事物好坏的人,伟大的智者都是伟大的辨味者。我不能辨味,因为生命已枯萎,但紧闭的花芯里藏着的不是蝎子,而是一种味道,唯一的味道。

　　香蕉的味道。

　　这是个和香蕉有关的故事。香蕉是一种香软的果实,嫩白的果肉裹在金灿灿的果皮里,表里如一地诱人。据说,常吃香蕉的人心境平和,温情与馨香齐飞。

　　九岁那年的我还有与年龄相符的怯懦和贪婪。目睹爸爸同奶奶吵架时砸桌上的玻璃板,我会害怕得发抖,殷红的血以裂痕的形状缓慢却不可抗拒地占据我一成不变的噩梦达数年之久。

　　而目睹一根圆滚滚的香蕉向我的方向举起,在某个脸色苍白的男人手上,昏黄的白炽灯下,我会情不自禁地挪动怯生生的步子,书包还在我肩上,而身后是门闩的响动,那恰好是爸爸下班回家的时候。他踏进门槛时正看见我如同一只驯服的小狗贪婪地抬起爪子,那个男人在我发现诱饵其实是塞满烟灰和纸屑的香蕉皮之前便爆发出尖利的大笑,整个屋子刹那间亮起无数张狞笑的面孔。至今我还是没能搞清那个男人究竟应该是我的叔叔伯伯姑父或什么什么的,我并不觉得他有多么大的恶意,也并不憎恨他。听说老房子在两年前被推土机夷为平地了,拔地而起的公寓里,所有的面孔还是相似的,也还是陌生的。

　　黑色的烟灰星星点点地飘落在我发黄的白球鞋上,我茫然失措地捏着软软地塌在手背上的香蕉皮,回头望着爸爸扳着门闩的手,那些突起的青筋间,嫩红色的伤痕似乎随时会迸裂。当我用僵硬并且因香蕉皮而潮湿的指揉完眼睛后,爸爸不见了。我捏着香蕉皮在院里的水井旁屈辱地蹲下,下腹处却突然一沉,我边吸随眼泪而来的鼻涕边跑到院里的阴沟道口慌张地拉开拉链,一道细流在死绿色的青苔上漫开银色微光。一条浅褐色的蜈蚣沐浴着当头而来的甘霖后若无其事地爬开了。

爸爸很快就回来了,提着满手的香蕉。

五斤香蕉借着惯性砸在桌上。"吃,吃给他们看!"爸爸的声音扭曲着爆发出来,使我的身体一阵痉挛,我一步步退向墙角,挨着墙壁擦着的煤球,在手臂上划了一道浓而臭的黑印。那男人不屑的脸依旧飘在半空,他轻飘飘地转身进屋,门在身后响亮地碰上。奶奶端着一盆肥皂水出来,从她满是皱纹的脸上流溢出阴冷而漠然的目光,她一言不发地把水泼在院子里,然后,用雨季树皮一般的手把白发撩到耳后。

面孔们又开始络绎不绝起来,日常生活的小小喧闹在片刻歇息后蠢蠢欲动了。我缩在墙角,有些莫名其妙地愤愤,所以当爸爸的巴掌落在颊上时,竟然如释重负。"没出息的!"爸爸呵斥得很勉强,他的声音哽咽在喉头,像一团揉皱的纸。我透过满眼细小而纷乱的金星看他在小方凳上一屁股坐倒,哆嗦着手点烟。小方凳撕心裂肺地"吱嘎"作响着,而烟在他指间徐徐燃烧,变成一支黑色的细柱,来一阵风或手指一触就会崩溃,散作浮浮沉沉的碎屑。

这样的碎屑有三两星在爸爸的手背上,他疲惫地拍我的头,直起身向外走。"吃吧,想吃多少就吃多少。"他的背影看起来很陌生。

爸爸走后我孤单单地坐在小方凳上,目不转睛地盯着桌上金灿灿的香蕉,那底下衬着木头的纹理,水纹不同,散开和集结都那么拘谨,细细的凹痕被油污添满。来到这座潮湿的城市后,我发明了一种新游戏,就是从桌上的纹理里看出一幅幅画来,同样的方法也适用于梅雨季节墙上渗出的神秘图案。我总是能看见一张又一张的脸,模糊而美丽的脸。

当时香蕉正压在一张脸上,遮没他的表情。我轻轻地把香蕉挪开,却发现了一只蟑螂。它刚从桌角处翻爬上来,两支触须试探地晃动着,然后,义无返顾地向我的香蕉爬来。蟑螂才是这房子真正的主人,它们无所不在,冬天时热水壶的壶口处充满集体主义的温暖。

我触电一样地抱起香蕉。于是就这样开始了我最初和最后的盛宴。

　　如果我进了天堂,那里面一定弥漫着香蕉的味道。如果我被打入地狱,同样的味道也会伴我永生。当软软的外皮被剥开,牙齿深深陷入香甜的果肉时,我沉醉于这种滋味,而这种滋味却谴责着我,用爸爸的愤怒,家人的漠然和我的恐慌。辨别这种滋味是我的罪,我却无法抵挡这细腻的甜美,它是多么的奇怪啊,与我的一切格格不入,却让我身不由己地想要咀嚼它,吞没它。

　　于是,就这样,我把整整五斤香蕉塞进了肚子。

　　天渐渐暗下来,奶奶在院里支起了圆桌面。面孔们在我眼前浮动着,手上的大碗里浮动着汪汪的油斑。这是另一种香,叫人的肚子恬不知耻地"咕咕"叫唤,然后扑向今夜的食物。只有我手执香蕉默默顽抗。奶奶往这边瞥了一眼,我抱紧手里的香蕉。她的手并没有停,仍一碗接一碗地盛着饭,有一碗向我的方向举起,这动作让我不寒而栗——我抬起头,努力地咽下又一口香蕉。碗重重地落在桌面上,奶奶抄着筷子颤颤地夹起一口菜:"跟他娘一个臭脾气!"

　　迟来的眼泪"哗"地从身体深处涌上来。妈妈,陌生的女人呢,关于她的空白使我的生命缺乏平衡。不,我不需要妈妈,我只要这一刻的香蕉!眼泪还在眶里的时候鼻涕却已痒痒地爬到唇上,我猛抽了一下鼻子,稠而咸的黏液被压进喉头,在口腔深处与唾液裹挟着的咀嚼物相遇,撞击出翻江倒海的恶心。我痛苦地缩紧身子,整个人像条可耻的虫子。这条虫子只想要香蕉,甜蜜的滑腻的馨香的果实,而现在这些东西想要冲破一道瘦小的喉咙扬长而去……不,我要我的香蕉,我只要我的香蕉!

　　爸爸回来时只见我抱着满怀的香蕉皮,满头冷汗地冲着他打了一串有香蕉味的嗝。

　　更糟的事终于发生了。半夜,我被自己肚子里的"咕噜"声生生惊醒。路灯透过窗外的桑树和窗上的木格把我露在汗背心外的半截肚子照成一个滑稽的球体。我惊讶地凝视黑影映衬下的稀疏汗毛,正要伸指去触那一层泛着浅浅金光的微小植被,脸上呆滞的笑却被肛门处突如其来的紧缩感定格。"咕噜"声层层席卷而来,强大的压力以不可阻挡之势一泻直下。我死死咬牙,艰难地侧身坐起,借着身下的硬板床把要道封死,刹那间沉重起来的臀部把屁股下的两块尖骨深深嵌入草席。我扭动的上半身投影在对面的木壁上,只见一个瘦小的黑影抽搐着渐趋平静。绞痛的腹部终于松弛下来时,我吁了一口气,而脑袋里这才闪过那念头——吃香蕉吃坏肚子了。

这番折腾并没有打搅爸爸旺盛的睡兴,他背对我蜷成一团,和屋里的数个声源错落有致地此起彼伏。我紧张地盘算着,到达屋子那头的马桶必须经过人,在睡梦中都拉扯着扭曲着一张张陌生面孔的人。而到达附近唯一的公厕得穿越整条巷子……

门缝里溜进来的风滑滑地钻过汗背心和皮肤之间的空隙,我中邪似的一跃而起,以不可思议的精确跳进床前远远隔开的两只拖鞋。在双腿叉开时夹紧屁眼实在不是易事,我惊恐地感觉到肛门处有一星灼热。

然后我就火烧屁股似地跑在巷子里的青石板上,咬牙切齿,青筋暴起,用步子击打深夜的死寂,与重力绝望地对峙。我不能我不能我不能!我无声地哀号,拇指透过裤腰处的松紧带死死陷入食指两个指节间的凹口。低矮的屋檐黑黑地连成一片,似乎永无尽头地延伸着,把我的希望切割成一道狭长的出路,通向厕所,人们可以合理排泄而不违背文明的地方。有时候,它遥远得好像天堂一样呢。

我不能我不能……我被牙咬痛的唇颤抖着张开……不行了……

那道巨大的热流终于骄纵地奔腾而下。我的狂奔蜕化成踽踽的拖步,一个软而热的圆球"噗"地沿着腿根在短裤下缘探出头来,我战战兢兢地偷眼打量它,腰情不自禁地弯下,而整个屁股刹那间浸淫于决堤的腾腾热气。肚子一点一点地轻松起来,裤子却一寸一寸地从腰间往下坠。我张开的肛门源源不断地倾吐着介于固体和液体之间的圆润粪便。小圆球们颇不情愿地一个挨一个沿着我瑟瑟发抖的腿滚落在青石板上,无声息地就扁了下去。这就是我的香蕉吗?甜蜜的滑腻的馨香的香蕉,我的唯一的梦想,唯一的反抗……

那一刻我被彻底粉碎,只有身体幸存,因为它能够消化痛苦或甜蜜,能够排泄大便。我从来都不是辨味者,却知道大便的价值:所有的味道不过是它的美好前奏,它却使我永生地沉溺在香蕉的味道里,那是唯一的味道,最后的味道。

　　那天夜里我蹒跚着挪步到巷口吊起一桶桶井水冲洗满屁股的大便,的确良短裤湿透了,赖在屁股上,就像是一种安详的动物凉凉地压在了心上。我抱着井壁,看我的伙伴抱着一怀死水撅着嘴作愤怒状却无声更无浪,只有抱中的死水在地下四处蔓延,构成城市下面沉默而永不见天日的生机。我缓缓地弯下腰从裤裆里看倒转的屋檐和沉没在屋檐下的月亮,一条浅褐色的蜈蚣若无其事地跋涉过我的洗礼之水。多么似曾相识的一幕。

　　而我的小鸡鸡在冷水的刺激下硬挺起来了呢,在这人们沉睡着死于梦乡的时分。

《香蕉》附件:生活下降者

我常去两个 blog 逛,小胖的和小 A 的。小 A 前两天写了《小武》,没太说电影,倒是讲了些身边的人和事,看得我很心酸。就好像小武那片子让我难受一样,倒不是希腊人那种 catharsis,崇高而激情的,更像闷头走路的时候吃了一记闷棍,吃了,还得继续闷头走路。

我小时候跟着老爸回城,奶奶、叔叔、爸爸和我挤在一间小屋子里,一家人拥挤而隔膜着。有一天老爸回来讲,他一个同学也是带着孩子回城,那个男孩因为长身体而很能吃,可他的叔叔因此而开他玩笑,给他一截塞满烟灰的香蕉。那家老爸一气之下出去买了十斤香蕉,逼着那个小孩一口气吃掉,吃给自己家里人看。我老爸在客堂间一边做饭一边跟我叔叔讲,我那时蹲在屋里抄生字,不小心听见了,一直难受到现在。

我自己很容易拉肚子,所以,记忆里不知不觉地就多了那孩子吃坏肚子半夜跑厕所的场面。那时候我家和公共厕所隔着两条巷子,两条巷子夹着的,正好是大名鼎鼎的周家花园。于是,那个满肚子香蕉屎的小孩在花园的高墙外边哭边跑的样子(也许,还边拉?),成了我心目中所有悲剧的原型。

小 A 的文章写得漂亮——因为平淡,像我老爸讲那个小孩的故事——收得更漂亮,如下:"我一直觉得诸如伊朗导演阿巴斯、潘纳希的带有纪录风格的电影,其实很具艺术性,是那种既保持着生活的本色,又不乏艺术技巧的电影,平静的流动下有深刻的内容。但生活不是因为平静才成为可以成为电影的东西。它充满日常生活的平淡,这种平淡又用悲剧与不安哺育着艺术。《小武》正好带出了这样的疑问。他遇到的问题，也是我遇到的，并且也是我在叙述中试图接近的。"

我尤其喜欢那个转折：日常生活的平淡，平淡中的悲剧与不安。类似的话，小胖也在说，说得更直白，更实在，也更心酸，因为她在说自己，不是什么艺术——"我们几个都是普通小户人家的孩子，没什么不凡的经历和能力，不过是希望过上小康安顺的生活，却常常在日常平淡的生活中感到困苦不安。理想是有的，不过却感觉太遥远了些。"

小胖也常到小 A 那里逛，不过，她是否借鉴了小 A 的感触，倒不是关键问题。问题的关键在于，我们大家的痛，谁叫出声来都一样。就好像前一阵子小胖感慨她教的高中生成了杀人犯，引了句日剧台词——"因为自己的命毫无价值，所以不去珍惜他人的。"小 A 看到了，赶紧赞同；我也是狠狠地愣了一下。我自己也是普通小户人家的孩子，一边莫名其妙地做着生活上升者，一边又怎么也摆脱不掉困苦不安的阴影。而且，不但不想摆脱，还总想死死抓住那种下降到毫无价值的梦魇。当然，对更多的人来说，那不是梦魇，是现实。就像小胖学校里的那些孩子，家里穷，人又笨，没前途，于是一群一群在街上混，晚上喝了酒打车，稀里糊涂地就把司机往河里扔。想想还真有点滑稽，让人想起大岛渚或是北野武的电影，我和小胖总是看得边哭边笑，两只眼睛开大炮。

沉下去的，又何止那个混口饭吃的司机和那群活着只为了吃饭的孩子——呵呵，死了，也只是少口饭吃的区别吧——小胖喜欢这样形容自己："在自己的小生活中不断沉下去。"而让我恼火的是，因为太过顺利地循规蹈矩着、随波逐流着，我竟然没有往下沉的自由。

垃圾学生的下沉，说穿了我还是害怕；但鸿儒的下沉，又是另一种可望不可及的特权。大名鼎鼎的布迪厄是外省人，而且是穷孩子，他特别喜欢强调这一点，当然，前提是他已经把精英的话语霸权掠夺到手。同样的，斯必伐克也热衷于"炫耀"自己是印度人，是女人，虽然她也知道自己在印度不是贱民而是精英，而且她显然更热衷于炫耀无数的鼎鼎大名和精妙解读。我知道,我混到死,也混不成他们那样,所以,我的问题注定了永远是如何摆脱平淡生活,摆脱困苦不安,而不是回头捡起自己的"根正苗红"敲打人。说到底,根正苗红这种说法对我来说是不成立的,倒是"刚刚直立行走的猴子的尾巴"更为贴切。于是,我更想揪着这根尾巴沉下去。低一点,再低一点,让重负沉甸甸地压下来。以前喜欢揪薇侬的小辫子,现在,想来又想去,还是她最好——如果再去掉那么一点崇高,那么一点神圣——毕竟,这个人人争口饭吃的世界上,她是饿死的。这种下沉,像烈士,不够贱,还是有点受不了。

而我,到底是那个胡吞了十斤香蕉的小孩,本来就吃不下,更消化不了,于是一路跑一路拉,到头来空空如也。如果我是导演,一定要拍这个故事,只是搞不明白哪个名字更好些,香蕉还是大便。而且,我实在想加点乌托邦冲动(utopian impulse),比如,厕所里分一半屁股纸给他的另一个蹲坑的小孩。

筑　　路

　　冬天就要来了，他却不知如何掐住它的脖子，甚至找不到它，惨淡的浓云是它的呼吸吧，沉沉地压下来，生锈的铠甲般挤压着他的肋骨，那黑潮般的寒意径直灌向他的双脚，一只在鞋底"吧嗒"作响的皮靴里，另一只裹着厚布，冰冷的布条外是长统套鞋。他咬着牙，幻想它在他的齿间呻吟，而子虚乌有的它却顺势滑下他的喉头——它在他里面。

　　保尔愤怒地用铁锹砍着地面，布满血丝的双眼里迸发着近乎绝望的偏执。没有人停下来看他，寒冷与疲惫使人们退化成简单的机械，他很想大吼一声，不是为了唤醒他们，只是向往着融入，如同闭上眼睛便自以为是黑夜来临。

　　然而，他并没有安之若素的天赋，或许，是因为那个无时不在却又根本不存在的东西，这一次，这一刻，它叫作冬天。冬天是太阳离我们最远的时候，远得让人猛醒：原来我们要无依无靠地活下去，对于这一点，保尔并没有什么可畏惧的，没有曾经的一个个冬天，就不可能有他卑微的生命。但很多人都活在这种冻结里，像一尊尊雕像，栩栩如生，甚至是温暖的，热情的。保尔在发抖，破旧的短褂贴在胸前，像纠缠着旗杆的残破军旗，他想宣布一场战争，却找不到敌人。

　　而敌人早已长驱直入。

　　为什么来筑这条路？为了把木柴运进城。为什么要运木柴进城？为了抵抗饥饿和寒冷——这是冬天的馈赠。为什么要抵抗饥饿和寒冷？为了活下去。为什么要活下去？为什么要活下去？疑问着，保尔来了，来到他向往中的"最艰苦的地方"。这是斯多葛主义的遗风吧,借助肉体的苦痛搁置更苦痛的精神,保尔过于精通这种游戏,精通得可以把逃避改头换面成高尚,更有甚者,精通得连自己都浑然不觉。

他拼命劳作着,既不敢想象遥遥无期的完工,又不能想象离开,离开这最艰苦的地方只意味着更深切的艰苦:那是一个人的孤独和彷徨,而他是脆弱的。

保尔遇见了一个人,同他一样衣衫褴褛形容枯槁的人,在夜里,匪帮梦一样此生彼灭的夜。保尔端起了枪,却面对着一双让他潸然泪下的眼睛,那初秋天空般的蓝色里映出保尔的身影,还有保尔的眼睛——那也是一双蓝色的眼睛,在那些血丝和迷茫下面。

他们面对面,逃亡者尤拉和革命者保尔,好像镜子里外的两个世界。枪管缓缓下垂,枯枝间风的悲歌里,保尔听见了敌意渐渐龟裂、崩溃而飞散的声音,而他在那双陌生的眼睛里看见了他并不陌生的困惑、痛苦,和渴望。

尤拉踉跄着后退了一步,面前的少年是他逃亡途中第一次如此突兀而直接地面对的人,他甚至能感觉到他喘息时逃逸的热气。这是一个活生生的人……尤拉几乎要扑上去拥抱他,但那少年眸中的黑影却让他身不由己地后退,那是种圣徒式的偏执和坚定,比起逃亡途中在一座座空洞的村落里看到的标语更空洞,也更冷漠。

"你……你好……"保尔怯生生地开了口,面前的陌生人虽然一脸惊恐,却在这层自我保护的面具下藏着一张善良而忧伤的脸,是一张瘦削的长脸,有点像马,不,不是马,是独角兽,神话里子虚乌有的美丽生灵,永远游离在平庸险恶的世事之外。保尔的心竟因此而平静了,尤拉的眼泪夺眶而出,那一刻,他意识到他们是同样的人,面临着同一个不可抗拒地逼近着的冬天。

"每天晚上……我都能听见一个女人的声音,有一点点喑哑,却像丝绒一样华丽而柔软。见过雨后花园里刚刚探头的蘑菇吗?湿漉漉地一闪一闪,叫你心里莫名其妙地发慌,温柔得想掉眼泪……她的一声声呼唤就像这些蘑菇一样,似乎是从我灵魂的土壤里长出来的……"尤拉摘下帽子在手里拉扯着，细小的绒毛纷纷飘落。

"我是逃出来的，从一支红军队伍里，谁都在野兽一样杀人，这就是战争。也许是我自己的过错吧，是我无法面对这个分崩离析的时代。我不知道自己是谁，不能确定自己身在何处，人们在为利益为理想相互厮杀，我身不由己地身陷其中，却仍然感觉着无法形容的陌生，隔绝，还有虚无。但每天晚上，在梦里，我都会听见一个女人的呼唤声……她在呼唤我！她用这种绝望的声音织成一张网打捞我沉没的灵魂……"

尤拉凝视保尔的眼睛，这少年有一双纯粹得近乎固执的蓝眼睛，像冰冷的火，凝固的火，不动声色地隐含着过于酷烈的激情，让他想起很久以前的一位朋友，一位不久以后即将把枪口对准自己心脏、扣响扳机的朋友。很久以前，他们在冰雪初融的时候，一同走在街头大声地朗诵新诗，他们都是沉湎于诗歌而不能面对现实的人。

不，应该是不能接受现实。凭什么要不假思索地接受这为种种偶像激荡的现实？惟独人被遗忘了，活生生的人，可以为了爱而忘却仇恨的人。他悄悄瞥一眼身边的少年，然而，他并没有看到那种圣徒式的沉着木然，相反地，那少年眸中有一闪即逝的慌张——原来，他在怀疑……

任何人都有怀疑的自由，却不是每个人都有怀疑的勇气，因为怀疑的后果是无依无靠，陷入寒冬，甚至，听不见呼唤声……

"我不知自己在干什么……你所看到的我也看到了，但我盲目地坚持着，筑这条路。"保尔笑了，想着陌生人听到的声音。将来的日子里尤拉会发现梦境里的声音属于一个叫作拉腊的女人，他们的爱情始于世界之初，他们永远地相互等待，擦肩而过，再靠咀嚼回忆活下去，为了等待……

整部历史正是在这样的等待中流淌着，因为人子说他会回来。

这条路又将通向何方？

那一天，保尔与冬妮娅邂逅了，在筑路工地。一列过路的火车需要木柴，工地需要人手，于是最简单的交换发生了：用旅客的劳作交换工地的木柴。旅客中有冬妮娅，还有她的丈夫，高贵得不愿铲土的男人。

保尔几乎哭了，当冬妮娅避开他的眼睛却还是脱口而出地叫他——保夫卡。一个女人的呼唤声是一道魔法，可以把这个冬天点化成雨后的花园。早已理解那天晚上的陌生人,那一声声温柔的低诉能够化解眼中所见的疯狂和心中深藏的惶恐。如果这也是一种诗,没有人会被拒绝,所以保尔也推了门进来,看见冬妮娅坐在熊熊燃烧的壁炉前,微笑着呼唤:保夫卡,保夫卡……

她捧着一本《牛虻》。丝绒窗帘,银烛台,绣花睡衣,和缎面的《牛虻》。殷红的缎子,烫金字母,绚丽得好像一场梦,让人目眩神迷地投身。这也是一种偶像吗?要求全身心的献祭?她是个能像鹿一样奔跑的女子,在林间斑驳的光影里,她追逐着一些不可企及的碎片,殷红的,绚丽的,任性却真诚,有点像爱情,却太过晶莹剔透,会在风中散成粉末,好像这朔风中的浮尘。浮尘迷了保尔的眼,眼泪顺理成章地涌上来。

多么陌生的声音啊,好像来自另一个世界呢,虽然他们是同样的人,甚至,是相爱的人。"怎么,你在干这个?!就没有更好的生活吗?"

冬妮娅的手搭在丈夫身后腰间,纤细的指摩挲着浓厚的呢料,尽可能地温存,却像是一种不动声色的挑衅。丈夫的身躯如同一堵墙,高大、坚实,殷勤地为她隔绝出一方存在。风很大,人们不得不闭着嘴无声地诅咒,铁锹在手与手之间传递,像燃烧着冰冷火焰的火把——这是一群被围困的人。一旁的土坡上,列车停滞着,像中了魔法的巨龙,有时候这种法术能持续很多年,久长得使生命格外单薄而艳丽起来,像流星……末日的时候会下起流星的雨,那是往古来今的生命们唯一的一次重演。

冬妮娅的手向丈夫传达着一种劝说,这是她第一次向这堵墙壁有所表达,她把他推向沉默着的铁锹,另一头在保尔手中,一只骨节粗大伤痕累累的手,过于紧握而在坚定中透出隐隐的神经质来。丈夫接过了铁锹,这是为了她,冬妮娅疲惫地笑了,保尔却避开了她的眼睛。然而,只是刹那间的交错,冬妮娅却遭遇了他眸中那空洞冷漠的黑影,那甚至是种光彩夺目的黑暗,只有一种人能够负担——圣徒。

冬妮娅的眼睛追随着保尔的身影,他浑身上下洋溢着一种可怕的力。这是个与不可见的敌人厮杀的勇士,为了苦难可以牺牲一切,甚至可以不在乎这条路通向何方,甚至忘却这条路本身,他不会离开这生活一步,他修筑着的竟是一条没有出路的路吗?

这堵墙的外面,这条路的外面。一定有什么东西,有一个不一样的世界——雨后的花园，漫步的独角兽，呼唤的网——保夫卡，保夫卡……

> 那一夜晚辽阔的疆域，
> 就像是灭绝和空无的疆土，
> 整个宇宙荒无人烟，
> 只有这花园里还有生命。（帕斯捷尔纳克）

你听见了吗，保夫卡？每夜我呼唤着你，在沉寂中渐渐沉没的却是我自己的灵魂，这是你的苦难所要求的祭品吗？

更好的生活？保尔迅速地抹了一把眼睛。难道我投身所谓的事业不是为了更好的生活？我……我有权利拒绝生活吗？他弯下腰咧着嘴笑了，这笑让他的心前所未有地疼痛起来。他不得不面对这样的现实：他与冬妮娅之间并不存在着任何拒绝或背叛——他偷偷地瞥一眼远处孤独伫立着的女人，爱情的滋味使他在刹那间整个地崩溃。然而，他必须一片片地把自己再次拼凑起来，为了活下去，这就是他"更好的生活"，他必须度过这个寒冬，人们必须度过这个寒冬，沿着这条路；没有其他方向的路。

他必须面对这样的现实：冬妮娅只是另一个人。人群其实并不存在，那只是为了抵御冬天而共同编造出的谎言。只有一个个的另一个人，相互奔跑相互拥抱却永远停留在抵达前的渴求中。只有永远遥不可及的另一个人，被另一个世界所囚禁，无重多的世界重叠着，却没有交点。难道在冬妮娅的世界里，这个冬天并不存在？冬天意味着饥饿和寒冷，甚至，死亡，所以我选择人群。也许，这也并不是我的选择，这只是命运，使你我都免于受责的命运。

保尔再一次遥望冬妮娅，她站在丈夫身旁，扶着他的肩微笑着，那笑容是真诚的，真诚得掩不住眼底的苦涩……她也无权选择，只能……对命运忠贞。

——正如修筑这条路赋予保尔的生命以意义吧。这是他最后的也是最坚固的防线，面对着呼啸而来的冬天和虚无，哪怕革命稻草人一般被轻易掀倒，还有花一样凋枯飞散的爱情。苦难是一尊僭越的神，永远不会被推倒,保尔以抗争膜拜着它,修筑这条洞穿困境的路,洞穿它……这条路通向何方呢? 迸裂的虎口滴下炙热的鲜血。恍然大悟地,保尔直起身,挂着铁锹看自己张开的手掌。拇指与食指构成的直角间,列车苏醒了,它蠕动着,即将在凄厉的汽笛声中远去,沿着另一条道路,这流着血的虎口是它的起点。保尔的指情不自禁地合拢,他又能抓住什么呢? 于是,手沉重地落下,像一道催促出发的号令。

此刻,列车终于开动。冬妮娅握着丈夫的手坐在窗前,她在人群中寻找保尔,却只看见这条修筑中的路,不知通向何方的路。

有很多东西都能织网,路能织成一张巨大的网,叫作大地,这些道路延伸着,分裂着,交错着,回旋着,却没有一条路能离开大地。来自尘土的我们终将复归尘土,留下一些脆弱的痕迹,织一张扑朔迷离的网。

沿着当年为运送木柴而修筑的铁路,人们可以选择无数种走向,因为它只是无数条相连的道路中微不足道的一截,也许它本身并无方向。然而,沿着它,你可以穿越平原,山峦,河流……用自己的生命抚慰大地的每一种表情,也许,来到莫斯科。

道路是没有尽头的。离开铁轨的那一刻你坠入电车的轨道,它遍布整座城市,是城市漫长的血管。车厢里挤满陌生的面庞,每个人都在赶路。一个鬓发斑白的人坐在车窗旁的座位上,似乎与近在咫尺的人群相隔天涯,正忧郁地打量玻璃外的万千世相。

尤拉回忆着他身后的路。并不是人选择了路,而是路选择了人。一切的法则与必然是人无法逃脱的道路,还有命运,还有历史。筑路少年的身影在日益暗淡的往事中格外鲜明起来,他有一双多么固执的蓝眼睛啊,纯粹得可以融化一切,如同黑洞吞没一切……尤拉打了个寒颤,风从车窗的缝隙里钻进来舔了一下他麻木的颊。冬天又快到了,永远如期而至的冬天,让人一次次更深刻地体会到自己的无依无靠和无可奈何。少年为了抵御冬天而筑路,路也铸造着他呢,这是注定在冬天里顽抗下去的冬之子吧。

而我却是生于花园却流落末路的逐客……所谓的雨后花园竟是喀西马尼园吗? 那是人子被钉死的前夜,在背叛的园,沉思的园,沉沦与拯救

166

的园。既然不能行走，那就选择翅膀吧，灵魂的路是轻灵不羁的舞蹈，拉腊，拉腊，呼唤我吧，我需要你能够洞穿政治，残杀，劳动营的声音。

透过车窗玻璃，他看见一个穿灰色大衣的女人行走在人群中，像一滴不会溶解于水的油，拉腊——敷在我额上的圣油……拉腊……电车到站了，他跟跟跄跄地推开人群跳下车，四下张望着，狂奔着，张望，狂奔，张望……

最后，他看见了雨后的花园，满地湿漉漉的蘑菇，地面上浮现出一张女人的脸，他直直地栽倒，为了最后的亲吻，那幸福使他的心脏爆裂——尤拉死在一条陌生的路上。路人无声地围拢，像树桩周围滋生的湿漉漉的蘑菇。

冬天就要来了，身穿灰色大衣的女人走在街头——是冬妮娅。在书店的橱窗前她停住脚步，一种遥远而沉重的声音在耳边"嗡嗡"地响起来，像是铁锹击打着坚硬的冻土。她的唇艰难地抖动起来，展成酸楚的笑——保夫卡，这是你的呼唤吗？

她知道，保尔竭力要打碎的，是时间，也是永恒，是一切的梦想与理念。他只要活着，活过无休无止的冬天。但他并没有被冻结，因为他还在呼唤。

保夫卡，保夫卡……正因为被逐出乐园，所以才有了路吧。她的指按在冰冷的玻璃橱窗上，玻璃后面是灰色的书籍封面，没有缎面，没有烫金字母，简朴的纸张上印着这样的诗行——

> 心灵期待着，也注定要经受，
> 那样的两次经历：
> 一次是因雨和花园而受苦，
> 一次是因雨和花园而欣喜。（阿赫马杜林娜）

《筑路》附件：误读

听说卡尔维诺的书被当作小资读物，很是不解。不过再一想，劳伦斯还"做过"黄色作家呢。我曾经表达过对卡尔维诺之不脚踏实地的不满，但那时候，我还没有读到《通向蜘蛛巢的路》。现在，我向他道歉，因为我也误读了他，以为他只是幻想作家。

博尔赫斯一向是我不喜欢的作家，一来没有人的血气，二来他的智慧不过是拾人牙慧。而卡尔维诺的大多数作品，其玄思颇类博氏，竟然因此给我以错觉：很欣赏，但无法喜欢。

结果倒好，一读，竟然喜欢上了。先是《树上的男爵》，喜欢那小男孩叛逆而顽强。然后沉迷于《通向蜘蛛巢的路》，这是卡尔维诺的第一部小说，写意大利抵抗运动，主人公又是个顽童，然而，和那位启蒙哲学家似的小男爵不同，这孩子是个乱打乱撞地参加了革命的流氓无产者。1964年，卡尔维诺在小说重版的时候写了篇长长的序言，令我惊讶的是，作为幻想家的他竟然以新现实主义的风格初登文坛，而且，二十年后，他仍然热血沸腾地谈论抵抗运动。关于文学，他提到了 Natalia Ginzburg 等人，他说 Primo Levi 是本时代最好的作家之一，他甚至还热爱法捷耶夫。

我至今没有读过法捷耶夫的《青年近卫军》，因为对作家其人的偏见，因为他和马雅可夫斯基的恩怨。但这是我把现实代入小说的一次严重"误读"，所以是我欠的一笔债，这辈子一定要还。

序言的后面，小说开始了。小顽童是鞋店学徒，和做妓女的姐姐相依为命，这孩子又小又丑，喜欢跑到小酒馆里尖着嗓子给人唱黄色小调。我喜欢"在小酒馆里唱歌"这样的情节，高尔基在《人间》里常写小酒馆里的歌声，让人悲哀得透不过气来。然后，小顽童竟然为了讨好小酒馆里的大人而去偷德国人的枪。"偷枪和藏枪"！多么熟悉，仿佛沉在血管里的毒刹那间发作——这难道不是《钢铁是怎样炼成的》里的保尔吗？

我无药可救地爱上了卡尔维诺的第一部小说。然而，现在，学着卡尔维诺的笔法——"请允许我绕道而行，说一说"——是的，请允许我说一说另一个误读的故事。

奥斯特洛甫斯基。《钢铁是怎样炼成的》。保尔·柯察金。

"上得三十三重天，下得三十三重地狱"——清人廖燕的这句话，最合适《钢铁》的命运：不是被意识形态捧上天，就是被反意识形态的意识形态捧下地。然而，廖燕的原话，是形容文学天才的磨炼。《钢铁》果然饱经磨炼。

说实话，读《钢铁》比较晚，大约在青春期。因为《钢铁》曾经被捧上天，所以很不屑，但知道爸爸一直喜欢这书，才想起来随手翻翻。竟然迷恋。倔犟的顽童，偷枪的冒险，梦想般的少女……说实话，这样跌宕起伏的青春，怎能不叫我眼花缭乱？毕竟，那时候，甚至直到现在，我喜欢的都是《哈克贝利历险记》，或是拜伦东方诗篇，甚至《在路上》那样的东西。但也得承认：初读《钢铁》，竟然只记住了那些青春期的流光，对后来的革命完全没有印象。

我的老师讲《局外人》时，说这是他少年时代的最爱之一。他问过许多同事，竟然都说曾经喜欢过"局外人"的叛逆。但那群秃了头蓄着大胡子的家伙异口同声地加上另一句话：现在读没什么意思了。

青春期终究是短的。我的更短。

重读《钢铁》，应该是不久以前。曾经迷恋的情节做梦似的飞过去了，我在"筑路"那里绊倒。

保尔遇见以前的爱人，他是筑路的苦力，她是别人的妻。保尔好像叱责了资产阶级。于是有人夸奖他的革命觉悟，有人骂他不懂得生命和生活的美善。但那些都是误读！误读！

他们怎么会懂……他们不去尝保尔心里的苦，奥斯特洛甫斯基心里的苦，成长的苦。曾经奢望幸福，却只无能为力。就连最触手可及的，活生生的爱人都比路人更隔绝。至于革命……革命并没有改变他的困苦，他以圣徒般的虔诚更深地沉入困苦。这甚至不是一种逃避，而只是无望中的坚持。据说，《钢铁》曾被删节，奥是真诚的，他写到了无望。

再往后，那段著名，或臭名昭著的独白，奥写得那么地发自肺腑，却又那么地痛彻骨髓。在我眼里，保尔的"台词"，似乎更适合于西绪福，甚至等待戈多的流浪汉——什么什么不会来，我怎样努力都是徒劳，但我等待，但我推石头，为全人类的解放事业！

冷静下来说，其实，这只是我一个人的误读。书是镜子，我们只看见自己。——绕圈子说这些，只想为奥斯特洛甫斯基抱不平：听从任何群体而热爱或鄙视《钢铁》，这样的事我们做得太久了，为什么不能把一本书当作它自己来读？读出我们自己？

至于狭义的写作，我可以同样冷静地说：奥斯特洛甫斯基是个不错的作家，粗糙得并不太难堪，多亏他的质朴和真诚，更还有那种无望中的坚持。

相比之下，卡尔维诺是个好得令人目眩的作家。我惊叹于他的聪明和娴熟，却只为那些顽童而喜欢他。我喜欢的卡尔维诺是在树上蹦蹦跳跳唱黄色小调的小王八羔子。那么小，那么坏，却又是那么的脆弱，让人掉下眼泪。为了抵抗生活的重和苦，奥斯特洛甫斯基选择了生活中的"坚持"；卡尔维诺更为主动，他决定反抗，用他敢于凌驾于生活之外的艺术和幻想。也许是我不了解博尔赫斯，但就我所知道的情况而言，卡尔维诺是比博尔赫斯更伟大的艺术家。

因为他首先是一名抵抗战士，在二战时的意大利。

他自始至终是一名抵抗战士，在人类的受难史中。

——艺术的不着边际和不脚踏实地，正是它的力量所在。但艺术从来都不是孤家寡人，它与苦难交锋。

奥斯特洛甫斯基参战了，却缺乏足够的力量。博尔赫斯也许很有力量，却从不走出图书馆。

姑苏慕容周而复始

- ## 从鲍尔斯开始吧，对，就是那个陌生人

19岁那年，保罗·鲍尔斯扔硬币决定是自杀，还是去欧洲。结果，他去了欧洲，颠沛流离地生活，每天晚上洗唯一的衬衣，挂在旅店房间的门上，第二天离开时穿走。

后来，他到了北非海岸，他觉得，心中某个不知名的机械轻轻一颤，终于找到了自己的频率，在这个越喧嚣则越寂寞的世界上。

再也没有回到属于他的那些城市，他留在这个他不属于的地方，像一滴水消失在浩瀚的沙漠。只是消失，永远没有融合。

我们存在，肩膀擦过肩膀，背远离背，最终，消失。

19岁那年，我在B城，寄居于生命中的第六座城市。我去街角买大麻和蟑螂药，回来放着 The Velvet Underground 的歌读鲍尔斯的小说，M一直在睡，席子太短，他的脚探在外面，光光的，像两个孤零零的小东西，像它们的尸体。

我站在窗前刮稀疏的胡子，外面下着漆黑的大雨，我的脸一下子就湿了。

我想，我想，我想，想要变懒，想要安定，想要变成一棵树，甚至，一棵菜，有一抔土，慢慢地围上来，变成围着脚的一双袜子。

171

M要去南美,一年后。

我不知道我想去哪里,能去哪里,我想留下来,随便什么地方,从 9 岁起我就被不停地拔起来,一颗单薄的菜,无论怎样努力地扎根都还是轻浮,无论怎样地挥舞爪子,都只能拂动起浅浅的浮土。

我不想变干,长出黑斑,缩成巴掌大的一团,缩在房间里堆满毯子的床上,沉甸甸的窗帘堵死窗户,沉默堵死嘴和鼻孔,像鲍尔斯,在坦吉尔,摩洛哥的坦吉尔,一个陌生人的死。

我想要那种温暖,垂死的,却害怕,冰水一样灌进身子的害怕,没有形状地处处潜伏,我怕被咬,我怕任何有呼吸的东西接近。

我什么都不能做。

M醒了,我把烟递给他,在把烟递给他的那个瞬间,我看着他的脸,却认不出一直以来我渴望着的模样。

镜子就是这么碎的。那面曾经把我残缺不全的身体拼凑成 M 的模样的镜子碎了。在我 19 岁那年,相爱和遗忘的那年。

我们小心翼翼地面对面,像隔着镜子,也许,我们只想辨认自己,像蹒跚学步的小孩扑向镜子,扑向一次意蕴深刻的欺骗。气球扑向一张嘴,藉此膨胀起来,不,不是膨胀,是成长——所谓的 meconnaissance 的意义,拉康为之得意的洞见。

我们曾经那么艰难地认识彼此。腹贴着背。M 问我:你叫什么? 我在他的胳膊上画这个字母:M。他说:“我是 M. F. 。叫我——Michel。”我说:“叫我慕容……复。”复 F(emme)妄想着慕 M(asochism? meconnaissance?),想着,想着,想着,开成了一株芙蓉。

夜晚的酒吧,我穿起雪白的裙子,漫长的,从瓶口缓缓泻出的光,那么奢侈地淌开,到处都是掌声,另一种意义的 meconnaissance,或者,我渴望的 connaissance,drag queen。

“你是美丽的男人,芙蓉一样地,飞。”

是谁在我耳边说话? 29 岁那年,我在林肯中心门前的喷泉那里等人,听见一些人经过时大衣和围巾摩擦的声音,像闭上眼时黑暗中闪现的微小斑点。鲍尔斯的音乐会刚结束。我不知道我想去哪里，能去哪里，这是第几座城市，我可以在哪里停下来？

我是一棵菜，雪白雪白的白菜，需要一个地方，可以烂掉我自己。

● **你，见过外星人吗？外星人，也是会想家的**

那年圣诞，雪大得埋了路边的车，我深一脚浅一脚地去街边的杂货铺买洗涤剂，排在前面的波多黎各女人带着两个孩子，我在口袋里找零钱的时候，看见那女人把一堆罐头和糖果放在柜台上，然后掏出一张信用卡。

店里的人摇摇头，说不收。

那女人什么都没说，只是收起卡，牵着两个孩子往外走。有个孩子撞在我身上，他还盯着柜台上塑料纸裹着的硬糖。

我不知所以地捏着几张纸币。

女人已经拉着孩子走了，关门时，店门口的铃铛响了一下。

我回到公寓，把洗涤剂夹在胳膊下查信箱，有个大纸包，应该是 G 寄来的录像带——Radiohead 的一部纪录片。多巧，VCR 刚坏。

只能打开电脑放下载的 Ok Computer。多巧，正好是这首：Subterranean Homesick Alien。

我住在这城市，什么都闻不着。走路要小心，人行道上都是坑。头顶上，外星人转着圈飞，拍旅行录像给家人看。看啊，看这些人！

看这些奇怪的东西，锁起自己的魂，在身上钻这么多洞，藏着秘密，活下去！

外星人，带我走，带我看我想看的世界，乘着你们美丽的飞船。我要告诉我的朋友，但他们不会相信，他们说，我终于彻彻底底地，彻彻底底地，疯了。

我一边洗碗，一边听 Thom Yorke 的声音。洗涤剂的白沫堆满水槽，涂满我的手。我停下来，害怕它的蔓延，害怕窒息，虽然我想要干净，有柠檬味的,死一样苍白的干净,干干净净的一排碟子,在昏黄的灯光下藏起它们满身的伤痕。

我推开窗,爬到备用楼梯上抽烟。

G在包裹里附了一封信,还有照片,他,和他的妻子,还有女儿。我也会有,我对着靛蓝色的天空吐烟圈,我也会有,我的妻子,我的孩子。

我们都会活下去,像被踩扁的罐头里的沙丁鱼,你挤我,我挤你。一声不吭。

我的话越来越少。变装酒吧也去得越来越少,越来越少,以至,再也不去了。

我曾经对每个人说谎,说我来自马尼拉,我是来自马尼拉的 drag queen。没人知道另一个我,在图书馆地下室查 16 世纪孤本的博士。我执意住在遥远的拉美街区,远离我的职业,我的身份,扮演我想要的我,慕容复,芙蓉慕,慕芙蓉,风住尘香花已尽,日晚倦梳头。我有我的假发和长裙。这些帷幕的后面,我解开锁,看我的魂清水出芙蓉。

G和我交往了一年,确切地说,他和来自马尼拉的 drag queen,我虚构的一个人物,交往。不久前,他搬家,我陪他去宜家买家具,选了床、沙发、饭桌、茶几、柜子、被褥、锅碗、地毯,甚至台灯、花瓶、招贴画。我们睡在一起,他什么话都不说,只是做爱。

我前所未有地疼痛。却什么都没说。

第二天,我在图书馆里发现手机上有留言。他求我不要再去了。他的妻子和女儿要来,他为她们准备那个家,他最后一次需要我,因为我是男人,我有男人的力气。

当然,他也责备我,责备我的美,男人不该拥有的干净和妖娆。

电脑里的 MP3 放到了 No Surprises。

没有警告没有惊奇。没有警告没有惊奇。伤口怎么都长不好,你看起来那么累,不开心。他们不为我们说话,谁又为我们说话?

那一刻,我决定搬家,搬去学校附近,戴黑框眼镜,穿西服和长风衣,戒烟,戒酒,参加学生聚会,出没沙龙和剧场。飞出地狱的蝙蝠,可以健康,快乐,制造消费品和消费人,可以更健康,更快乐,更有制造力。

很久以后,我才想起 G 的分手礼物,于是借了台 VCR 来看,看到这样一个场面:Thom Yorke 在窗口声嘶力竭地唱歌,而地上趴着一个男人,无论别人怎么来来往往,他只是趴着,趴着,趴着。

直到所有人都倒下,脸贴地。

脸贴地的时候,他们看见外星人了吗?

· **电影散场的时候,音乐刚开始**

起来,穿衣服,赶在爸爸听见之前,今天,我们逃,我们逃。

—— Radiohead · Exit Music

爸爸逃了,在我懂事之前,他去寺里读经,再也没有回来。

"就当他死了,"妈妈说,"小复不是慕容家的孩子。"

"慕容是什么?"我问。

"Nom-du-Pere,连你爸爸都想逃离的东西。但是,他一旦逃离,这种逃离又成了你的 Nom-du-Pere。周而复始的小复,也许真的没有别的出路。"

"妈妈为什么留下来?"

"因为,这个世界是爸爸的,他要反抗,就只能离开。而这个世界不是妈妈的,所以妈妈才要抢夺不属于她的东西。"

"我不想离开,我也不想要任何东西。这个世界属不属于我,都无所谓,反正我不属于它。"

后来,妈妈也走了。她说她要自己的生活。

"你属不属于我,其实也无所谓。"我看着她收拾东西,说。

"我不属于任何人,哪怕是你。我可以爱你宠你给你一切,但是,你永远不属于我,我也不属于你。"

"是不是每个人只能属于他自己?"

"也许吧。"

"那么,如果我成为你,是不是你就会从此属于我?"我从她的箱子里拖出一条长裙,雪白雪白的长裙,我溺水者般把自己整个地沉没在这条裙子里。

"小复是男孩子。"妈妈看着我,却并不把我从裙子里往外揪。

"没有人比我美。"我在镜子前踟蹰,镜子里瘦小的孩子是我,雪白的长裙也是我。我第一次见到如此完整的自己,完整而完美得如同一个幻象。

我必须实现这个不可实现的幻象。

逃走的爸爸必须爱上我。

孤独的妈妈必须属于我。

我必须成为我的爸爸和妈妈。爸爸爱上妈妈,在我的身体里。爸爸和妈妈的我属于我自己。我爱他们,我抓不住的那些人,我爱我自己就像捧着一盆倒映出天空的水,爸爸是一颗星,妈妈是一颗星,他们留下没有热的光芒,彼此从不对视,也不让我抵达。

我只能出发,去一座又一座城市,捧着我的水,照见一张又一张脸。

没有五官的脸,车窗外一闪即逝的树。

• 活着的人,都是有影子的

我在林肯中心的喷泉那里等人,等我素未谋面的远房亲戚。她来了,我们去 Barnes & Noble 喝咖啡,身后是一幅广告画,福克纳的 *As I Lay Dying*。我蘸着咖啡在餐巾纸上写 M,慕容复的 M。

她在 M 的正下方,倒影似的,画了一个圆润的 W。王语嫣的 W。

语嫣(女焉?):语言,寓言,预言,language,langue,lingua franca。她把餐巾纸倒过来,M 也是 W 的倒影——她嫣然一笑:复,什么是复?

"归根曰静,静曰复命,复命曰常,知常曰明。不知常妄作凶。"我从二楼的玻璃窗望出去,街市熙熙攘攘,谁都不会打搅谁。多明亮的光,刀子一样刻这个世界,剜去凶、雕刻静,我闭上眼睛,看见土奔流般降临,我渴望的一抔土,可以扑灭火焰,喂养寄生体潮湿而腐朽的呼吸。

其实,也可以这样解释,复,无非是 citationality——她打断我的沉默,把镜子挪到另一个方向,她想让我看见什么?

Nom-du-Pere。我以为镜子里有自己的脸,却只看见"父亲之名",拉康所说的"法",这个世界的规则,我们赖以生存的语言。

——M:我以为我在 perform(扮演)。伪装出真实的自己。

——W:不,你只是 cite(引用),cite the law,Nom-du-Pere。你活在边界上,但边界并不在故事之外。故事需要舞台,舞台需要边界,边界需要被驱逐与被鄙视的。

——M:我是法则的影殖:颠鸾倒凤,翻云覆雨,周行不怠,周而复始。

——W:但你只活在我的语言里。你,活生生的你,只是我的影殖。

我直视她的眼睛:告诉我,W 是什么?

她轻轻牵引我的食指在桌上描画:when,where,what,who。最后,在我的掌心,她画这个单词——writer。

咖啡座的爵士乐不知什么时候停了,响起 Radiohead 的"Pyramid Song"——跳进河里,看见什么? 黑眼睛的天使在身边游。

告诉我,我黑眼睛的天使,当我沉睡时从镜子里出来远远观望我的天使、或死亡,你来得这么早,天都还没有黑,我还可以接着划我的船吗,我可以把我的船划到哪里去? As I lay dying . . . as I lay dying,在一重又一重的阴影下,没有一重影子来自我自己的身体,我是彼此交错的镜子长廊的尽头,那里甚至没有枯萎的花束,时光也不会倒流。

告诉我,还可以继续吗?

——W:是的,我们继续,我们继续向彼此呈现,作为失散而又邂逅的亲人,两股绳子,疼痛地绞合着,为了赋予疼痛形状。就这样吧。

就这样,她告辞了。黑眼睛的天使划走她的小船。

Thom Yorke 还在哭一样地唱:我曾经看见的一切,我爱过的所有人,都和我在一起,我的过去和未来,我们一起,划着小船上天堂。什么都不用害怕,什么都不用怀疑……

• 别害怕,没有谁能解放谁

"慕容博士。"

穿起衣服收拾润滑剂的时候,忽然听见 S 的声音。

整条胳膊一下子就麻了,冰冷的麻,仿佛空气变成了冰水。如果我不过是个空洞,那这个空洞正忍耐着来自四面八方的压力,蠕动着扭曲着的冰水的压力。

只能投出一团绳索,妄想它能缠绕住什么东西,帮助我安定。

"S 神父。"我扣起衬衫领口处的最后一枚钮扣,也道破他的身份。

"原来我们都在欺骗对方。"他的歉意看起来很真诚。

"也许不是欺骗吧,只是不愿提起。"我在墙角坐下,背对着窗,紧闭的窗,"其实,所谓男妓和嫖客的关系,让我觉得更踏实。"

"对不起,你离开原先的 agent 之后,我一直想找到你,所以雇了人查你。"

"幸好我不是什么有家有眷的中产阶级正派人士,不在乎你发现我是谁。"

"我明天就要走了,去洪都拉斯。临走之前,我想,也许我们可以做回自己,我们可以用真正的自己来面对彼此。"

"这样子难道是假的?"我站起身,解开裤子上的拉链,"还要我转过身吗?"

他沉默了片刻,踟蹰着,终于还是开口:"我明白你的意思。可是,慕容博士,难道不正是你,想把这两种身份截然分开? 或者说,把身份和身体割裂开来? 对你来说,也许两个、或者更多的'你'都是真的,但这些'你',仍然是彼此分裂、水火不容的。"

"我只是找个理由痛恨自己而已。用自己的左手,打自己的右手;用自己的右手,打自己的左手。这个世界只是一根棒子,它不属于我,我不属于它。"

"也许吧。"S 低下头,黯然地笑,"也许,我也是这样的吧。不过,你是怎么知道我的身份的?"

"只是巧合,我有朋友在南美做解放神学的田野调查,他发给我你们mission 的通信,上面有年轻有为的 S 神父的介绍。更巧的是,我们从同一间学校毕业呢。"

"我知道。我们俩的系竟还合用一楼。"S 感慨地笑了,"博士毕竟有博士的 connections。"

"神父也不是闲杂人等。就像你们,去穷乡僻壤吃苦,却毕竟有你们的 connections,有了问题,一张机票就能回到这花花世界,回到这里。"我指自己的下体。

"我的朋友没能回来。"

"你是说 G 神父? 通信上有他的讣告,据说是触怒了当地权贵,死于政治谋杀?"

"哪有那么冠冕堂皇。"S 把污渍斑斑的床单一卷,又去床上躺下,双手枕在脑后,"他那么热心地组织工会,当然是危险的事,但谁会真正理会他? 难道他的所谓信条真能危及这个制度? 他死在自己的车里,当地rent boy 的手下。警察在他的后箱里发现了一摞男色杂志。"

"S/M 玩过火了?"

"也许吧。我也不清楚。那男孩仍在潜逃。"

"我不觉得他是龌龊的人。"我在 S 身边躺下,两个人一起盯着天花板。

"我也不。他很受信徒的爱戴,当然,没人知道那些杂志和 rent boy。教会花了很多钱让媒体闭嘴。"

"他也是我这样的人吗? 不过,他倒像是比我更绝对呢,竟能够做到正义凛然——我从不怀疑人的善良和真诚,哪怕我早已为这种信仰一般毫无理由的偏见付出太多代价。我想,我羡慕他,我没有足够的力气去坚持所谓的正义善良,善比恶更伤人,被伤的人注定是自己,为此,我只能逃避人群,保存我用以信仰正义善良的力气。"

"但他并非死于对善的坚持。我很同情那个不堪受虐的 rent boy。"

"世事本来就如此。哪里有一环扣一环的紧密逻辑,S 神父可以质问一下上帝,为何他偏要显示自己的不可捉摸,让我们如此担惊受怕。"

"也许并非上帝不可捉摸,只是慕容博士的眼界里,只容得下晦暗和荒诞吧。"

"我毕竟向往着一些不同的东西,无论失望多少次,我都不会放弃,我是说,我仍然会极力承受再一次失望的痛苦。这是我的 S/M 游戏,我和上帝的游戏。"

"很多人不堪承受。"

"可以理解,不过,这个 masochistic rent boy,是骄傲而决绝的慕容复,周而复始,是我的天性。无论其间如何周折,上帝拉扯的,是一根从堕落到拯救的线,我却画着圈,从希望到失望,从失望到希望。我不会绝望,因为,我本来就分不清希望和失望,失望和希望。"

"但你把博士和男妓分得很清楚。"

"可现在,没有什么区别了吧,神父。Credo ut intelligam,你总是试图理解,于是你完成了这幅拼图,你拼起了博士和男妓,神父和嫖客。"

"我只是想道别,完完整整的我,和完完整整的你。"

"我知道,我们不会再见面了。保重!"我起身,随手收拾了东西,头也不回地出门。

• 只有解脱。风会停的,我们也会原谅波此

O 是 T 大教授,专攻亚里士多德,一本 *Fragility of Evil* 让作注人忙得不亦乐乎。O 在原籍 J 国更是大小说家,笔锋所及,都是边缘人群,把世态炎凉下蝼蚁的苟且刻画得入木三分。这次 AAR 开会,我侥幸得了机会上台去读关于 Angela of Foligno 的新书,无意中瞅见 O 坐在前排,心中竟有些小人得志的得意。

事后,饭店的咖啡厅里,O 过来找我,我被人围着讨论神秘主义,他在一旁看了一会,悄无声息地走开了。

当夜,我在房里读 O 的小说,著名的《生活上升者》。故事是这样开始的:

某大学教授无法忍受自己循序渐进步步高升的生活,遂去同性恋街区闲逛,他听见有人怯生生地问:请问,需要朋友吗? 同性恋的朋友?

请问,需要朋友吗? 同性恋的朋友?

那天,我就是这样开口的,不过,全然没有羞怯,倒是不无兴奋。那年,我被 T 大录取,因为厌倦了故乡循规蹈矩的生活,不等开学就急急赶到 T 城,在学校附近先找好了住处。游览城市的时候,也许是下意识地凭着同志圈中的传闻,也许纯熟巧合,竟然逛到了那个 O 正踟蹰徘徊着的地方。

那时年轻气盛,颇有些捉弄 O 的意思,于是在他身后开口。

没想到,他竟然答应,虽然怀着迟疑、甚至恐惧。他说:是的,我需要……一个朋友。

你需我要,我情你愿。这种事,怪不得任何人。

读《生活上升者》的时候,电话忽然响了。我把书夹在腋下去接,果然是 O。

"你好。"我把书放下,放在膝上。

"十几年了,没想到还能见面。"他的声音还是那样疲惫。

"其实,大家都明白,总有一天会见面的。"

"你很出色,我为你自豪。"

"其实,你心里很失望吧。最美的结局,应该是我死在那雪山上。就像……你小说里写的那样。"我腾出一只手,心不在焉地翻动膝上的书。

"《生活上升者》是为你写的。"

"仍然是为你自己吧? 我们夜以继日地做爱的那些日子,你骗我,说自己当年被发配原籍,好不容易跑回 T 城做小本生意。谁知道你是 T 大的 O 教授,某学霸的乘龙快婿。更有谁知道,我竟然选修你的伦理学,这才得见大教授的真颜。"

"对不起。"

"该说对不起的人是我。是我提起那座雪山，只有两个人互相扶持才能去攀登。可惜，我没有蠢到会一个人去寻死。我的愚蠢，只够我努力地以你为榜样，做个生活上升者。这难道不是一种报复吗？"

"如果这是报复，你已经成功了，慕容教授。你是我的影子，却比我更高大。"

"更重要的是，我从不曾也永远不会让无辜者为我内心的阴暗而付出代价。我不会让我们的故事重演。如果丑恶和伤害可以在我这一环结束，我把什么都忍耐下来，其实也无所谓。"

"我也希望……能够负起责任……"

"所以，我喜欢《生活上升者》的结局。很鼓舞人心的结局啊。大教授出于对死于雪山的少年的忏悔，和妻子离婚，放弃了炙手可热的前程，独自流离远方。只可惜，正如我没有勇气一个人去登山，你也没有勇气实现幻想中的忏悔。"

"也许，事实根本就是，我们并不曾像我们想象的那样相爱。我们一样地小心翼翼，随时准备跌倒，随时准备爬起来，甚至，不惜踩着对方爬起来。"

"不光忏悔是编造的，就连伤害都是夸大的。多冷酷啊，我们竟然不得不从伪造的伤口中寻求安慰，不光伪造自己的伤口，甚至臆想别人的牺牲。"

"其实，一直以来，大家都活得好好的，过着安安稳稳的光鲜日子。不光是我，还有你。"

"人就是不知足吧。"我笑。

"也许吧。慕容教授，大家都等着你的新书呢，可要努力啊。现在早点休息吧。"O轻而易举地全身而退，换成寒暄的语气，仿佛刚才的对话只是一场梦。

一场恶梦。

我攀上雪山，被绳索勒破的手一路滴血。冷。钉子般被敲打进骨头的冷。山顶一片空白。无论走多久，眼前始终是空白，遍地的雪让人完全感觉不到纯洁，只有空白，像是有太多东西被抹去，它们的痕迹还在，鬼魂一样飘，却看不见，更摸不着。终于出现了墙，低矮的墙，从远方蜿蜒而来，向远方蜿蜒而去，它害我心口发堵，这堵墙，它挤满我的胸腔，像是要把我涨开，失去人的形状，变成一堵墙，变成一堵被一堵墙吞没的墙。

我哭的时候，有个漂亮的少年提着一桶漆跌跌撞撞地跑来，他裸着双足，青紫的脚背在雪地里花一样明灭。为了安慰我，他蘸着漆在墙上画图，画长角的太阳，画三只翅膀的鸟，画喷火的雪山，都是明艳的绿色，初春嫩芽的颜色。他拉着我的手在墙下跑来跑去，却笑着笑着就直直地倒在雪地里。我蹲下身看他的时候，他也直直地看着我，他的眼睛悲哀得像一对锥子，把我洞穿的锥子，他躺在雪地里，在我耳边说：告诉你一个秘密……告诉你一个秘密……一个秘密……秘密……我要死了。我要死了。就现在。现在！

"现在！"我呓语着从恶梦中惊醒。现在，现在是什么时候？哪里都没有声音，却也没有宁静。

床对面是一面镜子。我推开潮湿的枕头，想看镜子中自己狼狈的样子，算是自嘲。

却看见了，镜子中，不是我的，那些东西。我的身后，孔雀开屏般地，积簇着十几条影子，那些漂亮的少年啊，每人都拿一双悲哀的眼睛望着我，要把我溺死的悲哀。

那些漂亮的少年啊，每人都穿着一条雪白雪白的长裙。

妈妈箱子里的那条长裙。

就让我陷在里面吧，躲起来，不见光。

• 毕竟，过去的，已经过去了

那天，我们攀上那堵墙（我记不清，或许
根本不想回忆，那堵不知是否存在的墙，在某个
不停下沉的地方，那里不再有孩子诞生，
而老人——老人隔着树丛看见妖怪
长着牡丹一样艳丽的牙。

是怎样的笑容……）

墙上有巨大的斜坡,阳光不厌其烦地涂抹草地。
我坐下,抱膝,盯着那个心灰意懒的手艺人。
他涂抹草地,像是下一刻就要跪倒。我觉得冷,
想要挡住任何接近,当阳光抹白草地,抹青我的手。

我没有忘记你。那时你就坐在我身边,
我们越来越少地说话,仿佛乱世中仅存的正义人士。
你说,你听见有人在下边走,那是
从前夜传来的声音。空气太稠密,信总是迟到。

我差点就这样睡着,枕着草,梦见头颈里钻出
一条狗。"它看起来很疲惫,"你说,"又黑又瘦"

(你在哪里说话?——
我发抖,几乎是痉挛,十指被压进掌心。
我张不开手,我张不开手去抓,你
从前夜传来的声音)

草上刹那开满花,光秃秃的。我张开手
却挡不住扎进眼睛的玻璃。
扔一只瓶子,井里的脸笑起来,
是怎样的笑容……
　　　　　　　　被砸碎的那张脸。但还会回来……

所以我说,我没有忘记你,只是
瓶子碎了,它一头撞上井壁。

我们却攀上那堵墙,见到更广大的世界,

那么的大，几乎可以撑起翅膀。
阳光是个心灰意懒的手艺人，他慢慢地，慢慢地
刷掉天上的鸟，还有影子，还有追影子的狗。

我说，太冷了。我们走吧。
水里的人笑了，却懒得回答。我知道，不是风，是你。

• 还记得珍珑棋局吗

动手吧，动刀子，抓老鼠，别看，往嘴里塞！他不会回来。看着我的眼睛，我不会回来。如果你是狗，生来就该淹死。我只能这样告诉你，告诉你这事实，他不会回来。抓住他，砸烂头，往锅里扔！他不会回来，他发肿，他结冻，别浪费！抓啊，抓老鼠，我不会回来，我回不来。——Radiohead·Knives Out

我每两周洗一次衣服，每次洗衣服，都在洗衣房遇见九楼的疯老头。

据说曾经是 Double E 的教授。Evolution & Ecology，不是 Electrical Engineering。总是一个人蹲在地上下棋，一个人对一个人，自己对自己，白子对白子。而地下室的窗口，偶尔蹲着一只肚皮垂地的胖猫，那猫死死地盯着老头，眼神专注而涣散，仿佛什么都看着，又像是什么都没看见。

猫臃肿的身子挡住了阳光，我只能扭头开灯。猫不满地呼噜一声，动了动枕在脑袋下的爪子，它的眼睛是琥珀色的，日光灯管的闪烁掉进去，像是琥珀的惊醒，醒来了，却索然无趣了。猫悄无声息地跳下窗台，经过老头，出门。

雪亮的灯光下，我把衣服倒进洗衣机，回头瞥一眼老头，木头棋盘上白花花一片。终究还是好奇，我走过去，在老头面前蹲下。老头推一盒黑子给我。我一愣。

老头冷笑："都拿白的，这棋怎么下啊？"

我想起一些传言，字斟句酌地开口："C 教授……"

185

他也不收拾白花花的棋盘,只是眯着眼睛看:"Double E 是什么?"

我忍着笑,依照传言的吩咐接过话茬:"Evolution & Ecology。"

他盯着错落成局的白子,那神情像是置身于某个不可名状的异地:"你知道我以前在哪里上课吗?"

我迟疑,却还是打破了沉默:"我知道。你带学生去墓地,去统计墓碑,数一数,有多少男人,有多少女人,他们曾经的存在,有多少年。"

他一手抹掉木头上的那些白色痕迹,像剥落霉菌:"Population,不仅是人口,也是族群。我们不过是个族群而已。就像是……"

我笑笑,请他先行:"Ethnicity 也是族群吧。"

他满脸严肃地落子:"我反对 ethnocentrism。人性,太人性!"

九楼的疯老头也算这里的风景之一了。自从被学校开除,他就一直住在这里,起初还在楼下的花园里出没,以自然科学家的严谨精神观察人来人往,但后来就渐渐丧失了行动力,只在楼里随地而坐,自己同自己下只有白子的棋。

老头的腿有点瘸,据说是被人打的。他在苟且于棋盘之前,常常口无遮拦地向路人直言他的观察结果,而有一次,他对着一群黑人满脸严肃地说:"你们!猩猩!"

还没等他勾画出两点之间的进化路线,老头就被义愤填膺地痛扁了一顿。

然而,就是这样一个身心俱损的疯老头,把我慕容复杀得片甲不留。

我虽然棋艺不精,却终究有些自作聪明的小傲慢。

棋是妈妈教的。也许只是百无聊赖。

我们在灯下盘膝而坐,有一句没一句地胡扯。妈妈真好,从来都容我童言无忌。

那时我正考虑去深山里找遁出尘世的爸爸,为此满脸严肃地请教她:"人家都管我叫和尚的儿子,可就算是和尚的儿子,也得有个和尚可见吧?"

妈妈大笑:"你就当他死了吧。"

我大惑:"他明明活着呀,可是,既然活着,为什么不和我们在一起呢?如此无牵无挂,真是不负责任。"

妈妈又笑:"都无牵无挂了,哪来的责任啊?"

我愤愤:"那怎么不一生出来就一头撞死啊?非得娶了你,生了我,也有了名,有了利,这才大彻大悟,人生也太完整了吧?"

妈妈倒是不笑了:"小复,很多事,你不明白的。"

我不满:"为什么为他说话?"

妈妈摇头:"也许,只是因为我比他更厌倦吧。他那哪里是完整,还是穷凶极恶地、穷凶极恶地逃。我看他可怜。"

我忽然尖叫——棋盘上,妈妈终于还是把我逼得死无葬身之地:"妈!一点面子都不给吗?"

妈妈起身烧茶:"都是我的错,把你生得这么笨。"

我愁眉对残局:"为什么我走得这么累,还是一败涂地?"

妈妈叹气:"因为我对你了如指掌啊,跟你玩,其实就跟自己对自己一样,要不,下盘输给你?"

我闷闷不乐地踢桌子腿。

妈妈过来拉开我:"记住这个词-Negative Capability。记住了,秘诀啊。"

我斜着身子又踢一脚:"什么东西?"

妈妈拉我坐下:"所谓的 Negative Capability,就是忘我、无我,想他人之想,行他人所行。这个世界远比任何一个人广阔,也比我们所有人都广阔。"

我开始头痛:"这就是慕容家的'以彼之道还施彼身'吗?"

妈妈嗤笑:"慕容家那点小聪明!到底还是要分彼此。难怪慕容博还在追他的铁圈呢。"

我恍然大悟:"是那种推着滚的铁圈吗,越追越远的?"

两周之后,我又在洗衣房遇见了疯老头。

我把衣服都堆进洗衣机,放硬币,加洗涤液,合盖。然后,转身找老头。他正等着我。这次,地上竟放着两盒白棋。

老头抱着肥猫："你不是喜欢猜我的棋路嘛，这次索性不分彼此。"肥猫不耐烦地扫我一眼，照旧打它的哈欠。

"我是想要以您之道还施您身，可我输了。"

"一个疯子，哪有什么逻辑可循。你可真够笨的。"老头指间漏下一子，落在棋盘外，我脚下。

我弯腰去拾那棋子的时候，听见老头慢悠悠地开口："Double E 是什么？"

答案机械地脱口而出："Evolution & Ecology。"

问题也在机械地继续："你知道我以前在哪里上课吗？"

我迟疑着，却还是把白子交还在老头掌心："我知道。你带学生去墓地，去统计墓碑，数一数，有多少男人，有多少女人，他们曾经的存在，有多少年。"

"你知道在墓碑和墓碑之间，发生了什么事吗？"

我艰难地呼吸着，想把视线从猫的那双琥珀色眼睛里揪出来，揪出来，不能沉溺，不能。

"你是那么美，可否为我片刻停留？"老头喃喃地低语着，他伸出手，向着我，却又像是穿透我，想要抵达某个不存在的维度。

胖猫不无厌倦地闷哼一声，从老头怀里一跃而下，摇着尾巴一路走远。

我跟着那猫，也走出了轰轰作响的洗衣房。

九楼的疯老头，因为迷恋年轻男生而被开除。很多年前，他们热衷于墓碑间的爱抚和交融，被多少男人、多少女人、多少年簇拥着。

Ethnocentrism 是个怎样的笑话啊，人怎么可能是世界的中心呢，这个世界远比任何一个人广阔，也比我们所有人都广阔。我向你敞开，请你穿透我，让我成为 negativity，照片底片上黑的白，白的黑，让我成为真空一样的东西，吞噬你，吞噬不再是你的你，不再是我的我从此泛滥，充满那个不再是你的你。

这不可能的美，可否为我片刻停留？

暮色中的墓地肃穆着，直到追铁圈的孩子撞见那些人影。

当年的 C 教授抱着孩子留下的铁圈走出墓地。人们看见他试图滚动那铁圈,他不停地滚动那铁圈,一边嘟囔着:"可否为我片刻停留? 可否为我片刻停留?"

其实,只要一点点收敛的力,就可以归于沉寂。他拒绝了调查,更不用说和解。

他发疯似的推动铁圈,要它行进,要它冲破,要它极致。却又要它停留。他只想要那不可停留的停留。

他真的疯了。早就疯了。

我每两周洗一次衣服,每次洗衣服,都在洗衣房遇见九楼的疯老头。

他不再下棋,也不见了那只猫。

我偶尔坐在他身边。无话可说,于是,问起那只猫。

"别人的。"他答。

"哦。"我无话可说。

"死了。"他补充。

"也是,又一年冬天了。"我抬头看见地下室的窗玻璃上结了厚厚一层霜。

"Double E 是什么?"他有气无力地问。

我想了想,走到窗前,在霜冻上写——Erotica & Extinction。

他根本没有抬头看。

我也不再看他。我抱起洗好的衣服出门,忽然想起来,慕容博如果还活着,也是这样莫名其妙的疯老头吧。

几乎是刻骨地悲哀着,我意识到:慕容复还是想见慕容博,一切都仍一如既往。

也许只是因为他甚至没给我留下任何印象吧。我沉溺于慕容博的陌生,而不是陌生的慕容博。然而,即使面对面,反射光线进入视网膜的,恐怕也只能是陌生了。

我抱着衣物站在电梯里,狭小的空间上升着,上升着,请不要停留,一直上升,上升,冲出这个可以苟活的地方吧。

更开阔的天空下,墓地里的授业还在继续。

不,不是关于人,而是生的物,生的态,(行)进、(幻)化。

在墓碑与墓碑之间,感觉一个人的重量,让轻浮的身体扎根的重量,那重量寻找着一处通道,进入土地,进入我们共同的身体,比我们更广阔的死亡。

一寸寸钉人入土的光在身后迸发,它从不曾照亮我的脸,我揪着琥珀色的枯草哭出声来:爸爸……

● 我爱过两个女人,朱和紫,她们也彼此相爱

七年后,阿朱和阿紫一起拿着酒,到我这里来。

她们无处可去。

七年前的她们像一株畸形的花,开在彼此的胸膛上,艳得流朱溢紫。她们每天从我窗前经过,踩着一样的脚步,吞吐一样的呼吸。

"妖孽。"我骂她们。

"你!"她们异口同声地回应,双剑打回我的单拳。和着风狂,和着雨骤,雷鸣电闪,她们顶着一件衣裳奔跑。我撑一把伞走在后面。

某天,我们一起去留园。吴下名园之冠——某代状元这样说。不,不是某代,是末代。

"是留人的意思吗,这个留园?"忘了是朱还是紫在发问。

"哪有这么风雅。姓刘的刘,曾经的主人。也曾经叫寒碧园。"我答。

"寒碧哪有朱紫尽兴啊。"忘了是朱还是紫接的口。

"没什么区别。"我拎着伞在她们身后一路滴水。一滴朱,一滴紫,一滴寒,一滴碧。

她们的脸在木格花窗的那边。光是湿的,她们在水里游,美到悲哀的逍和遥。

她们的脸在桌子两头。我坐中间。我的公寓。她们带来的酒,我一个人喝。

朱开了三天的车。紫坐地铁过来,三个小时。或者,紫开了三天的车,朱坐地铁过来,三个小时。我分不清楚。本来就没什么区别。天寒,水碧。朱暗,紫哑。

"这些年你们都在干什么?"只有我举起锤子砸冰,砸破这沉寂。

"交往男人,逃避女人。给男人洗衣做饭,抛弃,被抛弃。"朱或紫在回答,竖着指头像是要数什么,却皱着眉头、满脸茫然。

"有病。"我继续闷头喝酒,喝我的闷酒。

"是啊,以前有病,现在想学着人家正常。"朱或紫讥笑,直着身子,只有眼神斜睨。邪睨。亵睨。

"没想到正常日子一样苦。以前自作孽,现在天作孽。人定胜不了天。"紫或朱苦笑着,又是安静。

"怎么不来给我洗衣做饭啊?"我愤愤。

"你娶我们啊——一个洗衣,一个做饭——"朱紫终于异口同声,隔着桌子,隔着我。

"不等谋杀亲夫就当我不存在是吧?"我冷哼,"你俩翻云覆雨,赶我睡沙发。"

"怎么会,要用你生孩子呢。生一个复朱,生一个复紫——朱紫也周而复始啊,这辈子闹不动了,下一代接着来。"

"我的存在就是精子银行啊。"

"提点现金。"朱或紫忽然过来吻我。冰上闪过一星温热,我就势搂她热吻。女人的味道,让我无所适从的姹紫嫣朱。放开朱或紫,紫或朱又凑过来,她拥抱我的手臂像是树身上濒死的藤,柔软而绝望。我在她的舌上追寻雨天蜗牛的烟灰色轨迹。

精疲力竭,朱和紫隔着桌子对坐,对望。隔着我。不,不是隔着我,是沿着我。沿着我,她们沿着这座桥走向彼此,擦肩而过,牵不到手。她们对望,不醉,也不哭。

"对不起,小复。我们无处可去。"

"我知道。"我笑笑,去冰箱里拿更多的冰块。我极度地爱冷,哪怕喝冰水都要加满杯的冰块;却又极度地怕冷,任何季节都穿过多的衣服,"我有一张床,一把沙发,你们自己分吧。我去车里睡。"

不知谁先哭了。好像是我。喝太多了,身子盛不下。

朱和紫走了,回各自的地方,过各自的日子,吃各自的苦。互不相欠,互不相干。

　　"冤孽。"我望望这边，望望那边，上穷碧落下黄泉，两处茫茫皆不见。

● 朱和紫的一些歌谣

"Lesbian Phallus"

我的爱人睡在丑男人身边
一群黑乎乎的东西从脚底往上爬

她有微波炉和下水道，她的拖鞋开始发臭，我胸口堵得慌
我数脉搏，1、2，停；1、2，停；1，停，2、3、4、5、6
六张脸，六双手，天花板上飘着大石头

如果时间不存在，我们就相爱
我的爱人睡在丑男人身边，我吃面
我吐，蜈蚣的弟弟蜘蛛，半截身子的蜘蛛吐沫沫
地铁站里升起花瓣，她的脚法西斯一样美，多么冷，火焰吞没城市的
日子

　　多么冷啊，我的牙都黑了，说话时四处飞溅
　　我拎着塑料袋上车，装满晃晃荡荡的脸
　　面朝墙站，手放在脑后，数一数影子，1、2，停；1、2，停
　　走近，面对面，离开——笑声把肺炸开。开火的号令从远处传来
　　好像水杯里看似折断的筷子
　　我没有阴茎。我没有阴茎。我没有阴茎。她是个妖精

　　她踩着自己的拖鞋在门口和我说话
　　绿松石项链，发丝里的棉絮，背后的影子静静移开
　　我来道别，我的爱人睡在丑男人身边，她流了很多鼻涕

她一声不响地哭

我说：你去睡在丑男人身边
我美，我不能幸存
我那没有阴茎的、大理石般冰冷坚固的美，完美得塞不进心脏

"挽歌"

你回来，流离失所的鸟
俯瞰，水里失去重量的钟和吊灯。
死比水更软，像是没有身子的衣裳，只被空撑满。
我记得你唇上的霜，那些突如其来的封印——
一月里下完了四月的雨，一把铜铸的伞
沉到声音的背面。可以睡，可以平安。

湖水是一个洞，挖进我的眼；
你来，你来撒土，你吐出的厌倦重得像土：
草芥的腥气粘在发间，这无以摆脱的、关于迁徙的诅咒。
你并不急着离开，正如你不再畏惧回来，
你把脸埋在我的掌心，说渴……

看，金黄色浆果挤满水面，它们都没有根，
它们彼此说话，操一种让你我发抖的语言，碎而亮，
像镜子走进钢，无缘无故，哭得发苦，
哭容颜肮脏的处女，走遍这个世界的路，
寻找一处废墟——难道真是这样？
我抓住你举着伞的手，却只把钉子钉进
一条影子，像是撕下一张纸——
当书上的字迹已经淡得消失，当鸟飞进风。

"是谁在听……"

我的耳朵是一对花瓶,深埋在身子里,
插满了受惊的靛蓝、深紫和金黄。
我穿过午夜的长廊,像一支就要熄灭的焰火,
在你的手上。可你还说冷,你咬着我的耳朵,
像要吹开杯沿上那些倏忽生灭的气泡,
去探望幽闭内壁上的倒影,你自己的脸庞。

我们还能做什么? 就这样守着彼此,
守着两根绳子打成的死结;双手下垂,
再也不做任何抵抗:像雨进入湖,或土,
像旧衣裳从椅背上滑下,当屋里堆满空的画框。
"天冷的时候,我画潮水……"——你说
"睡眠里的潮水是一张嘴,长满尖利的牙。"

瓦砾和灰从天花板上坍塌。你还在睡。
经过了那么多年,你变得虚弱,像一丝细水,
却再也不能,不能灌进被污垢堵塞的瓶。
我们深重地驼着背,当潮水又一次涨起,
我们如此深重地渴望屈服,像墙上被敲弯的钉子,
为了悬挂一幅画,多可怕,那里的美与和谐。

● 武侠小说《天龙八部》,你不会没读过吧

读《天龙八部》的时候,我气得很。也许是受不了独一无二的"我"被如此侵犯吧。巧合还是恶作剧? 我捧着一叠武侠小说,在路口堵回家的妈妈,要她解释,她全然不在意地拎着新鲜蔬菜往前走,一边笑笑:名字而已,你可以用,人家就不能?

不错,人在苏州,家是慕容,单名一个复。

不过，人家那是光复的复，复国的复，你呢，区区一个周而复始；也没什么家可言，你是跟着单身妈妈生活在异乡的小孩；至于苏州，你几时回去过？你记得哪条街哪条巷？再说，哪条街哪条巷上有那个什么参合庄？

苏州是座平淡无奇的城市，很多年后，我终于回去，满目熟悉的人和物，拘谨、清洁、透着朽气的小热闹，心底死而僵的陌生。我怀念起纽约的肮脏和腥臭，活着的味道，挣扎的味道：两年故乡，二十年异旅。摩洛哥的小旅店里，我曾经用大头针把一只蜘蛛钉在门上，它却爬走了，带着穿透自己的那根针。

这是鲍尔斯的故事，我把他的书卷在背包里，去他去过的地方，周而复始。慕容复。

我的爸爸离开了家，在远方的庙里读经，因为是很深奥的经文，他必须抛弃曾经拥有的一切，甚至借助死亡的姿态，或者，比死亡更决绝的离弃——感谢慕容博的故事，我不必再幻想父亲的下落。

其实，离开的不是他，是妈妈和我。他从没有离开过苏州，他在一家已经不复存在的小工厂里做事，每天和整座城市的人一起骑车上下班。那是壮观的景象，完全的沉没和沉默。他是奇怪的人，从不离开，也从不归属。妈妈偶尔送我去他那里，他给我做饭，打发我看电视，然后一个人去另外的房间里读书，再然后，灯灭了，他坐在黑暗中，指间的烟头弱而红，像是呼吸的样子——我固执地认为，如果呼吸可以看见，就是那种暗暗地熄灭下去的烟头。

爸爸是奇怪的人。我对妈妈说。

你和他越来越像，真可怕。妈妈转过身。

我也不想这样。真的。不想重复那个男人的怪僻。

唉，无论我把你们隔得多远，他的冷总能爬过来，找到你。——妈妈说，——我喜欢看得穿的人，因为我喜欢聪明；但真看穿了，就不再聪明了，聪明毕竟只是暖和而俗气的东西。我知道，你早就不聪明了，却还能留着该留的聪明，更可怕。

我拿大头针扎穿蜘蛛,它却逃了。它还活着,它要找到我。

但它没法侵入你。对那小而虚弱的一团寒冷而言,你太大,太强,而且,更冷。

我拿着妈妈的针玩,拿针穿透指尖的皮肤,不深,也不能太浅,针停在指尖上,它穿过皮肤上的小洞,不痛,不痒,让我失去耐心。我不说话,一连几周,雨也不曾停息。我砸屋里的每一本书,再整理它们,完好如初。每一本书都完整,完完整整的皱纹和裂口,一不小心,勉为其难的形状就暴动,迎着风,在别人的手上,白和黑的恐吓,白的碎片和黑的残迹。

跟我走吧。妈妈说。我18岁那年,她终于决定移民。

你能为我做到什么?如果你给我的东西比我自己能得到的更好,我跟你走。我低头看着妈妈,刹那间觉得这一切似曾相识,眼前一片雪亮。从小我就畏惧着这一幕,无比的惊恐,我不敢想象妈妈再次离开:离开爸爸,然后是我。然而,我仍然无法自制地反复幻想这一幕,甚至加上了白色长裙这一细节。我陷进妈妈的白色长裙就像绝望者溺水,就像现在,这一刻的雪亮和冰凉。

却没有恐惧。我平静得没有任何气息,如同一尊石像,踏实、坚硬、强大。

想得到的,我一定能得到,无论理智还是理想,无论身处这个世界,还是爬出它的边界。我有妖魔般巨大的胃,却被剥夺了味觉——这终究是公平的。

在机场,对着妈妈的背影,我大声地说:妈妈,我会读最有名的大学,进最有钱的公司,娶最漂亮的女人,过最幸福的日子……

妈妈回头笑笑:我知道,你不用叫。这些都是事实。

我也只能笑:是。还是什么都不能改变。

回到家,我找来一些经书,抄了一整个暑假,高考结束的暑假。同学间在传阅武侠小说,我又读了一遍《天龙八部》,真难看,无法容忍。

你这么春风得意的,当然不爱看慕容复洋相出尽了。他们说。

我穷极无聊,开始读《哈姆雷特》,复仇的王子,不是复国的公子。厌倦、踌躇、装疯卖傻，叫身边的女人滚进尼姑庵，为了不让罪孽周而复始——这个比较有意思，我想。我拼起满地的碎纸，为了读《哈姆雷特》，这几乎是一场旷日持久的拼图游戏，但我并不后悔曾经把书反反复复地砸向一堵墙，这堵墙隔开我和漆黑的夜空，囚禁的外头，是更广大的牢笼。

13 岁那年，我住在寄宿学校，爸爸出现的那个晚上，我正从教室走回宿舍，他在路灯下拦住我，给我这本《哈姆雷特》。他的影子整个地笼罩我，突如其来地。

第二天是我的生日，我知道他的来意，我接过书，向他道谢。

然后他就走了。鬼魂一般地消失。

父王。我炼狱中的王。被扎穿的蜘蛛，耳朵里的毒。

我是多么地恨你，恨你不堪一击，恨你一沉到底，恨你霸占了纯粹，逼我强大。

• 你一定知道：慕容复的爸爸，是慕容博

绝对不可以被憋死，你。

这似乎是爸爸对我的唯一忠告。

大学里的某个寒假，我去他那里。天气阴寒，我们裹着大衣热黄酒。他骂骂咧咧地读报纸上的新闻，眼神恶毒，却没有任何焦点。

很多年前，他的孤立是骄傲的，他在众声喧哗的地方始终保持沉默。而现在，他早已无能为力，只能躺在人群的最下面，被践踏，痛。

沉默久了，就真的哑了。

"所以，你绝不可以被憋死！"

慕容博哆嗦着嘴唇，喷溅酒沫和唾沫，这是唯一有点意思的话。

我坐在他对面，想象着一团可鄙而可怜的怨气从一个耳朵进去、另一个耳朵出来，暗自发笑。直到这句话扎进身子，像是匕首远远飞来，扎进一块坚硬的木板，于是剧烈地颤动，于是嗡嗡作响。

"绝对不可以被憋死——要疯就疯到底，什么都别管，死了也算痛快

过；要不就比谁都循规蹈矩争名夺利出人头地。总之，你怎么着都得选条路，管他是哪条！"

慕容博死死地盯着我的眼睛，逼我回答。

"对不起，我拒绝。"我的回答干脆得出人意料，不仅是他，还有我自己。

"对不起，爸爸，我不是你。我比你强，我不用选择。因为，我都可以做到。"

他怔怔地盯着我，什么都不说，然后，笑了。

"有你这样的儿子，难道是对我一生落魄的补偿？"

"对不起，不是这样的。你是你，我是我。尘归尘，土归土，此尘不是彼土。说到底，你只是个彻底的失败者。而我，因为浸透了你的失败，以至再也不知道其他滋味。爸爸，我敬畏你，敬畏你无所事事、无可奈何、无能为力——我害怕，因为你可以光着身子被砍，而我不行；你可以随心所欲地谴责我，我却只能狡猾地活下去。"

他一言不发地喝酒。

"爸爸，别再给我压力。求你，有点正常人的脑子行不行？别把自己的日子搞得一团糟。你赶走了妈妈，别再赶我走。"我大声地冲他吼。

"你以为我受得了你吗？你以为谁都可以像你那样为所欲为吗？当年我要是拎着你的腿把你的脑袋往墙上砸，你哪来的什么聪明什么居高临下？"

"这是我对你唯一的不满——当年你真该把我的脑袋砸坏。或者，索性更干脆些，你和妈妈干脆就别把我搞出来。周而复始，一切都只会周而复始。"

慕容复在那之后再没见过慕容博。

慕容博没了工作，去街头摆小摊。我每年给他寄钱，支票从未被兑现。我给他寄论文发表的杂志，拉丁文的学位证书，然后是慕容复的书，Routledge，Blackwell，Oxford。

电话里，他嗤笑地问："你知道我什么都看不懂，寄这些东西难道只是为了炫耀?"

"我只知道你在找可以鄙视我的理由。你以为你这样的失败者最有资格居高临下。而我,越努力则沉得越深。"

"只要你不被憋死。"他的声音忽然疲惫异常,"别的都不重要。"

我想起他抽屉里的一叠叠稿纸。

慕容博是个不为人知的蹩脚诗人。曾经。不为人知是因为他落落寡合郁郁寡欢,蹩脚——是因为他唯一的读者是我。

他上班的时候我到处乱翻,而他从来不刻意收藏。他回来后发现了我的发现,还有我的随笔更改。

"妈的! 我怎么会有这种儿子?"他一边做饭一边发呆。

我问他为什么写诗,没钱没用也没出息,还一条一条地陈列他为什么写得很臭。

他差点拿手里的黄瓜砸我。我注意到是黄瓜而不是菜刀——这说明他并不愤怒,反而很激动,想要庆祝什么的那种激动。

"为什么要写?"我追问。

"因为无能为力,如果不写点什么,就好像承认自己彻底失败了。"

"哦,对抗时间是吧。"

"什么东西?!"他狠狠地拿菜刀剁黄瓜。

"Paul Ricoeur. Time & Narrative. 我们在时间中对抗时间,用所谓的叙述。"

慕容复在他的故事里写:

Narrato, Ergo Sum.

我叙述,故我在,你在,她在。这个宇宙在。

· **写到这一节,德里达去世了**

王尔德说,要那人做出真自己吗,给他张面具吧。

在这个系列里,慕容复是我的面具。必须站远一点,才能哭出声来。"我手写我口,我口抒我心"的说法,不过是 phonocentrism 的 fallacy。

我是谁? 我是王语嫣。W(riter)和语言。

紫式部在《源氏物语》里留了一段空白,留给光源氏的死。文本被不能承受之痛所 fissure,这是不动声色的暴力。

而现在,王(W)语嫣(语言)摘下了"慕容复"的面具。Diff? rance 并未消失,王语嫣又是谁的面具呢? 或者说,面具后面的面具后面,还是守着后面的面具。

我不相信任何人的脸。我畏惧人群,也畏惧孤独的人。于是死死抱住头脑,没有身子的头脑,更不用有脸。

像一个多余人。但,什么是多余人?

很多年前,包不同在书店里得意洋洋地笑,说自己是不苟且于世的多余人。我问他:"什么多余人? 你想做你做,我不想。"

多余成为荣耀的时候,又怎么会多余呢?

我在公寓的窗口放了一只小玻璃缸养乌龟,因为喜欢命贱却命硬的东西。谁知我活得太邋遢,竟连乌龟都养死了。

我没有权利连累乌龟。却这么做了。

我以为它比我能活,比我抗得住,比我更能自生。我只是忘了什么叫自灭。

还有一次,我想娶阿紫。是的,阿紫。阿朱拉起裙子给我看她伤痕累累的膝盖,挥挥手说:"算了,算了吧。"

我烧了所有的女人衣服,阿紫抢下最后一件,妈妈的雪白长裙。她把裙子揪在胸口,哭着在墙上撞自己的膝盖:"算了,小复! 把女人的东西留给女人! 但我也不想看到你变成一个男人!"

我和朱紫在学校里认识。学潮高峰,一群人冲进宿舍楼强拉逍遥派上街示威,他们冲着冥顽不化的我大吼:"你还是不是男人?!"

我做了平生唯一一件有血性的事。

我翻箱倒柜地扯出那条裙子，在众目睽睽之下脱裤，穿裙，开口："我偏不是男人！"

从此，我明目张胆地穿着裙子穿过拥挤的人群，仿佛摩西借神力劈开红海。他们去街上，他们去广场，他们去我的反方向，不循规蹈矩的（却也绝不自暴自弃）、热血沸腾的（甚至是真的鲜血淋漓）、可以夭折也可以终老的（可以成为亲切怀恋的）生活。

只有她们走近我，走近这病，走近这错。雨中，池塘边的树投下三重影。水里有树，树里有雨，雨融入水。树是我，我披起雨水，雨和水洗树。

记得那个女人吗，她为耶稣洗脚，认他为弥赛亚，却没人记得她的名字。她是她所是。

我们都是没有名字的。我们是光投下的影。

但我们都要活下去。"我不想每天都照镜子，我不想直愣愣地面对我自己。我受不了，我真的受不了。先是阿朱，再是小复，我们是自己的影子，不应该在一起的，只有彼此远离，把自己埋起来，埋在连自己都看不见的地方……只有这样才能活下去！"阿紫抱着裙子蜷在地上哭。

"我以为……至少我是男人，你是女人，我们有路可退，可以退到生活里去。"

"你难道还以为这世上有个实实在在的东西叫男人，还有个实实在在的东西叫女人，他们之间有种实实在在的事叫爱情？"她忽然不哭了。

我也笑了。

différance。只有离开，才能存活。

慕容复终于哭了，在德里达死的那一天——也许，王语嫣会这么写？她以为，慕容复会推开窗，想要透一口气。

德里达是个陌生人。他没有理由为他哀悼。除非，哲学是一种安慰，像波爱修。

除了肛门，慕容复已经多余得只剩下了头脑了。终于，他捡到了一层面具，叫作"哀悼"，带上它，他可以说出一些话，对她，王语嫣。

- 慕容复对王语嫣说的话，叫作"我现在什么都不怕"……

"哲学的安慰"

我现在什么都不怕，包括妥协，
真的。低头走路，能不说话就不说；
奉承每一个轻视我的人，
热心地回应每一份凉薄。
如果偶遇善良，一定要全身心地投入
这无底深坑，为了尽快得救，
更为了省却更多麻烦。

你知道我的意思，虽然，我不知道你
在哪里。没有消息，
也很少想起，更不必借机
把这首诗献给你。

好些年过去了，你成了一种仪式，
被我执行，被我终止，被我
用来自得其乐。你曾经哭得那么凶，
咬着我的名字像狗啃骨头——

但更多事已经发生，
把某个东西越埋越深。当然，
它自己早就烂得差不多了。
也许我该说"分解"，
更科学、更客观、更有距离感。
（还记得这种句式吗？

——更健康、更快乐、更有制造力——
那时,我们对生活都怕得要死。)

我现在什么都不怕,
连你都不怕。甚至无比衷心地想要你
幸福。当然,
我也会好好的:头顶星空,胸怀道德律。

"灵魂不朽"

这么多年了,这么多年,
我跑,我跑,我闭着眼睛跑,
逆着发怒的象群跑,扛着十七辆火车跑,
跑进那些可悲的人,
出于恐惧,他们拿刀子捅身边最亲近的东西:
餐桌上冒油的肉块,冰箱里的冻肉,别人
(偶尔也会是自己)的肉。

我知道,我比谁都更可悲。
我跑,我跑(因为无法抵达,所以不朽),
却还是回到这里。这里,你用膝盖砸墙上的钉子,
你找不到更有骨气的东西。
所有人都在一旁看,
什么都不说,
所有人都比你强壮,他们竭尽全力地抱紧自己。

我跑,我跑,必须离开你,
(难道,这才是为了追求幸福?)
我可以脱光衣服,撕掉脸,撞碎这些年头,
却没法改变……(没法改变我为自己立的法!)
屈辱不能改变什么,

人 间 深 河

那越陷越深的,终究还是钉子。
这么多年了,这么多年,
我还是回到这里,一切又周而复始。

                    "必然王国"
什么都不曾改变,无论等待多久。
说话,却听不见声音;
伸出手,攥紧没有柄的刀刃;
喝水,在浴缸里呕吐,当下水道被脱落的头发塞住。

我哪来那么多头发,都是别人的。
地板上堆满别人的鞋子。
床上,别人的梦里,一朵粉红色的爆炸
结束旧世界,像福音书的一页。

别人的手指敲我,我是一根键,
被关在黑盖子里。时间可以是静止的,
当我们都躺下来,死,逼近不朽。
"雨落在城头的时候"——还记得吗?

那手指想要做出温柔的样子,
就像是雨点落在城头——魏尔伦摘下帽子
——我听见他哭,却再也不等待。
我生锈,被卡住;在人行道上摔倒,吐掉牙,笑。

                    "天使"
我想要好好过日子,像只泄了气的
球,老老实实地缩在墙角。
偶尔,对她说:"放过我吧,放过我。
我只要五颗核桃,包在皱巴巴的餐巾纸里。"

可水龙头不停地滴水，家具
一点点浮起来，天花板上掉下大块泥灰。
我去阳台上透气，看见她
坐着飞毯回到这里，她笑得那么甜蜜，
让我难受得，只能转过身去。

"来嘛，来嘛，推开那栏杆……"
她绕着阳台飘飞，像条小手绢，像它小小的召唤。
"这里，"她敞开双臂，想要抱起
满怀的花束或婴儿，"看不见的路通到这里。"

她从不撒谎，她只欺骗自己。
成为天使只需一项抉择：
不去看那张卷着边的旧飞毯，那些木头
一样滚来滚去的人，他们撞痛
彼此，却掉不下去——

我口齿不清，没法分辨"拯救"和"诅咒"，
所以，边摇头，边拿袖子抹
脸上湿乎乎的泥灰。她笑得那么甜蜜；
我肮脏而沮丧，暴躁，却有气无力，
像只泄了气的球，扔都扔不出去：

"给我平静，要不，就给我野心！
别再试图把整个天空塞进一块碎玻璃，
别再把你的脸，往我肉里刻。
实在不行，给我五颗核桃，让我砸，
砸出血，砸成炭，砸断你拥抱空无的手。"

- ## 艾伦·坡的小说 House of Usher 里，也有一对孪生兄妹

终于回到故乡的时候，听说你也回来了。

我去亲戚那里，她给我你的地址，那是城外低矮的旧宅，疲惫不堪地蹲在湖边，我看着水，慢慢地、慢慢地蹲下，比它更疲惫。

透过披拂在眼前的乱发，我打量水里的楼，它几乎被爬山虎完全覆没，像一只苍绿中泛着绣红的盒子，却并不规整，仿佛被狠狠踩过，也许在很久以前。我强忍刀割似的头痛，隔着水波揣摩叶丛的痉挛；与此同时，从倒影的世界里，穿透爬山虎和墙壁的双重封锁，几扇黑洞洞的窗正黑洞洞地直视我。

它们要说什么？
这些没有光的眼睛？

也许我只能去问你，妹妹，Roderick 的妹妹 Madeline。我们如此相似，仿佛不分里外的镜子的这边和那边，或者，首噬尾、尾吞首的循环之蛇。我不想要我的洞察，不想听见，不想看见，不想明白，不想陷入你的无力，你痛恨的无力，你无力地痛恨着这个世界，像是一声哭喊，一声梦游人不知所以的哭喊，不能被唤醒，为了活下去，活在这种无能为力的死里，到处都是透彻的光，刀子一样的光，剔光了肉，扎穿骨头，连影子都碎成尘末，沉默地，尘末沉没入虚无。

你见过金子消失于酸吗？

但我要找到你。无论如何，我要找到你。我在刺骨的秋水里洗手，然后起身，径直走进那栋楼，我们的楼，我们的 House of Usher。楼梯是一只晕眩的鸟，它晕眩地从不可知的高处向我俯冲，吱吱嘎嘎地打开翅膀上所有的羽毛，而它的头，它小而冷湿的木头把手在我的手里，一滴，一滴，

一滴地吐着滴滴答答的水滴。我低下头,看见黯绿色的水潭正以不成比例的速度淹没双脚,于是只能向上攀爬。

我不知道你住在哪个房间,这栋低矮的小楼里,我一层又一层地向上攀爬,终于意识到楼梯是如何惊人的漫长,更惊人的是,这漫无边际的楼梯竟始终盘旋在低矮的小楼腹中。我想起这些年来萦绕着我的同一个恶梦:我走进电梯,它疯狂地向上冲,冲破楼顶,冲进被雨水泡软的天空,把我像一块石头似地抛出,多轻逸,多美,青色水墨上的一痕血印。

我要告诉你这个梦,也许这才是我来的目的?

你会醒来吗? 当我把头埋在你胸前?

Madeline,我是 Madeline 的哥哥 Roderick。记得小时候阳光下的跷跷板吗? 我伸手去抓空中的羽毛,当你坐在另一头,脚踝擦过地上的青苔,被小石子划破,电光火石般的一痕血印。你从来不哭,厌倦是你唯一的面具,当一个孩子厌倦时,她睁大眼睛沉到世界下面,拒绝说话,拒绝行动,拒绝被思念。她拒绝她自己,她宁愿把自己的空间留给空气,而空气,被净化成一个巨大无朋的空洞。

洞里,我是怎么都落不了地的石头。

无论我如何地渴望或恐惧飞升。

终于,从一扇门的后面走出一个人,我想要提起你的名字,他却不容我开口就把我推向那层楼里的另一扇门,我推那扇门,它悄无声息地打开,现出一道幽暗的走廊,走廊通向喧嚣的集市,操种种不知名语言的人和兽潮水般在我身边涌动,忽高、忽低,忽缓、忽急。我前所未有地恐惧,恐惧这样的热和闹,可以把我腐蚀的酸,过量的糖、食物、拥挤甚至争吵。

但他们都在叫着同一个名字。他们正呼唤你。你睡在他们中间,像是黑森林里的一线光,无时无地地显现,却没有人知道何时何地。唉,你,你这比黑森林更为黯淡的光啊。

"小复……小复……周而复始的复,明日复明日,日子的头咬着日子的尾……"

就要看见你了,只要睁开眼睛……

睁开眼睛,我置身于一片楼群,高大而整洁,楼与楼之间砌着花坛——而最后一栋高楼的后面,我走到最后一栋高楼的后面,疲惫不堪得只能蹲下身子,却看见了床,满山遍野铺天盖地的床,空的床,敞开的死。

你睡在一张有帐子的床里,身边还躺着一个人,没有脸的人,你闭着眼睛把裹尸布从身上解开,一圈一圈地绕在他脸上,为了他不再看见,不再听见,不再被看见,不再被听见。就像是用冰封禁火;或者,用光收藏黑暗;用蛇的尾喂食它的头。

这么多床,你却只能占据这一张。你们只能占据这一张,我们只能占据这一张。

原来……是这样。

是这样吗? 真的是这样? 难道到头来终究是这样?

你从我的臂弯里探出头,伏在我耳边呢喃:"小复……小复……周而复始的复,明日复明日,日子的头咬着日子的尾……我梦见我去很深很深的地下找你,大理石的台阶漫无边际地漫长,我沿着这些台阶往下走,而这二十亿光年的孤独,仍然只是一颗小小的石子,比羽毛还轻的石子,它甚至都不会落进我要去的那个水池,那个,我走了二十亿光年仍然看不见的,你说会在那里等我的水池。"

● 隔着窗,我一点、一点地,把自己烧成灰

只在抽烟时开窗。烟抽得不多,所以窗很少打开。自从搬来这里,就从没动过原先住户留下的百叶窗,偶尔在收拾桌子时看一眼横条上的烟黄色污渍,像是烟鬼的手指。N 城的税高,一般在网上邮购欧洲烟,却隔三岔五地被邮递员顺手牵羊。我生性懒惰,不得已地越抽越少,虽说没什

么不好,却也没什么好。

我就是这样的人,虽然苟活于世,却拿一个透明的罩子把自己隔绝于人与事。受了些苦痛,那就死猪不怕开水烫;人生得意时,却总觉得自己像是自己的鬼,只顾飘在身子上头看热闹。我喜欢混迹于人群;甚至,不留下任何痕迹;再甚至,连消失的力气都懒得使出来。

其实,我起床时就想着上床,出门就想着回家,而一推门,就想着从对面的窗口跳下去——这奇怪的念头不知从何而来,却莫名其妙地刻骨铭心,甚至伴随着一霎那失重的快感。也许,这可以被解释成我不愿开窗的原因。但可笑的事实是,我连窗都懒得打开,难道要拿头去撞那层透明的玻璃?像我这种躲在罩子里的人,没有力气活,也没有力气消失,唯一的愿望,大概就是不被人注意、更不被人打搅吧。

但我不相信什么与生俱来。曾经为自己的疏离编造这样的理由:像我这样无用的人,如果远离人群不参加繁衍,自然会被淘汰,这叫物竞天择,多少是件好事。但很快意识到,其实所谓的社会和文化才是多余人的造物主,而不幸的是,我不可能一辈子靠出卖身体过日子,于是只能出卖脑子,仍然是身体的一部分,和肛门没有本质区别。读书,为了某个学位,为了活下去,在图书馆的地下室,日复一日,年复一年,可以填饱肚子,甚至有余钱买烟,我喜欢眼睁睁地看着纸卷烧成灰,看着烟染黑我的肺,除了臭气,什么都不留下。但我不得不留下一些东西,比如,文章。好在我选择了偏僻的课题,好在我聪明得足够收敛起聪明,于是,我唯一的痕迹也许就是图书馆里的几篇论文,甚至,几本书。它们的价值只在于维持我的温饱,除此之外,不再有余额去供给下一代的废物——这本身就是一种贡献。

即使我们没有力气消失,时间也总能结束一切。

很少开窗,一旦打开,就是黄昏,风一点一点把光亮吹散的时候。我悄无声息地吸烟,低头盯着楼下的垃圾堆,黑色的塑料袋从绿皮垃圾桶里径直堆到后院门口,每次都是这样,仿佛那个角落竟然能够停滞时间。但我知道,这个世界上,从来没有两袋完全相同的垃圾。

就像打开窗子抽烟的两个人,虽然摆着同样的姿势,却是互不相识的美津子和我。

美津子是住我隔壁的室友，上个月搬来，同校的学生。我们几乎从不说话。

她把烟夹在指间向我微笑，歉意地。她不记得我的名字。

"慕容复。"我念自己的名字，觉得陌生而尴尬。不是她，是它，我的名字，我自己。

她还是笑，给我看另一只手上的巧克力。"分手礼物。"

我往楼下掸烟灰，不解地望着她。

她笑着吐烟圈："上个月被相处了四年的情人抛弃。他给的分手礼物。他很少给我礼物，那时候，我说我嘴里总是发苦，于是他买了巧克力给我。当时很高兴，可就在抱着盒子回到这里的时候，接到他的电话，要求分手。"

我抬头看远去的鸟变成黑点，而黑点消失，然后，又有鸟经过："我也总是嘴里发苦。"

"慕容好像总是一个人呢。"

"以前不是这样。"我把就要燃尽的烟摁灭，想了一想，并没有直接往垃圾堆里扔。我拿着燃尽的烟在窗台上画一对又一对的眼睛。以前身边有太多人，太多太多人，没有五官的人，我毕竟是做 rent boy 的。因为无法承担两个人的面对面。你和我，眼睛和眼睛。我的敞开，永远只在身后，永远只被经过。

"如果嘴里发苦的话，这巧克力就拿去吧。"美津子向着我微微举起手中的盒子。

斜阳在她身侧，把她凌乱的长发映得如同火烧。她是瘦小的女人，笑容甜美，却掩饰不住修养和熟练。就像我，彬彬有礼、亲切友善、无可挑剔地拒人于千里之外。

就像是她的镜子，我也几乎是诚恳地微笑着，一边微微地举起手，等待着就要被递过来的盒子："那我就不客气了。"

她递，我接。盒子却掉了下去，掉在黑色的垃圾袋上，在暮色中格外鲜明。只是失手。人和人的彼此隔绝，也只是意外，不可违背的意外而已。

"真对不起。"我做出惶恐的样子道歉。

"没什么，只是有点可惜。"美津子吸完烟，把身子往里缩了缩，"慕容嘴里发苦，本来还以为可以送你甜食呢。"

"心领了，美津子的苦，拿出来给别人做甜食，真的很感激。"

"只可惜，窗和窗，总是远了那么一点。"

"是啊，真可惜。"

我们各自叹息着关窗，根本不必道别，本来就只有一墙之隔。

- **这首诗，叫作"流亡"**

穿好外套，戴上礼帽，
推开窗，迈步走在半空。
烧焦的塑料树上，白色布条
像是问候的手指，在说——早上好。

远行之前，我抬头张望，
人群总有缝隙，太阳明晃晃。

我们空手画窗，穿过来，穿过去，
大片陆地，两根睫毛间的荒凉。

穿好外套，戴上礼帽，
新的一天，老朋友互相问好。
我们多么瘦，挤成一堆发抖，
烧焦的塑料树上，贴满白色布条。

- **讲完窗，来谈谈房子吧，眼看它慢慢地、慢慢地，塌了**

几年前，朋友向我推荐保罗·鲍尔斯的小说，我找来看，很喜欢，现在却不太记得了，除了两点：一是《庇护的天空》里关于某人如何用了两个多

211

小时挤过一节拥挤的车厢的描写,读得我几乎窒息;再有就是一个短篇,竟然让一栋房子做叙述者,叙述人的聚散、生死、冷暖,让我从此对四壁和门窗有难以名状的畏惧,或者,同情——我曾经以为这是折断的芦苇对无始无终的宇宙所怀的同情,虽然,很久以后才明白,这种同情仿佛折向镜子的光线,最终恍惚着出现的,还是自己的脸。"物是人非"是一种说法,但物,并不一定是比人更坚韧的东西。也许,这么说,只是因为我不能辨清人与物的界限吧。

    我曾经在河边看人拆房子,那种南方细小而污浊的河,水面上总是漂着泛白的菜叶和暗青色的塑料袋,两岸挤满低矮的房子,它们把自己的一部分悄悄探进水里,像暗地解手的孩子。有一次,我站在河边,整整一个阴云密布的下午,无所事事的我看着一群人挥舞大锤砸倒墙壁,用铁钳剪断牵连的钢筋,大块的水泥碎片被堆在一旁,而黯红色的小砖块往往自己滚落,把更为暗红的粉末顺风撒向水面。我竟然没有力气走开。我面对那栋房子,像面对一个开膛破肚的孩子,楼梯、柱子、窗台——这些曾经被纵深隐蔽的东西忽然被挤压在同一个平面,像事件消亡后的那一声再也不能抑制的哀鸣。而突兀在疲于劳作的陌生人之间的,竟然还有一把落满灰砾的椅子和椅子上依然艳俗的绢花。人可以离开,但他们留下些许痕迹,比如椅子和花,还有房子,比人更为持久,也因此不得不更为疲惫的房子,好在,房子是可以被消灭的,正如它可以成为安静的叙述者。

    住在北方的时候,我开车去很远的地方买东西,每次都经过一幢废弃的大楼,它就像恐怖故事里在窗口守夜的东西,只有半边身子。我对朋友说,这是很美的一幕,看那些还在框里摇摇欲坠的玻璃。朋友说,在别的地方看到过类似的楼,总是被脚手架裹着,像襁褓里的婴儿,但那些脚手架始终都不曾离开,而楼也不再长大……知道为什么吗——朋友说——建楼的投资者忽然得了绝症,只能捧着所有的钱四处求一条薄命,可最后还是照死不误,而他野心营建的楼……好歹还是那么将生而未死地竖在那里,像是嘲笑,却更有些未语力已竭。不能完工的楼毕竟有理由,但我们经过的那栋楼显然是一场被放弃的拆毁工作的遗留。难道,连消灭都是一种令人疲惫不堪、以至只能半途而废的过程？我想起南方阴霾天气里的那群拆房人，他们的影子被糅进困顿的水流，而水流像是一些杂乱的掌纹，被刻进一只什么都抓不住的手。

这两天附近的电影院放《庇护的天空》，我见到海报，却怎么也提不起精神去看。其实，读鲍尔斯时住的房子早已被推土机夷为平地，但我还在，兢兢业业地活，像钟表，在每一个可能的角落都仍周而复始地奔忙着的钟表。我住过很多房子，形形色色的邻居在墙的另一头，我依赖着水流般细小而污浊的他们，依赖着他们的沉默和流逝，就像依赖我们共同的房子，并且满足于随时可以实现的离开，留下那些物，比如椅子和花，甚至，一盏兢兢业业的钟，它们被房子庇护，而房子被天空庇护，而这一切，都是可以被消灭的，虽然，消灭只是一种令人疲惫不堪、以至只能半途而废的过程。

- 万福玛利亚，万福玛利亚，万福玛利亚——来吧，一起唱

——世界上似乎存在着一种叫黑洞的东西，它吞噬一切。

——核爆中心罹难的人，会在身后的墙上留下一条影子。

妈妈抱着膝对墙抽烟的时候，我读杂志上的科普文章，拿头顶着她的身子，觉得暖和。夜黑而湿，我睡着，醒来，再睡，又醒，总是看见妈妈抱膝坐在床上，对着墙，对着自己的影子，淡得几乎无法分辨的影子。

"妈妈，为什么人死后会留下影子？"我把头埋在枕头里，嗡嗡地问。

"因为我们都不干净。"她心不在焉地摸黑收拾烟灰缸。

"连原子弹都烧不掉吗？"我觉得害怕，紧闭的眼帘里跳动着无数猩红的影子。

"睡觉。睡着就好了。"她伸手过来抚我的头。

"可你睡不着。你每天都不睡……"

竟已这么远了，那些日子，妈妈整夜地坐在我身边，抱着膝，看灯一盏盏地熄，看天一丁一点地亮，床边堆着巨大的皮箱。

她已经离开了，带着我。

她本可以走得更远，扔下我。

她在菜市场买鸡蛋、蔬菜、肉、报纸、益智杂志；为一盒过期的牛奶向人大发雷霆；甚至打我，当我在街上，哭着问：爸爸去了哪里？

我捂着脸默不作声地跟她走。她不道歉，不掉泪，只是伸手。我拉她的手，闭着眼睛在街上走。哪怕把整个世界抹去，整个世界的人抹去，只剩脚下的悬崖和悬崖下的深渊，我一样会闭着眼睛，跟她走。

——世界上似乎存在着一种叫黑洞的东西，它吞噬一切。

妈妈，如果黑洞不放过你，那它也放不过我。

"妈，我忽然觉得我以前是棵白菜。"

"那我是什么？腌白菜的缸子？"

"我觉得我以前是新鲜的，干净的，没有手，没有脚，没有脑子，只要晒太阳，吃屎。"

"但还是会烂掉对不对？而且，比别的白菜更惨的是，你被塞进缸子，见不着光，透不了气，被一群细菌咬，咬得浑身发酸……"

"妈，不要吧，吃酸菜就拿酸菜损我！"

"你自己要胡思乱想，我不过帮你想得更周全而已。"

"其实就呆在缸子里也不错，黑黑的，湿湿的，暖和。妈，你干嘛要把我生下来？"

"你以为我想？脐带就在你手边，你拉紧了别往下滑啊。"

"倒不如直接把自己绞死，省掉多少麻烦。"

妈妈放下筷子，冷冷地瞥我："你再说一遍？"

我赶紧低头扒饭："童言无忌。"

"听着——你是我的，我是你的，我们是两条线，要绞成一股绳，不放弃，我们不可以放弃，我们要活下去，为彼此活下去。"

是你先放弃我，妈妈。一次又一次地放弃。

而且，你没有必要走那么远。

现在，我在地球的这头，你在那头，家乡是第三个点。最稳固的三角形,最漫长的三条路。

从外州的 conference 回来,四天前的留言里,一个陌生的声音通知我一场车祸,一个日期。片刻的停顿后,我忽然意识到那人应该是我的继父。不过,妈妈已经没了,在地里了,喂白菜了,所以,那个男人已经和我没有任何关系了。

这个世界已经和我没有任何关系了。

我只见过一次那男人,好些年前,毕业典礼上。他们带走了所有的照片,在我的坚持下。我不想看到穿奇怪长袍的自己,和别的男人在一起的妈妈,比任何人的爸爸都更英俊可亲的陌生人。更不想看到这三个人同时挤在一个镜头里。完美的各——怀——鬼——胎。

我给那男人打电话,表示安慰;然后,打电话订第二天的机票;再然后,喘口气,这才想起慕容博。终于想起了慕容博。

算了,放过他吧。

他要是在乎,怎么受得了。

他要是不在乎,又何必去打扰。

我拉出所有抽屉,把东西倒了一地,最后,在那本废纸般的《Hamlet》里找到了一根已经发霉的烟。

我坐在床上,抱着膝,抽烟,看灯一盏盏地熄,天一丁一点地亮,床边是空空的行李箱,箱子里唯一的东西,是揉成一团的,那条白裙子。

偶尔地,转过身看墙上自己的影子。

——核爆中心罹难的人,会在身后的墙上留下一条影子。

——而世界上似乎存在着一种叫黑洞的东西,它吞噬一切。

把光给吞了吧,就不会有影子。就可以睡觉。不想再这样睁着眼睛,睁下去,什么都在,什么都看不见,累。

· **慕容复几乎每天都做恶梦**

梦境之一:

天空暗红,透着橙色。我们都挤在屋檐下,眼睁睁地望进滂沱的大

215

雨,却什么都看不见。房子就要塌了,我们再没有庇护。我丢了妈妈,这是老虎出没的季节,我揪着自己的头发咆哮,难受得,就要吐了。

我答应她,要保护比纸还薄的妈妈,不能让妈妈飞起来。谁都不认得回家的路,不管针头多么尖利,爱多么疼。最爱的,不能放手,经不起后悔,哪里都没有回来的路。

我们不该吃这么多药,整个天空都在出汗,所有的汗都浆果般浓烈,果子可以抹杀记忆,一丛丛的果子在我们的肚子里涨大,长出头发、爪子、牙。看啊,我们都是透明的房子,有东西不停地撞墙,它的脸多像我,惊恐,却不畏缩,我拔它的眼睛,摘下墨汁画的向日葵,时间停滞,一生只是一幅静物,在雨水里默默地燃烧。

哀悼者说:我们再也走不动了。天空暗红,透着橙色。军队驻扎在河的那一边,歌声就要撕裂它自己,有人亮出白旗,对准自己的脑袋扣动扳机。

梦境之二:

在不明所以的压力下,人们开始移居地心,他们挤满下沉的电梯,在大楼中心,在大楼最隐秘的中心,我怎样都找不到的地方,沿着无穷无尽的长廊,长廊也奔跑它们自己,一路撒满门和楼梯,它们彼此侵入,一道加减乘除的算式,却总能自行生长新的肢体。

请你告诉我电梯的方向——我对着一间空荡荡的办公室叫喊。有人正埋头捆绑纸张,侏儒们从半开的窗户里不停地往里爬,他踢开他们,把一只半透明的试管扔给我,说这就是地图,我攥着它撒腿就跑,却一头撞上一扇怎么也打不开的门。

开门!开门!灾难就要降临,我需要一条通道,一条插入黑暗核心的橡皮管,一觉醒来,发现认识与不认识的人都拥挤在身边,他们前所未有地衰老,在聚餐时彼此交换没有镜片的望远镜,把食物分给脚下潮水般汹涌的鼠群,他们偶尔邀请我返回地面,哭着在新鲜的草地上漫步,仿佛,一切都不曾发生,因为,一切都不曾发生。

只有我看见天空的漂移,看见一张威胁的纸的呈现。我那么地悲哀,我悲哀地把母亲和妹妹送进下沉的电梯,她们敲打着半透明的玻璃沉下去,她们知道我再也没有时间了,我再也没有时间赶到大楼最隐秘的中心,以躲避抹平世界的那只手,我从壁橱里拉出一只船,划着它在远离地面的高度悬浮,光一点一点耗尽,我把自己刻进事物的另一面,只留下一条影子,无数浮动的金黄斑点,它们最终爆炸,释放出一对巨大的翅膀,扇动着,扇动着铺张开比金黄更让人无所适从的遗忘。

● 慢慢地,就丧失为人资格了

阿朱一个人带儿子。她到底还是不能接受男人,除了自己生的。

感恩节,她开车来 C 城,雅克在后座睡了一路。

我在楼下等她们,轻手轻脚抱雅克上楼,他睡得七荤八素,却还记得从我怀里挣扎起来,冲着阿朱叫唤:"妈,这是我爸吗?"

阿朱去 trunk 里拿箱子,斩钉截铁地摇头:"你爸比他壮。"

我在厨房炒 pasta,回头同拌 salad 的阿朱说笑:

"想起个事,拉康抢巴塔耶的老婆,还顺带接管人家孩子。他成天理论那个 Nom-du-Pere,可所谓的女儿却跟别人的姓。所以……反正乔峰也不要儿子,不如雅克借给我几天?"

"饶了我儿子吧。妈跟女人睡也就算了,爸还一脸万年小受样。"

我停了手中的木铲,苦笑:"除了我妈,还没人这么数落过我。"

"慕容复这名字是你妈起的吗?"她去冰箱里找沙拉酱。

"嗯。"

"聪明的女人,她知道一切都会周而复始。她和你。我和雅克。"

雅克在客厅里玩 PS2,唧唧啾啾,嘿嘿哈哈。

"算了,退一步海阔天空。我不会让雅克陷在这个圈子里。"阿朱在餐桌前坐下,"我也算上有老下有小了,最实在的事就是挣钱,雅克委屈不得,也不能让父母吃苦,别的都是假的"。

"羡慕。活得像个人样。"

"总之不能让我儿子学你。"

"我早就人间失格,随时可以人间蒸发,绝对无臭无害。"

"谁知到底是不是周而复始。"她直视我的眼睛,我笑笑避开。

第二天,我们三个人去看 Broadway show,Lion King,动物改良版 Hamlet。

雅克坐在我们中间,爆米花大可乐,颐指气使,可戏没到中场,就已经抓着我的胳膊睡着了。

"不好看吗,很热闹啊?"我低声问阿朱。

"小孩不懂,一脑子浆糊,让他睡。能睡是福,睡着就好。"阿朱自己喝可乐。

散场后,带着雅克在街上逛,他看中只红气球,我买了,他欢天喜地地牵着跑。

对面来了只蓝气球,两只气球点点头,各自避开,迟疑着,又凑到一起,撞一下,嘻嘻笑起来,两个小孩隔着几步,面对面笑起来。

红气球的小男孩和蓝气球的小女孩。

男孩转身往回跑,女孩转身往回跑,镜子的这边和那边。

女孩跑向街那边的男人,男人身边有更大些的另一个女孩,那男人微笑着点头示意,向我,向我们,阿朱、雅克和我。他笑得那么悲哀,像扭曲的沙丁鱼,一条被踩扁的罐头里的沙丁鱼。你挤我,我挤你。一声不吭。

Radiohead,VHS,Subterranean Homesick Alien。

外星人飞走了,我们谁都没有疯。是这样吗? 真是这样吗? 站起来,别再趴着,都站起来说话!

"旧情人该不会以为我们是你老婆孩子吧?"

"自欺欺人一次,就一次。"

阿朱叹了口气,没再说话。

"叫雅克少吃 junk,多做运动,好好读书,与人为善。不管他是不是我儿子,我都要这么说,只能这么说。"

"那我呢? 有什么话对我说?"

"你是你自己的。我没力气多想。"

阿朱开车走了,雅克隔着后车窗挥手。我挥挥手,一屁股坐在楼前的台阶上。

开始飘雪,我掏出烟,坐在雪里抽,觉得自己像张空空的纸,卷成人形,被一点黯红的火蚕食,变成灰,雪一样白的灰,和雪一起飘。

我是一棵白菜,雪白雪白的白菜,不需要任何地方,只是慢慢烂掉我自己。

• 唉,长夜轮回,不知苦之本际

傍晚时,出门去买下周的早餐。

隔着大门上的玻璃就看见台阶下的水泥地上有一小截枯木似的东西,推门出去,叹了口气,果然又是只死鸟。

就在这时,鸟的眼睛动了动,像是在极力挣扎,那眼神茫然,甚至呆滞。

"还没死呢。"美津子正好也出门,在我身边指着那鸟说,"我去拿点东西给它。"

"还是我去吧。"我转身上楼,去厨房里揪了些面包屑,又在餐巾纸里包了一小块 cheese。回到门口时,美津子满脸歉意地对我笑:"真对不起,刚才看错了……"

我把食物托在掌心,蹲下身去看。

几只不知名的虫子叮着鸟头,牵动了它的眼睑。开了又阖,阖了又开。

美津子看我手上的东西:"拿了这么多。"

我笑笑:"想给它吃好点,好得快。"

"想不到慕容是这么实在的人。"

"也不能做什么,我又不敢抱了它回家养,嫌脏。"我又叹口气,"当时不知道已经死了。难道把东西留下祭它?"

"算了,只是养虫子而已。扔到那边垃圾桶里吧。"

"倒不是嫌弃虫子,只是它们已经够吃了。"我笑笑,"这两天,这已经是我见着的第四只死鸟了。"

"天凉了。"美津子竖起风衣的领子。

"所以很灰心呢。周而复始,不知苦际。"我往街对面的垃圾桶那里走,"不过,还是得去买点吃的,先走一步。"

• 圣母抹掉自己,把世界留给圣子和圣灵

她盘腿而坐,倚着我的门睡觉。一只胳膊搭在鼓鼓囊囊的登山包上。正拾阶而上的我一个趔趄。

她警醒,漠然地睁眼看我,一边伸手捂住打哈欠的嘴:"你回来了。"

"你从来就当我不存在。"她在厨房里吃我的晚餐,subway 的 sandwich,foot-long。吃得干干净净,还干掉整瓶可乐。

我不说话,脑子里有个正在扩大的洞。这个洞却让头更沉,像码头上徐徐下降的集装箱。

"我有个朋友的爸爸就是被集装箱砸死的,吊索突然断了。"她笑着看我,快活的样子,"那时候某地正经济腾飞……"

"你来这儿干什么?"我打断她,极力忽视她的意识,正暗流般涌进那个洞的、她的意识。

"我是被你放逐的现实世界,她终究阴魂不散。"她学着我的口吻说话,这对她来说轻而易举,就像采摘岩洞内壁上生长多年的菌类。

"当你钻进妈妈的裙子,去镜子前面看自己的时候,是谁在后面拉起裙角让你不至于摔跤?"她拉起我的手,去洗手间。

我们一起面对一面镜子。

镜子里面有两张脸。两张一样的脸。一样的脸,两张。

她还是来了,她,王语嫣。比我所幻想的故事多那么一点点,就那么一点点。W(riter)自以为用语言造了一座水泄不通的园子,但总有多余的蔓藤出墙。这根藤被拖在墙的身后,像一条影子。却不是。

王语嫣是王语嫣,对此,任何解释都不能解释什么,或者,代替什么。

"你以为我一路找你吗?"她嗤笑。

"我知道,你不过是路过,来看望分别多年的哥哥。"我看着镜子里的自己把手浸入她黑色瀑布般的长发。她的头发那么长,好像这些年里我剪掉的发丝都被接了过去。

"你不承认我的存在,是因为你想成为我。想取代我。我和妈妈是一样的,而你,不一样。"她抚摸我的颊,忽然,她的眼睛猛地一亮,像午夜无人时自行跃起的煤气火苗。她凑近我,洁白的牙齿上闪过微蓝的幽光,"你有你不一样的东西,你可以得到我们不能得到的。"

"我可以得到你。"我握住她冰冷坚硬的下巴。

"我却不能得到自己。"她环抱我的腰,"除非,我成为你。"

也许,从来就没有两个人。

所以,我和她必须互相进入,彻夜。

因为,天亮时她就要离开,不留下任何痕迹,像一枚硬币,消失于这个交换与交换的世界。

正因为没有未来,我们在彼此身上埋葬自己,并欣喜若狂,Jouissance,J'ouis sens。

我躺在她身旁,就像是躺在一条深不见底的大河边,她波涛汹涌,幽蓝的水光像是要爬到我身上来,让我害怕。

有时候,她说话。更多的时候,我漫不经心地翻看她的意识,就像领退休金的老人打量自家阳台上的盆栽。(哪里有什么巨人?连风车都太过奢华了吧,让人想起恶俗的主题公园。)

——"我经历过各种各样的男人,老的,小的,好的,坏的。"

——"必须抓住他们,我是说,必须抓住某个人,无论他是谁。绝对不能一个人。我不想成为你。我能感觉到你的绝望,远离人群的绝望,每时,每刻,它们就像是午夜无人时自行跃起的煤气火苗,会把我的房子烧掉。"

——"我也知道,你能感觉到我的感觉,所以,你必须一个人,必须一个人看守你的房子,不让它毁于我的荒唐。"

——"因为,开车时,我不喜欢刹车。"

——"我想开车碾过你,一遍又一遍,把你碾成血淋淋的纸,纸上的血又好像变成了某个故事……从小我就做这样的梦。我也知道你的梦,你梦见你的世界里没有我……你是唯一的……"

——"既是男人又是女人的慕容复……"

但你永远无法得到我,无论用取代还是占有的方式。

我经过。我离开。你不知道我从哪里来,到哪里去。就像两个路人,我和你。

我和我自己。

● **我和我自己,都是:金黄的,漆黑**

金黄的,一声噼——啪。
金黄的小孩——子,醒来。
金黄的树,气球炸开的瞬间,泼
金黄的:叶子,鸟骨头,漂在天上的,小——妈妈。

我们铺开死——小孩子。
我们抓来满笼子的蚊子,刺,死小孩的死。
我们是死掉的小孩,噼——泼——啪。
我们是小妈妈的生根,发芽,和开花。

小妈妈只有半只脚掌,
她过河,又回来,叮叮——当。
小妈妈背上绣着一棵树,树里的小孩
摇铃鼓,叮——铃铃。

小妈妈咬着一把——枪,
甜的,棒棒糖。
小妈妈笑,她把丁零和当啷——的她,收
进垃圾袋,嘘——我们都是,漆黑的。

• 我就要去看那场戏了，"Endgame"

从超市回家的路上，看见附近剧院门前竖起"Endgame"的海报，下个月上演。

光秃秃的舞台，呓语乃至沉默的人，什么都不发生，已经终结的终结，未来的未曾来，恐惧，因为无从恐惧。

经过那架海报时，我笑了。这笑容使迎面而来的路人眼神柔和——华灯初上，微笑的陌生男人，多么惬意的初春黄昏——他们可以这样心满意足地走远，走进老，走进死。

而我，笑着想起贝克特的一张照片。他裹着围巾，满脸皱纹，头发微微竖起，身后，是某时某地的某个火车站。那些皱纹深得刻进我的眼睛，我的眼睛里，他的眼睛坦白得惊人，却坦白不出什么故事。

我喜欢这种彻底的坦白，坦白着彻底的空白。没有任何人，任何事，任何的恐惧和悲哀。完全敞开，像一座废弃的房子，敞开墙的手臂，抱着不会回来的尚未存在。

真是让人忍不住微笑。

也许因为太过敏感，我不能承受任何情节或曲折，时间是块布，再怎样起伏，罩着的都是尸体。接触过太多的身体，却都让人无法留恋——既然所有的肉都会瘦成骨头，所有的骨头都会磨成尘埃，又何苦自欺欺人？

这世上总有些孩子能看见别人看不见的东西。

我也是其中之一。

虽然时不时地看见血肉后面的骨头和骨头里的汁液，我却从来没有见过鬼，无论是挨墙蠕动的黑影，还是戚戚哀哭的无头女人。这个世界是干净的，干净得容不下怅惘，更罔论仇恨。我曾经经过事故现场，眼睁睁地看着枉死人身上渗出一团黑斑，还未成形，就被凭空出现的汹涌巨流冲洗得一干二净。

什么都不会留下，无论你怎样挣扎。

这是个没有鬼的世界。

正因如此,我终于决定,自己把自己抹掉。慢慢地活,活进一片空白,就像是……衣冠整齐地滑进装满水的浴缸,或者,在满浴缸的水里无表情地睡着。就连刀片都是多余的,太过锋利,太过鲜艳,太过……生气蓬勃。

那样的人,永远不懂什么是死。但她们活到极致。对此,我差点无限歆羡。

贝克特的戏素以晦涩著称,据说,曾经给予 *Waiting for Godot* 的演出最积极回应的,是某监狱的囚徒,而非温文尔雅、训练有素的消费者(更常见的说法是,观众)。

掏出钥匙开公寓楼门的时候,忽然想起上次在那剧院看戏的情形,是王尔德的 *The Importance of Being Earnest*。我身边坐着两个年轻女孩,两颊红润,眼睛发亮。幕间休息时,她们告诉我,自己如何刚拿到驾照就开车来看戏。我由衷地高兴,还特意请她们喝果汁。

她们说每场戏都不会错过。

我很想在 *Endgame* 的观众席上再见到她们,这几乎是种阴险可怕的期待。一般来说,我想嘲弄她们。当然,不排除她们嘲弄这种嘲弄的可能性,虽然微乎其微。

如果是后者,我很心疼,比起孤独来,这更让人难受。

致　　谢

感谢上海三联书店戴俊老师和黄韬老师的厚爱，以及王笑红编辑和她的同事为这本书付出的辛劳。

感谢一尘图书徐冬女士耐心细致的策划、审阅工作。

感谢赵莎、杨忆慈、饶静、许晓、白桦、刘勃以及其他朋友对书稿提出的批评、修改意见。

感谢芝加哥大学神学院各位老师的教诲和关怀。

感谢爸爸妈妈，是你们教会我感恩。

感谢你，我的读者，感谢你的阅读和理解。

作　者

图书在版编目(CIP)数据

人间深河/倪湛舸著. —上海:上海三联书店,2006.5
ISBN 7 - 5426 - 2301 - X

Ⅰ.人… Ⅱ.倪… Ⅲ.①文学评论-西方国家-
现代②短篇小说-作品集-中国-当代③诗歌-作品集-
中国-当代 Ⅳ.①I106②I217·2

中国版本图书馆 CIP 数据核字(2006)第034305号

人间深河

著 者/	倪湛舸
责任编辑/	王笑红
美术编辑/	范峤青
封面设计/	范峤青
监 制/	林信忠
责任校对/	张大伟

出版发行/上海三联书店

　　(200031)中国上海市乌鲁木齐南路 396 弄 10 号

　　http://www.sanlianc.com

　　E-mail: shsanlian@yahoo.sh.cn

印 刷/上海展强印刷有限公司

版 次/	2006 年 8 月第 1 版
印 次/	2006 年 8 月第 1 次印刷
开 本/	640×978　1/16
字 数/	223 千字
印 张/	14.5

ISBN 7 - 5426 - 2301 - X/G · 772
定价:24.00 元

封面插图　倪绍鹏